grafit

Chemnitzer Str. 31, D-44139 Dortmund
Internet: http://www.grafit.de
E-Mail: info@grafit.de

Umschlagillustration: Peter Bucker
Druck und Bindearbeiten: Fuldaer Verlagsagentur, Fulda
ISBN 3-89425-282-0
1. 2. 3. 4. 5. / 2005 2004 2003

Niklaus Schmid

# Stelzvogel und Salzleiche

Kriminalroman

grafit

## Der Autor

Niklaus Schmid, geboren 1942 in Duisburg, reiste einige Jahre durch Indien, Afrika und Südamerika, bevor er sich 1978 auf Formentera niederließ. Neben Kriminalgeschichten schreibt er Hörspiele und Reisebücher.

Im Grafit Verlag sind von ihm neun Geschichten in den Mörder-Anthologien sowie der Kriminalroman *Die Wettreise* und die Elmar-Mogge-Krimis *Der Hundeknochen* und *Bienenfresser* erschienen; Letzterer wurde 2002 für den Friedrich-Glauser-Preis nominiert.

*Seid aber Täter des Worts und nicht Hörer allein, wodurch ihr euch selbst betrüget.*
*Denn so jemand ist ein Hörer des Worts und nicht ein Täter, der ist gleich einem Mann, der sein leiblich Angesicht im Spiegel beschaut.*

Brief des Jakobus 1, 22–23

# 1.

Das Erste, was mir auffiel, war ein riesiger Spiegel, der die Szene verdoppelte und ihr einen voyeuristischen Effekt gab. Dann sah ich die zugezogenen Vorhänge, dann die zusammengekauerte Gestalt auf dem Bett. Sie lag auf der Seite, das Gesicht zum Wandschrank mit dem Spiegel, eine Hand über dem Kopf, die andere zwischen den Beinen. Die Frau war nackt, trug nur eine schmale schwarze Maske und hatte die verspiegelten Schranktüren so geöffnet, dass sie ihren Körper aus verschiedenen Blickwinkeln betrachten konnte.

Ein Anblick, der auch mir und meinem Besucher gegönnt wurde.

Er hieß Gregor Kelian und hatte vor einer halben Stunde mein Büro in Duisburg betreten. Er hatte meine Einrichtung mit einem abschätzigen Blick bedacht, eine Weile gezögert, ob ich wohl der geeignete Mann für sein Anliegen sei, um mir schließlich doch dieses Video zu zeigen, das wir uns nun gemeinsam ansahen.

Das Flimmern und die verwaschenen Farben verrieten die Amateurausrüstung, die unbewegliche Kamera besagte, dass die Darstellerin die Aufnahme ohne Hilfe einer weiteren Person gemacht hatte. Für sich selbst, aber nicht zu ihrem alleinigen Vergnügen.

»Sie hat die Kassette an meine Privatadresse geschickt. Zum Glück nicht zum Sender, wo die Post meist durch mehrere Hände geht, bevor sie zum eigentlichen Empfänger gelangt.« Die Hände wie zum Gebet zusammengepresst, schaute Gregor Kelian über seine Fingerkuppen zum Fernseher.

Die Frau, die sich auf dem Laken räkelte, war eher groß als klein und hatte eine durchtrainierte, aber durchaus weibliche Figur. Allem Anschein nach hatte sie sich für die Aufnahme in die richtige Stimmung versetzt. Neben dem Bett stand eine

Sektflasche, auf einer Kommode brannten Kerzen. Fotos, Figürchen, glimmende Räucherstäbchen und allerlei Glitzerwerk gaben dem Möbelstück den Anschein eines Hausaltars.

Aber was für eine Messe sollte das sein? Die Frau auf dem Bildschirm drückte sich die Brüste, streichelte ihre Schenkel; dabei öffnete sie den Mund, was aber, weil es keinen Ton gab, den Maulbewegungen von Fischen in einem Aquarium glich und deshalb nicht einer gewissen Komik entbehrte. Als sie nach einer der Kerzen auf der Kommode griff, diese löschte und sich damit über ihren Körper strich, wurde mein Besucher unruhig. »Pardon, darf ich?«, fragte er.

Ich nickte und er beugte sich nach vorn, um die Vorlauftaste zu betätigen. »Was jetzt kommt, müssen wir uns nicht ansehen. Das geht noch eine Weile so weiter. Sie sollten ja auch nur einen Einblick bekommen, worum es geht, Herr Mogge.«

Den Einblick hatte ich nun. Die Frage war nur, was mein Besucher von mir wollte.

Gregor Kelian hatte dekorativ graue Schläfen, einen gut geschnittenen Kopf und eine auffallend sonore Stimme, die ohne Mühe den Raum füllte, auch wenn der, in dem wir uns aufhielten, nicht gerade ein Saal war. Beim Sprechen ließ er die Stimme abkippen, was sehr lässig, aber nicht penetrant männlich klang. Wenn ich die Augen schloss, hatte ich einen Filmhelden aus der schwarzen Serie vor mir, die Hutkrempe ins Gesicht gezogen, die Zigarette schräg im Mundwinkel; wenn ich die Augen öffnete, sah ich einen gepflegten Mann mittleren Alters, nicht größer als einen Meter siebzig.

»Ekelhaft!«, bemerkte er, indem er eine Augenbraue hob und mit dem Kinn zu meinem Fernsehapparat deutete, wo sich nun, unterbrochen und gemildert durch die Streifen des schnellen Vorlaufs, das Hinterteil der Frau im Blickfeld des Betrachters befand.

Ich sagte: »Herr Kelian, es gibt Männer, die sich Schlimmeres ansehen müssen und die dennoch nicht damit zu einem privaten Ermittler laufen.«

»Ich weiß, Herr Mogge. Wie Sie schon anklingen ließen, es gibt ganz bestimmt sogar Männer, die dafür Geld ausgeben. Aber das ist es ja gerade.«

»Also, wo liegt das Problem?«

Er antwortete mit einer Gegenfrage: »Können Sie sich vorstellen, dass meine Frau meinen Beteuerungen, dass mir Geschenke dieser Art lästig sind, Glauben schenkt?«

»Ist das Ihre einzige Sorge?«

»Leider nicht.« Mein Besucher zog aus der Innentasche seines erstklassigen Anzugs ein Foto, reichte es mir über den Schreibtisch, lehnte sich im Besuchersessel zurück, schlug die Beine übereinander und wartete auf meine Reaktion.

Na schön, dachte ich und pfiff, während ich das Foto länger als nötig betrachtete, anerkennend durch die Zähne.

Das Bild zeigte eine Frau in Witwenkleidung vor einem frisch ausgehobenen Grab. Eine Beschriftung, mit Filzstift quer über eine Ecke des Fotos geschrieben, verkündete: *Tristan, ich warte auf dich, deine Isolde*.

»Wieso Tristan?«

»Das erkläre ich Ihnen später.«

## 2.

»Herr Kelian, wenn Sie das makabre Foto beunruhigt, wenn Sie in dem Video mehr als einen geschmacklosen Scherz sehen, warum wenden Sie sich dann nicht an die Polizei?« Die Frage nach der Polizei war eine meiner Standardfragen, im Grunde reine Formsache. Denn Aufträge abzulehnen, diesen Luxus konnte ich mir nur selten leisten; ich war ein Ein-Mann-Betrieb und kam gerade so über die Runden. Das war die eine Seite, zudem helfen solche Fragen, die Ernsthaftigkeit eines möglichen Klienten zu prüfen.

»Polizei?« Gregor Kelian hob die Hände in einer Geste der Hilflosigkeit. »Die Polizei nimmt mich nicht ernst. Die glaubt, ich wolle mich wichtig machen. Einer der Beamten hat höhnisch gefragt, was ich denn mit der Frau angestellt hätte, dass sie nicht von mir lassen will. Ein anderer empfahl mir, mit ihr essen zu gehen und mich dabei schweinisch zu benehmen, das würde sie kurieren.«

Kelian strich sich mit dem Handrücken über das Hosenbein, als wäre das Malheur schon passiert. Dann sah er mir ins Gesicht. »Ich dachte, dass Sie mal – ich meine, so wie Sie aussehen ...«

»Lassen wir mein Aussehen beiseite«, beschied ich. »Was kann ich Ihrer Meinung nach denn überhaupt tun? Der Frau einen Arm auskugeln, damit sie nicht mehr schreiben oder mit Kerzen an sich selbst herummachen kann?«

»Um Himmels willen nein! Nur mal mit ihr reden, etwas Druck ausüben.«

Druck ausüben auf einen weiblichen Stelzvogel. Eine andere Bezeichnung fiel mir im Moment nicht ein. Stalking, so der englische Ausdruck, war in Deutschland ein ziemlich neues Delikt, in Amerika jedoch schon längere Zeit in Mode. Meist waren es dort Prominente und unter ihnen wiederum in der Mehrzahl Frauen, die von liebeskranken Tätern verfolgt wurden, deren Einfallsreichtum kaum Grenzen kannte. Von der Ratte, die sie in den Briefkasten ihres Opfers steckten, bis zur selbst gebastelten Todesanzeige, die sie mit dem Namen des Opfers in die Zeitung setzten, jedes Mittel war ihnen recht, um die Aufmerksamkeit der angehimmelten Person zu erlangen, wenn Briefe, Anrufe und Liebesgaben ihre Wirkung verfehlten. Die Sängerin Madonna und der Schauspieler Brad Pitt gehörten zu den Verfolgten, in Deutschland Steffi Graf, Katarina Witt und – wenn es denn wirklich zutraf – auch mein Besucher Gregor Kelian.

Der Mann hatte nicht nur eine eindrucksvolle Stimme, er sah auch so aus, als ob er sich mein Honorar, vierhundert pro Tag, leisten könnte.

»So, jetzt mal Butter bei die Fische, wie man hier im Ruhrpott sagt: Erzählen Sie mir, wie die Sache angefangen hat.«

In wohlgesetzten Worten berichtete Kelian von seiner Arbeit bei *Radio Vital,* einem privat finanzierten regionalen Rundfunksender, wo er *Das andere Fenster* moderierte, eine populärwissenschaftliche Sendung über Psychologie im Alltag. »Zugegeben, es sind nur Ratgeberhäppchen, unterbrochen von Schlagern, Staumeldungen und Werbung, aber die Sendung ist sehr beliebt und entsprechend groß die Rückmeldung in Form von Anrufen und Hörerbriefen.«

Unter den vielen Zuschriften war, wie mein Besucher weiter erzählte, vor einigen Wochen auch der Brief jener Frau gewesen, die vor wenigen Minuten über meinen Bildschirm geturnt war. Kelian hatte ihr geantwortet und in einem zweiten Brief hatte sie zunächst von ihren persönlichen Problemen gesprochen, später dann selbst gebackene Plätzchen und Gedichte geschickt.

»Natürlich habe ich mich für diese Aufmerksamkeiten bedankt, man muss ja immer an die Hörerbindung denken. Danach aber habe ich die Korrespondenz abgebrochen, was meine treue Hörerin jedoch nicht abschreckte. Im Gegenteil, ihre Zuschriften wurden drängender, die Geschenke immer intimer.«

Ich dachte an meinen Briefkasten, an die Angebote zu Fernlehrgängen, an die Einladungen zu Kaffeefahrten, und sagte: »Verstehe, äußerst lästig.«

»Nicht nur lästig. Was ist, wenn so eine Frau irgendwann einmal ausrastet?«, gab Kelian zu bedenken. Er habe in einem ähnlich gelagerten Fall von Säureattentaten und Molotow-Cocktails gelesen.

Ich sah da zwar noch einen erheblichen Unterschied zu den bisherigen Aktionen, glaubte aber, mich nun genug geziert zu haben. Deshalb erwähnte ich noch einmal, dass Stalking in der Bundesrepublik nicht unter Strafe stand. Er nickte. Der Punkt war geklärt. Ich sagte zu. »Und wann soll ich anfangen?«

»Je eher, desto besser«, schlug Kelian vor.

Ich nannte meine Bedingungen, er war einverstanden und reichte mir sein Kärtchen. *Gregor Kelian, Dipl.-Psych.*

Mein neuer Klient wohnte Am Freischütz, das war eine ruhige Straße am Kaiserberg und somit beste Duisburger Wohngegend.

So eine Visitenkarte bietet ja nicht allzu viel Lesestoff, und deshalb schob er mir, als ich sie etwas abwesend zwischen meinen Fingern bewegte, eine CD zu. Auf der Vorderseite prangte das Konterfei von Kelian und der Titel *Die Macht der Worte,* auf der Rückseite standen die Kurzvita des Autors sowie ein Hinweis auf seine Sendung.

»Behalten Sie's, vielleicht haben Sie mal Lust, reinzuhören.«

Ich versprach es und fragte nach dem vollständigen Namen seiner Verehrerin.

»Zuerst nannte sie sich Irene, später dann Isolde, kein Nachname. Sie schauen so erstaunt, Herr Mogge, vielleicht sollte ich das mal erklären: Die ersten Zuschriften kamen per E-Mail, was heutzutage durchaus üblich ist. So eine Mail kann ja von irgendeinem Punkt in der Welt abgeschickt werden. Die Zeiten, da man Briefen ansah, woher sie kamen, sind endgültig vorbei.« Der Mann hörte sich selbst gern reden und war geneigt, seinen Zuhörern die Welt zu erklären. Wahrscheinlich eine Berufskrankheit. »Die späteren Briefe und Päckchen«, fuhr er fort, »hatten keinen Absender, abgestempelt waren sie in Oberhausen.«

Das hörte sich ja viel versprechend an. Ich sollte eine Frau suchen, die Irene oder Isolde hieß, sich beim nächsten Mal genauso gut aber auch Rumpelstilzchen nennen konnte, eine Frau, die ihren Körper recht freizügig präsentierte, ihr Gesicht auf dem Video aber hinter einer Maske verbarg und auf dem Friedhofsfoto einen Witwenschleier trug.

»Poststempel Oberhausen«, nickte ich. »Kann ich denn mal die Zuschriften sehen, vielleicht gibt es da ja einen versteckten Hinweis.«

»Die elektronische Post habe ich gelöscht, die den Päckchen beigelegten Briefe weggeworfen.«

Mir lag die Frage auf der Zunge, was er auf meinen Türschild gelesen hatte. Stand da etwa *Elmar Mogge – Voodoo-Künstler?*

Die Leute haben, beeinflusst durch das Fernsehen, die seltsamsten Vorstellungen von den Fähigkeiten eines privaten Ermittlers. Ich schluckte meine Bemerkung hinunter und machte Kelian stattdessen einen Vorschlag. Ich schilderte ihm, wie ich die Sache anfassen wollte.

»Laden Sie Ihre Verehrerin per E-Mail zu einem Treffen ein, hier in Duisburg. Als Erkennungszeichen können Sie Ihre CD vorschlagen, die Sie ja in Ihrer Sendung propagieren.«

»Und der Grund für das Treffen? Was soll ich sagen?«

»Nun, Sie sind eben neugierig geworden, wollen Ihrer treusten Hörerin mal Auge in Auge gegenübersitzen und ihr bei der Gelegenheit die CD signieren. Das könnte mir die Arbeit erleichtern, diese Irene aufzuspüren – und Sie ersparen sich einige Tagesätze an Honorar.«

Gregor Kelian erhob sich von seinem Sessel, ging zum Fenster und warf einen Blick auf Duisburgs Innenhafen. »Wussten Sie, dass unser Sender sich dafür eingesetzt hat, zumindest einen Teil der historischen Gebäude zu erhalten?« Ich machte eine vage Handbewegung. »In letzter Minute sozusagen, die Abrissbirne hatte ihre Arbeit schon begonnen und es gab Leute im Stadtrat, aber auch Kollegen im Funkhaus, die für den Kahlschlag eintraten.«

Erwartete der Radiomann für seinen Einsatz jetzt ein Dankeschön von mir? Oder einen Rabatt?

Er wollte wohl nur seine Position im Sender unterstreichen, denn schließlich erklärte er sich, ohne zu feilschen, mit meiner Forderung, Vorschuss plus Erfolgshonorar, einverstanden: »Gut, Herr Mogge, alles geklärt. Wann fangen Sie an, morgen?«

»Morgen geht nicht«, sagte ich und ließ durchblicken, mit Aufträgen überlastet zu sein.

Eine glatte Lüge. Ich musste zu einer Beerdigung. Aber das ging meinen neuen Klienten ja nichts an.

## 3.

Es war ein Tag wie geschaffen für eine Totenfeier, grau, mit Sturmböen und aufgezwungenen Fahrpausen. Zwei Stunden hatte ich mich bereits durch Staus und Baustellen von Duisburg in Richtung Osten gequält. Jetzt stieg ich aus dem Wagen, um mir die Beine zu vertreten. Zunächst aber sog ich die kalte Luft, die über das mit Reif bedeckte Land wehte, tief in meine Lungen.

Doch ja, etwas anders als im Ruhrgebiet roch es hier im Westfälischen schon. Weniger nach Industrie, mehr nach der fetten Ackerkrume der Börde – und da war noch ein anderer Duft, der nach Kreide und nassem Tafelschwamm, aber das mochte auch Einbildung sein. Denn im gewissen Sinne befand ich mich nicht nur auf dem Weg zu einer Beisetzung, sondern auch auf einer Reise in die Vergangenheit, ausgelöst durch einen Anruf aus Soest, der Stadt, in der ich mal für kurze Zeit zur Schule gegangen war.

»Herr Mogge, Elmar Mogge?«

»Ja, genau der, worum geht es denn?«

Die Frau, eine Anne Mehringer, hatte mir dann etwas von einem Toten mit Namen Peter Rugen erzählt, den ich kennen müsste.

»Und warum müsste ich das?«

»Nun, Ihr Name steht zusammen mit dem seinigen auf der Teilnehmerliste eines Klassentreffens.«

Mit dem seinigen! Das Klassentreffen war über zehn Jahre her und ich hatte es nicht in sonderlich guter Erinnerung. Das Wiedersehen mit den alten Schulkameraden war genauso verkrampft abgelaufen, wie ich es befürchtet hatte. Zugegeben, zum Teil hatte es an mir gelegen beziehungsweise daran, dass sich die anderen Teilnehmer untereinander viel besser kannten. Ich war nur ganze zwei Jahre in Soest zur Schule gegangen, dazu noch in der Grundschule, und das war eben ein paar Tage her. Trotzdem hatte ich den einen oder anderen wieder erkannt, als ich den Saal betrat, den die Organisatoren des ›gemütlichen Beisammenseins‹, wie es hieß, gemietet hatten.

Wir saßen dann zusammen, erzählten von den Streichen, die wir den Lehrern gespielt hatten, und fragten einander ab, was der andere denn derzeit beruflich so machte. Ich war damals noch im Polizeidienst gewesen, was einige ganz bemerkenswert fanden. Nach zwei, drei Gläsern Bier wurden die Gespräche etwas lockerer und das Thema Nummer eins, wer mit wem zusammenlebte oder ein Techtelmechtel hatte, beherrschte die Runde. Verstohlene Blicke zu den Frauen, unter ihnen auch einige Lehrerinnen, die am Nachbartisch zusammensaßen und ein Extragrüppchen bildeten. Unvermeidlich dann das Aufzählen, wer von den Ehemaligen schon in der Grube lag. Tja, Liebe und Tod, die ewigen Themen, sofern Fußball in Anwesenheit von Frauen verpönt ist.

Zu essen gab es eine westfälische Schlachtplatte, zu trinken ein hausgebrautes Bier, beides war wirklich gut. Weniger gefiel mir der Qualm, der den Raum mit der niedrigen Decke füllte. Ich war gerade mal wieder dabei gewesen, mir das Rauchen abzugewöhnen. Nachdem die Bedienung die Teller abgeräumt hatte, verließ ich meinen Platz, um frische Luft zu schnappen. Als ich zurückkam, standen überall Leute in kleinen Grüppchen, Frauen, die Rezepte austauschten oder wie junge Mädchen über irgendetwas kicherten, Männer, die sich gegenseitig auf die Schulter schlugen oder auf die vorgeschobene kameradschaftliche Tour mit ehemaligen Mitschülerinnen anbändelten. Andere gaben sich intellektuell oder ließen ihre Geschäftstüchtigkeit raushängen, munkelten vertraulich, aber doch hörbar von einer Ausstellung in einer Bootsgalerie am Möhnesee. Von Kunst und Schwellbildern war die Rede, was für einen Außenseiter wie mich wichtig klingen sollte, dann aber, als ich mich zu dieser Thekenrunde gesellte, nur der Anlass für zweideutige Bemerkungen war – »Hallo, Elmar, was hältst du denn von Schwellkörpern?«.

Das Klassentreffen nahm den üblichen Verlauf: Saufen, Sex und große Worte.

Nach weiteren Bierchen in Begleitung von westfälischem Doppelkorn, damals lebte ich noch Arm in Arm mit Bruder Alkohol, fassten wir gealterten, aber immer noch tollen Hechte den Entschluss, uns bald wieder zu treffen, auf jeden Fall aber in Kontakt zu bleiben. Na ja, das machen ehemalige Schulkameraden in solcher Situation sicher auf der ganzen Welt, auch wenn sie wissen, dass es für diese Kontaktpflege eigentlich keine Grundlage gibt.

Tatsächlich schrieb mir Peter Rugen nach dem Klassentreffen mal eine Karte, die ich unbeantwortet ließ, und ein paar Monate danach rief er sogar an, um mir mitzuteilen, dass er daran denke, Deutschland für eine Weile zu verlassen. Er sprach vom Auswandern oder auch nur von einer längeren Reise, die er zur Selbstfindung benötigte, irgendetwas in der Richtung. Von einer Frau, deren Namen ich vergessen hatte, kam zwei Jahre nach meinem Besuch in Soest ein Brief, dass bald wieder ein »gemütliches Beisammensein« anstünde. Auf einer beigefügten Teilnehmerliste stand auch der Name von Peter Rugen, allerdings versehen mit einem Fragezeichen, wenn ich mich recht entsann. Ich erfand eine Ausrede und sagte ab. Es war das letzte Mal, dass ich seinen Namen gehörte hatte.

Bis zu diesem Anruf vorgestern. Und jetzt befand ich mich auf dem Weg nach Soest. Vom Kreuz Kaiserberg bis Dortmund über den Ruhrschnellweg, danach die Landstraße über Wickede und Unna, ganz bewusst hatte ich den alten Hellweg gewählt, der mich an meine Schulzeit erinnerte. Wie war das nochmal: Hellweg gleich Heerstraße und Königsweg? Oder doch Salzstraße oder gar Höllenweg? Auf jeden Fall war dies eine viel beschaulichere Strecke als die parallel dazu verlaufende Autobahn.

Und mir blieb noch ein wenig Zeit, um mich auf die Begegnung mit dem Toten vorzubereiten. Doch das wollte mir nicht so recht gelingen, ich wusste ja nicht einmal, wie Peter Rugen ums Leben gekommen war. Anne Mehringer hatte am Telefon, was die Todesursache betraf, nur ausweichend geantwortet und überhaupt ziemlich geheimnisvoll getan.

»Sie sind doch jetzt so eine Art Privatdetektiv«, hatte sie gesagt.

»Jedenfalls bin ich nicht mehr im Polizeidienst, wenn Sie das meinen.«

In unserer Klasse war diese Anne bestimmt nicht gewesen, ihrer Stimme nach schätzte ich sie auf etwa fünfzig. Es gab Leute, die mich schon nach den ersten Sätzen langweilten, und andere, die mich auf Anhieb, unabhängig von Geschlecht und Alter, neugierig machten und von denen ich mich angezogen fühlte. Anne Mehringer gehörte zu den Letzteren.

Mal sehen, ob mein Eindruck bestätigt wird, dachte ich, setzte mich wieder hinters Steuer und versuchte den Rest der Fahrt zu genießen. Das Häusermeer des Ruhrgebiets, das ja im Grunde eine breitflächige Großstadt ist, lag schon lange hinter mir, sanfte Hügel tauchten am Horizont auf, und irgendwann sah ich dann die markante Soester Stadtsilhouette mit ihren Kirchtürmen.

Am Osthofentor stellte ich meinen Wagen ab und ging durch die engen, von Grünsandsteinmauern und Fachwerkhäusern begrenzten Gassen in Richtung Stadtmitte. Perfekt restaurierte Häuser, gepflegte Gärten – wie schon bei meinem letzten Besuch erinnerte mich der Stadtkern an eine Puppenstube. Als Mensch des Ruhrpotts war ich an harte Kontraste gewöhnt, Idylle machte mich misstrauisch. Dazu noch Sonnenschein und es wäre nicht zum Aushalten gewesen.

Es fing an zu schneien, dicke, nasse Flocken, die auf den Boden platschten und kleine Pfützen bildeten. Und das im Oktober.

Ich schlug den Mantelkragen hoch und stapfte über das rutschige Kopfsteinpflaster, am Soestbach vorbei zum Großen Teich mit den Schwänen und weiter zum Marktplatz. Unter den wenigen Leuten, die ich dort sah, waren zwei japanische

Mädchen, die verfroren aussahen und die malerische Fachwerkfassade der Gaststätte *Im Wilden Mann* fotografierten.

Ich betrat das Lokal, setzte mich an einen Ecktisch gegenüber der Theke, bestellte eine Tasse Tee, schaute mich um und wartete.

Ich war eine halbe Stunde zu früh. Das ließ mir Zeit, über meine Arbeit und meinen Klienten Gregor Kelian nachzudenken. Zuschriften in Mengen, eindeutige Angebote – was hatte der Mann, dass ihm die Frauen derart hartnäckig nachliefen? Ganz anders lagen auf dem Gebiet meine eigenen Erfahrungen. Meine Frau hatte sich nach dreijähriger Ehe von mir getrennt und kaum hatte ich mich auf eine neue Bekanntschaft eingelassen, war diese mit meinem auf Formentera sauer verdienten Honorar auf und davon. Zweihunderttausend Mark für eine durchvögelte Nacht, ein hoher Preis, am Ende aber doch zu verschmerzen, es war ja nur Geld. Noch nicht ganz verdaut hatte ich hingegen den letzten Schlag. Da hatte ich mich, schlimm genug, Hals über Kopf in eine Klientin verliebt, und dann musste ich, doppelt schlimm, diese Frau ausgerechnet deshalb aufgeben, weil ich in einem Anfall von Moral ihren Ehemann vor einem langjährigen Aufenthalt im Gefängnis bewahrt hatte.

Und jetzt saß ich hier und dachte über einen Mann nach, dessen Sorge es war, dass ihm die Frauen nachliefen.

Die Bedienung brachte den Tee, also heißes Wasser und einen Teebeutel, den ich in das Glas hängte und fünf Minuten ziehen ließ. Als ich das nächste Mal auf die Wanduhr schaute, fing ich den Blick eines Mannes auf, der an der Theke lehnte. Klein, rundlich, mit breitem Gesicht; ich überlegte, ob es sich womöglich um einen meiner ehemaligen Klassenkameraden handelte, konnte den Typen aber nicht unterbringen und beschäftigte mich wieder mit meinem Teeglas.

Also, was hatte ich diesmal: einen Namen, der nichts besagte, eine Ortsangabe, die nicht viel mehr hergab, und ein Video, das vom Körper einer Frau reichlich, von ihrem Gesicht aber recht wenig zeigte, dazu das Foto einer schwarz verschleierten Frau vor einem Grab. Das war nicht viel.

Ich trank den Tee und überlegte, was ich dieser lästigen Person sagen sollte, wenn ich ihr bei der von Kelian vorgetäuschten Verabredung gegenüberstehen würde. Schicken Sie meinem Klienten keine Gedichte mehr, keine selbst gebackenen Plätzchen und auch keine Nacktaufnahmen! Ich fragte mich, ob es überhaupt richtig gewesen war, den Auftrag anzunehmen.

Neue Gäste schoben sich durch die Tür, hängten ihre feuchten Mäntel an die Haken und rieben sich die klammen Hände. Andere zogen die noch immer feuchten Mäntel wieder über und verließen den Raum. Der Typ von der Theke schaute mich beim Hinausgehen von der Seite an, sagte aber nichts.

Kurz darauf betrat Anne Mehringer das Lokal. Leute, die miteinander verabredet sind, erkennen sich, auch wenn sie sich vorher noch nie gesehen haben. Sie steuerte direkt auf mich zu.

## 4.

Mit der Einschätzung ihres Alters hatte ich gut gelegen. Nur war sie viel attraktiver, als ich sie mir vorgestellt hatte, die grauen Haare umrandeten ein Gesicht, das Falten aufwies, aber immer noch sehr anziehend war. Unter dem Mantel trug sie ein schwarzes Wollkleid, das ihre Figur – runde, üppige Kurven – betonte. Sie begrüßte mich mit einem Lächeln, das Wärme ausstrahlte.

Nach den üblichen einleitenden Worten über das Wetter fragte ich, wann die Beerdigung sei, und erfuhr zu meiner Überraschung, dass sich die Leiche noch im Städtischen Krankenhaus befand.

»Hören Sie«, sagte ich, darauf bedacht, meinen Unmut nicht zu deutlich zu zeigen. »Ich bin kein viel beschäftigter Manager, aber gestohlen habe ich meine Zeit auch nicht.«

»Ich weiß«, sagte sie mit entwaffnender Leichtigkeit. »Aber können wir jetzt erst einmal gehen?«

Das Stadtkrankenhaus, zu dem sie mich führte, lag außerhalb der mittelalterlichen Befestigungswälle, die das Städtchen zu gut zwei Dritteln umschlossen. Äcker und Kuhweiden erstreckten sich hinter den stufenförmig angeordneten Gebäudeteilen. Es handelte sich um einen Zweckbau aus den Siebzigerjahren, in dem, wie ich von meiner Begleiterin erfuhr, jene Toten aufbewahrt wurden, bei denen die Todesursache noch nicht geklärt war. »Entweder untersucht ein Rechtsmediziner die Leiche an Ort und Stelle oder sie wird später zum Rechtsmedizinischen Institut nach Dortmund überführt.«

Wir betraten das Gebäude, Anne Mehringer ging voran. Nachdem sie ein paar Worte mit einem Mann im weißen Kittel, den sie mit Dr. Borbek ansprach, gewechselt hatte, durften wir die Kühlhalle mit den Stahlfächern betreten.

Ob draußen die Sonne schien oder ein nasskalter Herbstwind wehte, spielte keine Rolle, die Atmosphäre in solchen Räumen war ja nie anheimelnd. Aber heute hatte ich ein besonders ungutes Gefühl. Lag es daran, dass ich einem ehemaligen Schulkameraden gegenübertreten, von ihm Abschied nehmen sollte? Denn das war es, was Anne mit Dr. Borbek besprochen hatte, der sich in diesem Moment an dem Rollfach zu schaffen machte.

Was Tote angeht, war ich von meiner Dienstzeit her an manches gewöhnt. Als Polizist bekam man ja nicht nur perfekt geschminkte Leichname zu sehen. Da wurde man zu Selbstmördern gerufen, die mit heraushängender Zunge unterm Dachstuhl baumelten, oder zu jenen Verkehrstoten, die von den harten Burschen der Rettungsdienste »mit Schippe und Handfeger«, wie sie selbst sagten, eingesammelt wurden, auch Wasserleichen waren keiner schöner Anblick. So schnell konnte mich also nichts umhauen. Doch als Dr. Borbek nun das Tuch wegzog, lief mir ein Schauder über den Rücken.

## 5.

Im ersten Augenblick glaubte ich, in das Gesicht einer Mumie zu schauen, einer Mumie allerdings, der ein Teil der Schädeldecke fehlte. Der restliche Kopf war unverletzt, die Haut bräunlich und straff über die Gesichtsknochen gezogen. Das letzte Mal, dass ich etwas Ähnliches gesehen hatte, lag schon eine Zeit zurück und es war im Fernsehen gewesen. Damals hatte es sich um den Toten aus einem Alpengletscher gehandelt, den später so genannten Ötzi. Jetzt blickte ich in das Gesicht von Peter Rugen; ich erkannte ihn sofort und er sah, trotz allem, was mit seinem Kopf geschehen war, auf gewisse Weise lebendig aus. Aber gerade das, glaube ich, war so erschreckend.

Ich schluckte ein paarmal und fragte schließlich: »Was ist mit ihm passiert?«

»Osmose, die Leiche hat unter einem Salzberg gelegen«, gab Dr. Borbek Auskunft, »sie wurde dehydriert.«

»Faszinierend! Aber wieso ...?« Mein Blick, eine Mischung aus Entsetzen und Bewunderung, spornte den Wissenschaftler zu weiteren Auslassungen an.

»Nun, in hypertonen Salzlösungen können keine Bakterien leben, ihnen wird – Pardon! – sozusagen die Lebenslust versalzen, indem aus dem Zellinneren so viel Wasser entzogen wird, dass die Stoffwechselprozesse nicht mehr funktionieren.«

»Aha, das wäre dann ja ähnlich wie ...«

»Richtig!«, unterbrach mich Dr. Borbek. »So wird von alters her Hering mit Salz haltbar gemacht. Und das ist, nebenbei bemerkt, das Verfahren, dem diese Region früher ihren Reichtum verdankte.«

Seine Augen, die für Sekunden auf Anne Mehringer geruht hatten, wanderten wieder zurück zur Leiche. »Auch die äußere Haut wird sehr schnell vor bakterieller Zerstörung geschützt. Deshalb können äußere Verletzungen auch noch nach Jahren hinsichtlich Lage, Form und Größe gut beurteilt und bestimmten Gewalteinwirkungen – Stich, Schlag oder Schuss – zugeordnet werden. Schauen Sie hier, sieht aus, als hätte ein gigantischer Hamster an seinem Schädel genagt. Ich bitte Sie, meine Ausführungen nicht als Pietätlosigkeit aufzufassen, aber neben der Würde des Verstorbenen und der Trauerarbeit, die liebende Hinterbliebene leisten müssen, gibt es eben auch den rein naturwissenschaftlichen, postmortal-biochemischen Aspekt der Betrachtung.«

Alles klar, postmortal, eine Salzleiche ist nichts Alltägliches und offensichtlich war Dr. Borbek sehr glücklich über den Fund und zudem äußerst stolz auf sein Wissen, mir aber gingen ein paar Fragen durch den Kopf.

»Was meinen Sie, Herr Dr. Borbek, wie lange hat …?«

»Knapp zehn Jahre.«

»Und die Verletzung, wodurch könnte die …?«

Der Mediziner wandte sich zu mir und blinzelte über seine randlose Brille, als hätte ich den Raum gerade erst in dieser Minute betreten. »Wieso fragen Sie das?« Er musterte mich von oben bis unten und mir wurde klar, dass ich mich mit weiteren Fragen dieser Art zurückhalten musste.

Also erkundigte ich mich, wann die Beerdigung sein würde, und erhielt die knappe Antwort, sobald die Obduktion abgeschlossen sei. Ende des Gesprächs, die Quelle war versiegt. Wir konnten gehen.

Dr. Borbeks misstrauischer Blick folgte uns bis zur Tür.

Inzwischen hatte der Schneeregen aufgehört, hinter den Wolkenfetzen waren sogar ein paar Sonnenstrahlen zu sehen. Wenn ich nicht vom Berufsverkehr auf dem Ruhrschnellweg aufgehalten würde, konnte ich in gut einer Stunde zu Hause sein und mich um meinen Auftrag kümmern.

»Dann werde ich mich mal wieder auf den Rückweg machen.« Ich hielt Anne Mehringer die Hand hin. »Sie können mich ja anrufen, wenn Peter Rugen dann tatsächlich beerdigt wird.«

Sie ließ meine Hand unbeachtet, fragte stattdessen: »Warum

haben Sie den Polizeidienst aufgegeben und sind Privatdetektiv geworden?«

Fragen kann man, das gehörte ja auch zu meinen Aufgaben, nur mit den Antworten, da tat ich mich manchmal etwas schwer. »Ich wollte das große Geld machen. Und von Frauen angehimmelt werden.«

Sie betrachtete mich mit einem abschätzenden, leicht amüsierten Blick – meine eher sommerliche Leinenhose, die Stiefel mit den Schneerändern – und ihr Gesichtsausdruck besagte, ein neues Jackett wäre wohl auch mal wieder fällig.

Ich rieb mir die Nase. »Ich schlafe gern, halte viel von einer ausgedehnten Siesta, was nicht in vielen Berufen möglich ist, ja, deshalb mache ich diesen Job.«

»Für einen Detektiv sind Sie nicht besonders neugierig«, bemerkte sie. Sie sprach mit dem Unterton einer Lehrerin, zum ersten Mal.

»Hören Sie«, erwiderte ich etwas schärfer als beabsichtigt. »Vielleicht rücken Sie endlich mit der Sprache heraus, was Sie eigentlich von mir erwarten.«

»Das hatte ich gerade vor«, sagte sie, unbeirrt von meinem rüden Ton.

»Ach ja?«

»Ich wollte fragen, ob Sie etwas in Erfahrung bringen könnten.«

»Und was?«

»Ob Peter Rugen ermordet wurde.«

»Er wird sich ja kaum selbst eingepökelt haben«, sagte ich betont schnodderig. Ich war immer noch sauer über das Versteckspiel.

»Und wer ...?«

Ich zuckte die Achseln.

»Könnten Sie das nicht herausfinden?«

»Warum sollte ich?«

»Weil ich Sie dafür bezahlen würde.« Ich bemerkte ein Zittern in ihrer ansonsten beherrschten und angenehmen Stimme. »Bitte!«, fügte sie hinzu.

Tagelang sitzt man im Büro, starrt Löcher in die Luft oder prüft von Zeit zu Zeit, ob der Telefonanschluss inzwischen nicht gekappt worden ist, und plötzlich hat man zwei Fälle zu gleicher Zeit.

»Ich werde es mir überlegen.«

Anne schien erleichtert. »Wenn Sie noch ein wenig Zeit haben, möchte ich Sie zu einem kleinen Spaziergang über die Soester Wälle einladen.«

Unterbrochen von Hinweisen auf die Sehenswürdigkeiten der Stadt, besprachen wir die Einzelheiten. Auch sie war, wie Klient Gregor Kelian, mit meinen Honorarwünschen einverstanden. Auf meine Frage, warum sie an der Aufklärung interessiert sei, erwiderte sie schlicht: »Ich war seine Lehrerin.«

Eine annehmbare Erklärung für ihr Interesse.

»Und zur Arbeit der Soester Polizei haben Sie kein Vertrauen?« Nach Tagen, ja fast nach Wochen ohne einen nennenswerten Auftrag, konnte ich innerhalb von vierundzwanzig Stunden nun schon zum zweiten Mal meine Standardfrage anbringen.

Sie hob die Augenbrauen. »Sie haben es ja gehört, der Tod liegt zehn Jahre zurück, die Beamten kommen doch nicht einmal mit den aktuellen Fällen voran.«

»So schlimm?«

»Auf den ersten Blick scheint diese Stadt eine Idylle zu sein, wenn man aber ein halbes Jahrhundert hier gelebt hat, so wie ich, dann weiß man es besser.«

Ich wollte wissen, warum sie mir nicht von Anfang an reinen Wein eingeschenkt hatte.

»Weil ich Sie mir erst einmal anschauen wollte. Ich weiß, dass Sie bei dem Klassentreffen waren. Ich saß an einem der Nebentische, mit den anderen Lehrkräften, aber bei dem Trubel konnte ich mir kein Bild von Ihnen machen, es bestand ja auch kein Anlass dazu.«

»Und? Was sagen Sie jetzt?«

Sie streifte mich mit einem schnellen Seitenblick. »Sie haben große Füße und einen schnellen Schritt beim Spazierengehen.«

Sie blieb stehen, um über das Land unterhalb der Stadtmauer zu blicken. Bäume und Büsche mit letztem Laub, dahinter flaches, fruchtbares Land unter tief hängenden Wolken. Ich stand halb schräg hinter ihr, nahm ihren Duft wahr und plötzlich verspürte ich den Wunsch, diese Frau zu umarmen. Sie war durchaus anziehend und dennoch hatte es gar nicht so viel mit ihr persönlich zu tun. Wahrscheinlich hatte ich einfach zu lange mit keiner Frau geschlafen und sehnte mich nach Nähe und Wärme.

Als hätte sie meine Gedanken erraten, drehte sie sich um. »Was überlegen Sie, Herr Mogge?«

»Eine Liste, ich hätte von Ihnen gern diese Liste mit den Leuten, die zu dem Klassentreffen eingeladen waren.«

Im Bekanntenkreis des Opfers mit den Recherchen zu beginnen ist immer am einfachsten. Und mit ein paar anderen Dingen müsste ich mich beschäftigen – Peter Rugens beruflicher Werdegang, seine familiären Verhältnisse, sein Verschwinden vor rund zehn Jahren sowie die Umstände, unter denen er wieder gefunden wurde. Das war Routinearbeit, die ich zum großen Teil zu Hause am Telefon erledigen konnte, ehe ich mich dann, so vorbereitet, vor Ort voll in die Sache reinknien würde.

»Die Einladungsliste«, sie schien nachzudenken, »doch ja. Wenn Sie noch kurz mit zu mir nach Hause kommen, könnte ich Ihnen die Liste geben und Sie mit meinem Mann bekannt machen, falls er schon von der Arbeit zurück ist.«

Dass sie ihren Mann erwähnte, störte mich. Ich bat sie, mir die Liste per Fax zu schicken, gab ihr meine Nummer und versprach, dass ich mich in den nächsten Tagen melden würde.

»Wie kam es, dass die Leiche nach so langer Zeit plötzlich aufgetaucht ist?«

»Auf dem Gelände der alten Salzabfüllanlage, wo sie gelegen hatte, soll demnächst gebaut werden. Leute von Planungsamt waren dort und dabei ...«

»Wo genau ist das?«

»Bei Bad Sassendorf, nahe einem ehemaligen Militärgelände der belgischen Streitkräfte. Ich kann Ihnen mit der Namensliste eine Wegbeschreibung zufaxen.«

»Schön. Eins müssen wir noch klarstellen: Sie geben mir einen Auftrag, in Ordnung, ich komme zurück in Ihre romantische Stadt, doch wenn man in einer so weit zurückliegenden Sache herumstochert, kann einiges zu Bruch gehen. Erwarten Sie aber nicht, dass ich hinterher dableibe, um die Scherben aufzuklauben.«

Schweigend gingen wir die restliche Strecke über den östlichen Wall bis zu dem abschüssigen Ende am Osthofentor. Aus Anne Mehringers Blick, den sie mir schenkte, als ich mich hinters Steuer setzte und ihr noch einmal zuwinkte, wurde ich nicht klug. Hatte sie mich vorher regelrecht gedrängt, den Auftrag anzunehmen, so wurde ich jetzt das Gefühl nicht los, dass sie ihren Entschluss bereits bedauerte.

## 6.

»Alles ist möglich, du musst es nur wollen«, behauptete der Radiosprecher. Er verwies auf die kommende Werbeunterbrechung und bat die Hörer mit einer Dringlichkeit, als ginge es um Leben und Tod oder zumindest um persönlichen Erfolg oder absoluten Ruin, doch auf gar keinen Fall den Sender zu wechseln. Aufmerksamkeit war das Gold unserer Zeit.

Ich fuhr über die A 44 und hatte *Radio Vital* eingeschaltet. Hinter mir verschwamm die Börde im Dauerregen. Sprechblasen quollen aus dem Lautsprecher. Ein Regionalpolitiker sprach über Fußball, anschließend ein Fußballspieler der Zweiten Liga über Politik. Alles war wie immer. Die Leute redeten am entschiedensten über jene Dinge, von denen sie keine Ahnung hatten. Und dazu nutzten sie bevorzugt die Hauptsendezeit, nachmittags zwischen sechzehn und achtzehn Uhr; Kaffee und Kuchen waren verdaut, beim Bügeln und auf dem Heimweg von der Arbeit oder dem Einkauf hörte man Radio, danach begann die Fernsehzeit, das Radio verschwand in der Nische.

Der Sprecher kündigte die nächste Sendung an: »Und jetzt *Das andere Fenster* – unsere beliebte Sendung über Psychologie im Alltag mit Gregor Kelian. Heute geht es unter anderem um das Motivationstraining.« Zum Anschmecken brachte der Laberheini einen der uralten Aufheiterungswitze für Wochenendseminare: »Was ist der Unterschied zwischen einem Pessimisten und einem Optimisten. Na? Also, der Pessimist sagt: ›Alle Frauen sind verdorben‹, der Optimist sagt: ›Na hoffentlich!‹«

Spätestens jetzt hätte ich normalerweise einen anderen Sender gesucht, doch ich wollte ja meinen Klienten Gregor Kelian hören. Also ließ ich die Werbung über mich ergehen, die ganze Palette vom Allzweckreiniger bis zum Zoobesuch. Auch eine neue Rasierklinge wurde angepriesen, die dreifach gelagert, vierfach gründlicher und von höherem technischem Stand als mein VW Passat war. »... mit nur einem Strich dieser Turbo-Klinge können Sie überall, ja selbst an den Problemzonen, heute schon den Bart von morgen rasieren ...« Aber sicher doch, den Bart von morgen, den Zopf von gestern, den Muff von tausend Jahren, nur kurz einseifen, ein Strich, alles weg – und es erscheint der neue Mann, der neue Mensch, die neue Gesellschaft.

Ich rieb mit Daumen und Zeigefinger über mein stoppeliges Kinn und merkte mir den Markennamen der Rasierklinge.

Der Werbung folgte ein Schlager der aktuellen Hitparade und dann kam mein Klient. Um die Hörer zu ködern, unterbreitete er die Inhaltsangabe der Sendung in Form von Fragen: »Was wirkt als Anreiz? Ist unser Gefühl ein motivierendes Moment oder ein Trieb? Wie können wir unser Ziel erreichen? Und wenn wir es erreicht haben, wie verändert sich dann unsere Gefühlslage?«

Der Anreiz weiter zuzuhören war bei mir schon vor der nächsten Werbeunterbrechung auf null gesunken. Außerdem musste ich mich auf den Verkehr konzentrieren. Als ich nach einer Weile wieder die Stimme meines Klienten vernahm, beschäftigte ihn das Thema ›Wie steuere ich mein Unterbewusstsein?‹. Gregor Kelian sprach zunächst über den Aufbau des menschlichen Hirns und danach von wissenschaftlichen Untersuchungen zum passiven Lernen per Kopfhörer: »… denn, liebe Hörerinnen und Hörer, Ihr Unterbewusstsein nimmt weit mehr auf, als Sie ahnen. Ein Umstand, den wir mit unserer Methode nutzen. Nachts, Sie liegen Bett, werden diese Informationen im Gehirn gefestigt und am nächsten Morgen sitzt es dann. Die Hauptsache ist, dass Sie nicht hinhören, was tagsüber der Kopfhörer sagt.«

Nicht hinhören also. War das nur so dahergeredet? Oder versuchte Kelian sich mit Ironie selbst zu motivieren und so über die Sendung zu bringen? Von der Stimme des Mannes war ich mal wieder sehr angetan, vom Inhalt der Sendung überhaupt nicht. Ganz geschickt streute er nach Art des TV-Moderators Jean Pütz Hinweise auf seine CD ein: »… die Sie, liebe Hörerinnen und Hörer, bei der Hausarbeit oder wenn Sie Ihrem Hobby nachgehen, einlegen und abhören können, bequemer geht es wirklich nicht.«

Aufdringlicher auch nicht.

Die CD kostete neununddreißig Euro; bei einem Herstellungspreis von zwei oder drei Euro ergab sich – da die Werbung für ihn kostenlos war – eine traumhafte Gewinnspanne. Vergleichbar nur noch dem Wunderwasser aus Lourdes.

Zuletzt erteilte Kelian noch einen der klischeehaften Ratschläge aus der Mottenkiste des positiven Denkens: »Wenn Sie sich trotzdem mal über jemanden ärgern, lächeln Sie einfach sechzig Sekunden, ob vor allen Leuten, allein in einem Hauseingang oder auf der Toilette, das ist egal.«

Ich blickte in den Rückspiegel, sah einen Mann mit müden Augen in einem wilden Gesicht – und musste lachen.

Na schön, ab morgen machen wir Ernst.

## 7.

Das Museumscafé im Duisburger Kantpark war im Sommer gar kein so schlechter Treffpunkt. Von der Terrasse schweifte der Blick über den recht gepflegten Rasen zu dem gläsernen Kasten des Lehmbruck-Museums. Im Schatten alter Bäume standen mächtige Skulpturen aus Stein und Stahl, dazwischen wuchtige Stühle, die wie Folterinstrumente aussahen, aber für ein Nickerchen hervorragend geeignet waren. Wenn die Sonne schien, war es im Café leer, dann saßen die Gäste draußen auf Gartenstühlen und pickten in ihrem Raukesalat oder tranken Espresso. Angestellte aus den nahen Banken bestellten ihren Kaffee mit aufgeschäumter Milch – aber im Glas, bitte schön! Etwas abseits, aber noch in Sichtweite der Cafégäste, stierten Stadtstreicher auf die leeren Bierflaschen in ihrer Mitte.

So war es im Sommer. Bei Sonnenschein. Im Herbst und wenn Nieselregen von den Bäumen auf die roten Aschewege tröpfelte, war das Museumscafé dagegen so einladend wie ein städtisches Schwimmbad.

Als ich an diesem grauen Herbsttag die Tür aufstieß, saß ein gutes Dutzend Gäste verstreut in dem großen Raum. Nur eine Person hatte allein einen Platz in der erhöhten Fensterreihe eingenommen. Sie war Mitte dreißig, hatte dunkles kurz geschnittenes Haar, trug ein sandfarbenes Kostüm mit Schulterpolstern, wie sie vor Jahren mal Mode gewesen waren, und stützte ihr Kinn auf die gefalteten Hände. Vor ihr auf dem Tisch lag eine CD-Hülle.

Ich ging auf die Frau zu, setzte ein Lächeln auf und sagte, Kelian imitierend, indem ich meiner Stimme einen betont markanten Klang gab: »Schön, dass Sie gekommen sind, Isolde.«

Ihre Lippen, die sich für Bruchteile von Sekunden zu einer freundlichen Entgegnung geöffnet hatten, wurden bei meinem Anblick zu einem Strich. »Sie sind nicht … ich kenne Sie nicht.«

»Wen hatten Sie denn erwartet?« Ich rückte einen Stuhl zur Seite und setzte mich ihr gegenüber.

»Niemanden.«

Als sie die Handflächen über die CD legte, griff ich ihren linken Unterarm und drückte ihn auf die Tischplatte.

»Lassen wir das Versteckspiel. Sie hatten sich mit Gregor Kelian von *Radio Vital* verabredet.« Ich tippte auf die CD-Hülle mit den psychedelischen Kringeln. »Sein Werk. Aber nun bin ich hier.«

»Wer sind Sie?«

»Na, raten Sie mal!« Ich langte in meine Sakkotasche und hielt ihr einen Ausweis unter die Nase, lang genug, dass sie mein Bild und einen offiziellen Stempel sehen konnte, aber zu kurz, um erkennen zu können, dass es sich lediglich um meinen Gewerbeschein handelte.

»Polizei, aber ...?«

Ich machte ein Gesicht, das man als Zustimmung deuten konnte, verstärkte den Druck meiner rechten Hand, blickte ihr hart in die Augen und herrschte sie an: »Ab sofort keine Briefe mehr an Gregor Kelian! Keine Anrufe im Sender, keine Päckchen, lassen Sie den Mann in Ruhe! Falls nicht, kriegen Sie Ärger wegen Nötigung und müssen obendrein die Kosten für den Personenschutz tragen, den Herr Kelian mit Sicherheit beantragen wird, wenn Sie ihn auch nur noch ein einziges Mal belästigen. Verstanden? Und nun Ihre Personalien!«

Ich ließ ihr Handgelenk los. Sie nestelte an der Handtasche, die auf dem freien Stuhl neben ihr stand, ihre Hand zitterte. Fast tat es mir Leid, dass ich sie so hart angefasst hatte. Vor mir saß ja schließlich keine Verbrecherin, sondern nur eine liebeskranke Stelztante, der die Gesellschaft eines Kaffeekränzchens oder die Zuneigung eines Mannes fehlte und die deshalb ihre Aufmerksamkeit auf einen Moderator mit guter Stimme gelenkt hatte. Andererseits, entschuldigte ich mein Auftreten vor mir selbst, waren ein paar rau gesprochene Worte besser als ein zertrümmertes Handgelenk.

Sie kramte immer noch in ihrer Handtasche.

»Vergessen. Ich habe meinen Ausweis nicht dabei.« Es zuckte um ihre Mundwinkel. »Ich wohne nicht weit von hier, im Dellviertel, Neue Marktstraße 15, Sie können meine Angaben überprüfen, ich heiße Irene Schröder.«

»Schröder.« Ich verzog meinen Mund. »Nicht Meyer? Nicht Müller? Nicht Kant?«

Sie sah mich mit ehrlichem Erstaunen an. »Wieso Kant?«

»Der Park hier heißt so.«

»Ich weiß, worauf Sie anspielen, dass ich meine Zuschriften mit Isolde unterzeichnet habe. Aber warum sollte ich meinen wirklichen Namen nennen? Man denkt sich einen aus, das machen doch alle im Internet, was ist so schlimm daran? Und die selbst gebackenen Plätzchen, die ich ihm geschickt habe, die waren doch nicht vergiftet.« Sie nippte an ihrem kalten Kaffee. »Es gibt so viele langweilige Tage, einer verläuft wie der andere. Von der Arbeit nach Hause und dann ist da niemand, nur der Fernseher und das Radio. Er, der Herr Kelian, hat mir immer geantwortet. Schließlich war es ja auch sein Vorschlag gewesen, ich meine, diese Verabredung, und er wollte mir seine CD signieren. Weiß er überhaupt, dass Sie sich da reingedrängt haben? Ich kann mir nicht vorstellen, dass er gutheißt, dass die Polizei …« Sie schniefte.

Wenn ich nicht bald Einhalt gebot, hatte ich über kurz oder lang mein Jackett von Frauentränen durchweicht. Die Welt war schlecht, die Abende einsam, die Frau sollte sich einen Hund anschaffen. »Wir haben uns nicht in Ihre Verabredung gedrängt, Herr Kelian hat uns um Hilfe gebeten, nehmen Sie das zur Kenntnis, Frau Schröder.«

Ich tat, als ob ich ihr den Namen Irene Schröder glaubte. Während ich ihre Adresse in ein Notizbuch schrieb, brabbelte ich noch einmal etwas über Nötigung, Verletzung der Intimsphäre und Mindeststrafen. Ich überlegte, ob ich das freizügige Video erwähnen sollte, ließ es aber sein. Sie hatte genug gelitten, die Unterhaltung musste nicht noch peinlicher werden.

Von den übrigen Gästen schossen schon interessierte Blicke zu unserem Tisch. Ich schob meinen Stuhl zurück und richtete mich demonstrativ zu voller Körpergröße auf. Die Frau vor mir hatte zwar breite Schultern und auch ein recht grobknochiges Gesicht, war aber, was ihre Körperhaltung betraf, im Augenblick nur ein Häufchen Elend.

Die Kellnerin kam. »Was darf ich Ihnen bringen?«

»Bin schon wieder weg.« Ich deutete mit dem Kinn zur Tür und in Richtung der parkenden Autos.

Als ich mich umdrehte, fiel mein Blick auf die noch immer geöffnete Handtasche meiner Gesprächspartnerin und ich erkannte eine Sprühdose mit Reizgas. Ich hatte mal gehört, dass Männer der Inhalt von Damenhandtaschen grundsätzlich nichts angeht, mag sein, ich konnte mich aber nicht mehr erinnern, ob dieser Grundsatz auch für ehemalige Polizisten und private Ermittler galt.

## 8.

»Wie ist es ausgegangen?«, wollte Kelian wissen. Ich hatte im Sender angerufen und um seinen Rückruf gebeten. Seitdem war einige Zeit vergangen, aber nun hatte ich ihn am Apparat. Den Nebengeräuschen nach zu urteilen, befand er sich in einer Kantine.

Ich saß in meinem Wagen gegenüber dem Museumscafé, blickte auf eine Politesse, die sich langsam meinem Platz im Halteverbot näherte, und sprach etwas lauter ins Telefon: »Gut ist es ausgegangen. Ich denke, sie hat es geschluckt.« In knappen Worten schilderte ich meinem Klienten die Einzelheiten des Treffens. »Sie sagt, dass sie Schröder heiße und in Duisburg im Dellviertel wohne. Ich schätze, beides stimmt nicht.«

»Könnten Sie nicht ihren wirklichen Namen und die genaue Adresse herausfinden?«

»Mit einem gewissen Aufwand schon. Aber wieso sollte ich?«

»Ich dachte, es könnte nützlich sein für den Fall, dass die gute Irene trotz Ihres Einsatzes, Herr Mogge, mich nochmals belästigt. In dem Fall wäre es dann nämlich einfacher, die Sache weiterzuverfolgen – ich meine, nun, da Sie schon mal angefangen haben …«

Ich ließ ihn reden. Seine Argumente deckten sich mit meinen Überlegungen und die nötigen Schritte hatte ich schon längst unternommen. Vom Parkplatz am Kantpark hatte ich Cetin angerufen, einen jungen Türken, der hin und wieder kleine Aufträge von mir übernahm.

»Ich warte auf Sie, Cetin.«

»Isse klar, Chefe«, hatte er geantwortet. »Halbe Stunde bin ich da.«

»Cetin, stecken Sie Ihr Mobiltelefon ein.«

»Ohne Handy bin ich nackt wie Schnecke, Chefe.«

»Und hören Sie mit dem Türkendeutsch auf, bei Regenwetter geht mir das auf die Nerven.«

»Ah, man beliebt ein wenig wetterfühlig zu sein«, wechselte er zu Hochdeutsch mit leichter Ruhrpottfärbung.

»Fahren Sie los!«, hatte ich das Gespräch beendet und von da an die Tür des Museumscafés im Auge behalten. Als Stelzvogel Irene nach fünfundzwanzig Minuten das Lokal verließ, rollte Cetins Wagen, ein aufgemotzter Ford Scorpio, neben meinen Passat Kombi. Ich drehte die Seitenscheibe herunter, gab ihm einen Wink und er folgte der Frau, die in diesem Moment einen Regenschirm aufschnappen ließ und sich zum König-Heinrich-Platz hin bewegte. Dahinter lag der Dellplatz, wo sie angeblich wohnte, die Richtung stimmte, zumindest das.

Jetzt wartete ich darauf, dass Cetin sich bei mir meldete. Deshalb wollte ich auch so schnell wie möglich Kelian aus der Leitung haben. »Ich rufe Sie wieder an.«

# 9.

Cetin hatte gute Arbeit geleistet. Er war Irene gefolgt, die tatsächlich zum Dellplatz gegangen war, dort jedoch nur die Filmplakate des kommunalen Kinos betrachtete hatte. Anschließend war sie in einen Opel Astra gestiegen, der in der Nähe des Kinos parkte, und über die B 8 in Richtung Düsseldorf gefahren.

»Wie weit?«, wollte ich wissen.

»Bis Froschenteich«, berichtete Cetin und amüsierte sich über den Namen des ländlichen Gebiets, das tief im Duisburger Süden lag und schon zum Düsseldorfer Stadtteil Wittlaer gehörte. »Ein kleines Haus am Waldrand, viel Efeu an den Wänden, ein verwilderter Garten, die Frau ist in das Knusperhäuschen hineingegangen und nicht wieder herausgekommen. Am Klingelschild des Hauses stehen zwei Namen, Gorgas und Pohlschröder. Die Identität des einen Namens ...«

»Nun kommen Sie mal runter«, unterbrach ich den jungen Türken, der sich manchmal darin gefiel, seine Berichte mit gespreizten Redewendungen zu würzen.

»Ich habe bei Gorgas geschellt und gerufen, es ginge um ein multikulturelles Projekt; Multikulti zieht immer, kann man schlecht ablehnen. Und raten Sie mal, wer die Tür öffnet.«

»Die Frau, der Sie gefolgt sind.«

»Genau. Also habe ich nach Frau Pohlschröder gefragt. Antwort: Sie sei in Urlaub, die ganze Familie.«

»Und dann?«

»Dann habe ich dem Knusperhäuschen den Rücken gekehrt und bin zurück nach Hamborn gefahren. Sagen Sie, Chefe, wie kann man nur in einem Ort wohnen, der Froschenteich heißt?«

Mich beschäftigte eine ganz andere Frage: Weshalb waren Irenes Briefe und Päckchen immer in Oberhausen abgestempelt worden, wenn sie in Wittlaer, also Düsseldorf wohnte?

Einen weiteren Punkt hingegen hatte ich mithilfe des Autokennzeichens, das Cetin notiert hatte, und durch einen Anruf bei der Zulassungsstelle schon geklärt: Pohlschröder war der Geburtsname von Irene alias Isolde, jetzt hieß sie Gorgas und wohnte, laut Einwohnermeldeamt, allein in dem Haus. Das Namensschild Pohlschröder hatte sie wohl nur deshalb am Klingelbrett angebracht, um die Anwesenheit weiterer Hausbewohner vorzutäuschen. Ich hatte davon gehört, dass allein stehende Frauen so was schon mal machten und damit den Supertipps der Regenbogenpresse oder den Ratschlägen von Schlauköpfen irgendwelcher Fahndungssendungen folgten.

Wenn ich mal nicht weiterkam, wandte ich mich an Kurt Heisterkamp. Kurt war Hauptkommissar bei der Duisburger Kripo, Abteilung KK 11, Tötungsdelikte und Erpressung. Begegnet waren wir uns zum ersten Mal, als ich selbst noch im Staatsdienst stand, näher kennen gelernt hatten wir uns aber erst nach meinem Abgang von der Truppe. Kurt war immer der etwas steife Beamte geblieben, aber wenn es um einen Freundschaftsdienst oder einen guten Ratschlag ging, konnte ich auf ihn zählen.

Also rief ich ihn im Polizeipräsidium an und fragte, ob die Arbeit noch Spaß mache, erntete ein böses Knurren und rückte dann mit meinem eigentlichen Anliegen heraus. Wenig später rief er zurück: »Hör zu, Elmar: Gorgas, Irene. Unbeschriebenes Blatt. Da liegt nichts vor.«

Ich hörte, dass er einen Schluck Kaffee nahm, die Gelegenheit war also günstig, ich hakte nach und fragte nach einer männlichen Person mit Namen Gorgas.

»Auch negativ. Worum geht es denn, Erpressung?«

»Im Gegenteil, es gibt da einen hartnäckigen weiblichen Fan, der sein Opfer mit Geschenken verfolgt.«

»O Mann, manche Typen haben das Glück gepachtet, werden mit Süßigkeiten gefüttert und seidener Unterwäsche beworfen. Unsereiner dagegen bekommt manchmal schon an der Wohnungstür eine volle Babywindel ins Gesicht.«

»Lass dich zum Umweltdezernat versetzen, da ist alles sauber, jedenfalls von außen besehen. Und Geschenke werden dort auch verteilt, gleich bündelweise und in kleinen Scheinen.«

Er ging nicht darauf ein. »Gorgas, das ist ein ungewöhnlicher Name. Da fällt mir ein: Im Herbst letzten Jahres hat es einen spektakulären Unfall gegeben. Im Duisburger Süden wurde ein Radfahrer angefahren, Schnittverletzung, der Mann verblutete im Straßengraben. Allem Anschein nach ein Fall von Fahrerflucht, deshalb haben die Kollegen auch in der Sache ermittelt.«

»Und – hatten die Kollegen Erfolg?«

»Ja und nein. Es gab eine Festnahme, letztendlich konnten sie dem Verdächtigen aber nichts nachweisen.«

Ich fragte, wie der Mann hieß, den sich seine Kollegen vorgeknöpft hatten. Kurt wusste es nicht oder wollte es nicht sagen.

»Aber der Verunglückte hieß Gorgas?«

»Jedenfalls so ähnlich. Elmar, meine Kaffeepause ist rum. Ein bisschen was musst du schon selbst recherchieren.«

Und das tat ich.

Recherchieren heißt in den meisten Fällen, jemanden anrufen, der einem weiterhelfen kann. Ich wählte die Nummer der WAZ-Redaktion Duisburg und hatte Tom Becker am Apparat.

»Gorgas, nein, sagt mir nichts. Ist zwar traurig, aber tödliche Unfälle sind nun mal eine Alltäglichkeit.«

»So ganz alltäglich war das nicht, denn die Polizei hat damals ermittelt, Fahrerflucht, unterlassene Hilfeleistung, diese Richtung.«

»Wann war das denn?«

»Vor knapp einem Jahr.«

Tom Becker versprach mir, sein Archiv zu befragen. Und mich fragte er noch, warum ich mir nicht endlich einen Computer anschaffte, da könnte ich die Online-Ausgabe der WAZ lesen und auch mal selbst nach Daten stöbern.

»Dann hätte ich ja keinen Grund mehr, Sie während der Arbeitszeit zu belästigen.«

»Stimmt auch wieder.« Er schwieg. Auch mir fiel nichts mehr

ein. Becker stieß das für ihn typische meckernde Lachen aus und legte auf. In meinen Ohren klang das Gelächter jedes Mal wie eine fröhliche Mahnung: Geben und Nehmen, Kumpel. Klar helfe ich Ihnen, aber irgendwann sind Sie an der Reihe, Elmar Mogge, mit einem Tipp für eine gute Story, selbstverständlich exklusiv, nach Möglichkeit über einen bevorstehenden Anschlag auf ein Kernkraftwerk oder ein Attentat auf den Kanzler. Wie bitte, korrupter Bürgermeister? Hatten wir schon zuhauf! Nee, dann schon lieber eine interessante Leiche. Oder die Einladung zu einem Essen.

Richtig, ich sollte Tom Becker mal wieder zu einem Essen einladen.

Recht hatte er auch mit seinem Hinweis auf das Internet. Die Zeichen mehrten sich. Kelian hatte mich über das Versenden von E-Mails belehrt und bei meinem letzten Bankbesuch hatte mich die Angestellte wie einen Analphabeten an die Hand genommen und zu den Kundenterminals im Vorraum geführt, wo sie mir zeigte, wie man am Bildschirm eine Überweisung vornimmt. Es wurde Zeit, mir einen Computer anzuschaffen.

## 10.

Eine Stunde später stand ich in der Elektronik-Abteilung von Karstadt und ließ einen Schwall von Fachausdrücken über mich ergehen: Megahertz und Modem, Gigabyte und Grafikkarte, Desktop, drag and drop und Datensicherheit. »Dieser hat zwei USB-Anschlüsse und DVD, der andere eine zweite Festplatte als Backup nach dem Prinzip Master and Slave mit Option für ...«

»Nehme ich.«

»Welchen bitte, der Herr?«

»Den mit der blau abgesetzten Front.«

Als ich mit meinen privaten Ermittlungen anfing, hatte ich ein Telefon, einen Fotoapparat und eine mechanische Schreibmaschine, *Olympia*, Modell *Monica*, und ich fühlte mich bestens ausgerüstet. Irgendwann stellte ich dann eine Telefonanlage mit Anrufbeantworter und Fax auf meinen Schreibtisch, und seitdem fällt mein Blick, sobald ich die Tür zu meinem Wohnbüro öffne, immer automatisch auf diese Telefonanlage.

So auch jetzt.

Als ich mit meiner neuen Errungenschaft nach Hause kam, wartete eine Faxnachricht auf mich. Der Anrufbeantworter blinkte ebenfalls. Doch erst einmal schleppte ich Rechner, Monitor und Drucker zu meiner Büroetage im ersten Stock einer ehemaligen Zigarrenfabrik hoch. Dann beugte ich mich über das Fax. Es war eine Liste mit den Namen meiner ehemaligen Klassenkameraden aus der Soester Schulzeit und ein Lageskizze, wo man Peter Rugens Leiche gefunden hatte. Gruß Anne Mehringer. Zusätzlich hatte sie noch auf meinen Anrufbeantworter gesprochen. Ich sollte mich doch bitte endlich um die »Sache« kümmern.

Gekümmert hatte ich mich schon in der Zwischenzeit.

Aufregendes war bei meiner Telefonrecherche bisher aber nicht zu Tage gekommen. Mein ehemaliger Schulkamerad Peter Rugen stammte aus einer Durchschnittsfamilie. Die Mutter, gelernte Kindergärtnerin, war später nur noch Hausfrau, der Vater arbeitete als Bauingenieur. Reichtümer gab es in der Familie Rugen nicht, aber auch keinen Mangel, ideale Voraussetzung also für eine gute Kindheit, allenfalls ein wenig langweilig.

Das besagte nicht viel. Kriminelle Neigungen gab es in allen Schichten.

Weiterbohren, im näheren Umfeld des Toten. Ich rief die Auskunft an und erfuhr, dass im Soester Telefonbuch drei Rugen standen.

Gleich beim ersten Anruf bekam ich Peters Mutter an den Apparat. Ich stellte mich als ehemaligen Klassenkameraden der Petri-Thomä-Schule vor, nannte die Namen von ein paar Lehrern und gewann so ihr Vertrauen, bereitwillig gab sie mir Auskunft. Wieder einmal war ich erstaunt, wie bedenkenlos Leute am Telefon Fragen beantworten, ich hätte ja auch ein Schwindler sein können. Als ich darauf zu sprechen kam, unter welchen Umständen ihr Sohn gefunden wurde, hörte ich, dass sie mit den Tränen kämpfte.

Um sie abzulenken, schwenkte ich auf ältere Zeiten zurück. Kindheit, Schule, was ihr Sohn danach gemacht habe.

Peter sei früh, nach seiner kaufmännischen Lehre, von zu Hause weggezogen und habe zuletzt, bevor er vor zehn Jahren von einem Tag auf den anderen verschwand, bei Freunden gelebt. Nein, Namen wusste sie nicht mehr.

»Und wo?«

»Hier in Soest oder auch schon mal außerhalb, in einem Ferienhaus von Freunden und auf einem Boot am Möhnesee.«

»Haben Sie ihn nie besucht?«

»Nein, das wollte Peter nicht. Aber er ist manchmal zu uns gekommen und angerufen hat er auch ziemlich regelmäßig, an den Feiertagen und zu den Geburtstagen, auch seinem eigenen, damit wir ihm gratulieren konnten, so auch an seinem letzten – zweiunddreißig ist er nur geworden, nicht mal so alt wie …«

Sie unterbrach sich, schniefte in ein Taschentuch, führte den Satz aber nicht zu Ende, sondern sagte nur: »Überhaupt hatten wir guten Kontakt zu Peter.«

Ein rundum guter, braver Sohn. Auch wenn die Mutter auf die Frage, womit ihr Junge sein Geld verdient hatte, keine Antwort wusste. Frau Rugen gab mir immerhin noch die Telefonnummer von Peters Schwester.

Sonja, so hieß sie, hatte von ihrem Bruder schon eine etwas differenziertere Meinung. Peter habe sich zu den Außenseitern der Gesellschaft hingezogen gefühlt. Sie meinte Jugendliche, die in den Siedlungen am Stadtrand wohnten, die mit frisierten Mopeds herumkutschierten, auch mal einen Zigarettenautomaten zu Bruch gehen ließen und verrückte Feste feierten. Na ja, ganz so wild wird es wohl nicht gewesen sein. Ich hatte den Eindruck, dass bei der Schwester ein bisschen die Eifersucht auf den jüngeren, von den Eltern bevorzugten Bruder durchbrach und vielleicht Neid auf dessen freieres Leben. Missgunst klang auch durch, als sie davon sprach, dass Peter schon früh Erfahrungen mit Frauen, meist älteren, gemacht habe. Als sie das erwähnte, horchte ich auf. Ob ihm wohl die Idee gekommen war, sich von Frauen aushalten zu lassen? Lag hier, überlegte ich weiter, ein Motiv? Eifersüchteleien unter Freundinnen, die für ihn anschafften? Rivalenkämpfe im Rotlichtmilieu? In Soest doch nicht! Oder gerade?

»Mehr gibt es da, glaube ich, nicht zu erzählen, Herr Mogge.«

Ich merkte, dass sie ungeduldig wurde. Welche Wünsche und Pläne ihr Bruder denn so gehabt habe, fragte ich noch. Sie zögerte: »So ganz normale: ein schickes Auto, die große Liebe finden, eine Familie gründen, Kinder haben, eine Eigentumswohnung kaufen, auf jeden Fall wollte er weg aus dieser WG, das war doch nur eine Notlösung. Diese komischen Typen, Kiffer, Künstler, arbeitsscheue Elemente.«

Ich hörte mir noch eine Weile ihre engstirnigen Vorurteile an, erkundigte mich nach den Namen von Mitgliedern dieser Gemeinschaft und erfuhr, dass Sonja die WG eigentlich nur vom Hörensagen ihres Bruders kannte. Mit anderen Worten, womöglich hatte sie nie existiert. Um sich interessant zu machen, tischten Brüder ihren Schwestern oftmals Lügen auf, und umgekehrt natürlich auch, völlig normal.

War Peter Rugens Tod höchst ungewöhnlich, ja gar als makaber zu bezeichnen, so schien mir sein Leben unauffällig, was ich bisher erfahren hatte, fast belanglos. So weit die Ausbeute meiner Telefonrecherche, bis jetzt. Weiteres würde sich in den folgenden Tagen zeigen.

Doch zunächst musste ich noch einen Besuch abstatten.

## 11.

Ich setzte mich in meinen Wagen, fuhr über die Achse in Richtung Süden und nahm dann die B 8 bis Froschenteich. Bei dem Restaurant gleichen Namens bog ich in einen schmalen Weg ein, der die Schienen der Straßenbahn zwischen Duisburg und Düsseldorf kreuzte, sich durch Gemüsefelder schlängelte und schließlich an einem hohen Maschendrahtzaun endete. Dahinter erstreckte sich ein riesiger Park mit alten Bäumen und das Schloss Heltorf.

In der Sommerzeit besuchten Familienväter den Park, um ihren Sprösslingen, die wahrscheinlich viel lieber etwas anderes tun würden, die blühenden Rhododendrenbüsche zu zeigen.

Als ich das letzte Mal hier vorbeigefahren war, war das kleine Wärterhäuschen, das sich neben dem Eingangstor befand und den Charme eines Grenzpostens ausstrahlte, mit zwei Männern besetzt gewesen und draußen hatte eine große Besuchergruppe gewartet.

Jetzt waren das Wärterhäuschen sowie das Eingangstor geschlossen und weit und breit keine Leute zu sehen. Etwas abseits parkte ein militärgrüner Geländewagen, der einem Forstarbeiter oder aber auch Spaziergängern gehören mochte.

Das Haus, in dem Irene Gorgas wohnte, stand nicht weit vom Parkeingang entfernt. Wahrscheinlich handelte es sich um ein ehemaliges Forsthaus. Halb verdeckt von Bäumen und Büschen erinnerte es an ein Knusperhäuschen aus dem Märchen. Kletterpflanzen krallten sich in den verwitterten Backstein und waren drauf und dran, das etwas windschiefe Gebäude zu erobern. Etwas unpassend wirkten der angebaute Bretterverschlag, wahrscheinlich eine Garage, und das Gehege aus Maschendraht mit einer Schar Enten, mehreren Hühnern und einem Baum in der Mitte.

Ich hatte zwischen dem Buschwerk, das den Weg säumte, an einer Stelle angehalten, von der ich die Haustür beobachten konnte; jetzt wählte ich die Nummer, die unter dem Namen von Irene Gorgas im Telefonverzeichnis eingetragen war. Als der Hörer abgenommen wurde, hängte ich ein. Es war also jemand da.

Die restlichen Meter zum Haus legte ich zu Fuß zurück, dann drückte ich auf das Klingelschild *Gorgas.* Einmal. Ein zweites Mal. Niemand öffnete. Ich malte ein paar Kringel auf eine dieser orangefarbenen Benachrichtigungskarten der Paketpost und schob sie unter der Haustür durch. Wer will schon wegen einer Büchersendung oder was auch immer zur nächsten Paketausgabe fahren?

Es klappte. Ich hörte Schritte im Flur, eine Frau riss die Tür auf. Es war Irene Gorgas. Sie öffnete den Mund, um dem vermeintlichen Paketboten nachzurufen, dass sie doch zu Hause sei. Als sie ihren Irrtum erkannte, wollte sie die Tür zuschlagen, doch da hatte ich schon den Fuß dazwischen.

»Was fällt Ihnen denn ein!«

»Ich wollte mal ein paar Takte mit Ihnen reden.«

Das war nötig. Denn Kelian hatte mich angerufen, weil er von der Stelztante wieder belästigt worden war. Es sah so aus, dass ich wohl eine Gangart zulegen musste.

Ich rückte ganz dicht an sie heran. »Es scheint, dass Sie sich einen Dreck daraus machen, Anordnungen zu befolgen.«

»Sie sind kein Polizist.«

»Ich war mal einer und habe immer noch gute Verbindung zur Polizei. Darf ich reinkommen? Nein? Dann sage ich es Ihnen eben hier: Verschwinden Sie aus dem Leben von Gregor Kelian, verschwinden Sie aus seinem gesamten Umfeld und, das vor allem, lassen Sie seine Frau in Ruhe, sonst passiert was!«

»Ja, was denn? Was denn?«, schrie sie. »Wollen Sie mich etwa verprügeln?« Ihre Stimme klang herausfordernd. Sie hatte sich gefasst.

Ich schüttelte den Kopf. »Wissen Sie, was geschieht, wenn man in bestimmten Kreisen durchsickern lässt, dass in einem allein stehenden Haus am Rande eines großen dunklen Parks eine Menge Bargeld versteckt ist? Nun, ich will es Ihnen verraten: Eines Tages kommen Sie nach Hause und erkennen Ihre Wohnung nicht wieder.« Ich deutete zu einer halb offenen Tür. »Ihr schönes Bett, der verspiegelte Schrank, nichts wird heil geblieben sein, und falls die durchgeknallten Drogentypen beim ersten Mal nichts finden, dann kommen sie wieder, um mit einem Brecheisen die Fußbodenbretter aufzuhebeln. Ja, so hartnäckig sind die.«

Ich haute mächtig auf den Putz, so mächtig, wie man es von einem Rabauken, den sie in mir sehen sollte, erwarten konnte.

Mit meiner Schadensschilderung hatte ich ihre Fantasie angeregt, ich sah es ihr an. Sie nagte an der Unterlippe. Wahrscheinlich gehörte sie zu jenen Frauen, die sich mehr um den Glanz auf ihren Möbeln als um ihre Gesundheit kümmerten. Mehr auch als um ihre Körperpflege. Sie roch ein wenig, nicht direkt unsauber, eher etwas männlich streng. Das schwarze wallende Kleid war für ihre Figur geschickt gewählt und stand ihr nicht schlecht. Für Puder und Schminke hatte sie wohl keine Zeit gehabt, es war auch noch recht früh am Tag.

»Was sind Sie nur für ein grober Mensch!«, beschimpfte sie mich. »Hat seine Frau Sie beauftragt, mich zu ängstigen? Geben Sie es doch zu, bestimmt steckt sie dahinter, sie hat den bösen Blick, sie will uns auseinander bringen, ich weiß es, er würde nie zu solchen Methoden greifen, so ein feiner Herr, so einfühlsam, zwischen uns besteht eine Seelenverwandtschaft. Nichts kann uns trennen.«

»Glauben Sie nur nicht, dass Sie mich mit diesem Gequatsche einwickeln können. Erst Wichsvorlagen verschicken und dann von Seelenverwandtschaft faseln.« Ich hatte mich ein wenig in Wut geredet und konnte nur hoffen, dass es glaubhaft wirkte.

Es sah ganz danach aus. Mit der Gelassenheit, die sie anfangs ausgestrahlt hatte, war es jedenfalls vorbei. Sie atmete schwer und ihre Hände zuckten. Hass blinkte in ihren dunklen Augen. Ich war froh, dass die Sprühdose mit Reizgas, die ich in ihrer Handtasche gesehen hatte, nicht in ihrer Reichweite war, sonst hätte es um meine Augen bestimmt schlecht gestanden.

Ich warf noch einen bedeutungsvollen Blick in die Runde. Zwei der drei Türen, die vom Flur abzweigten, waren verschlossen, doch durch den Spalt der halb offenen Tür konnte ich einen Schrank und ein Bett erkennen. Das Schlafzimmer, tatsächlich. Plötzlich war es mir, als ob sich der Türspalt verringert hätte. Doch immer noch konnte ich einen Teil des verspiegelten Kleiderschranks erkennen.

Und in dem Spiegel sah ich etwas Dunkles, etwas, das sich bewegte, langsam, Millimeter für Millimeter.

Ich sah den Rücken einer Person und nicht nur den Rücken, sondern auch ihren ausgestreckten Arm und den Lauf einer Pistole. Ich war, abgesehen von einem Messer, mit dem ich ganz gut umgehen konnte, unbewaffnet. Hätte ich mich mit einer Knarre in der Tasche besser gefühlt? Ich bezweifelte es. Hier war ein Rückzug angebracht.

Ich bedachte Irene mit einem harten Blick aus zusammengekniffenen Augen und zog die Haustür ins Schloss.

## 12.

Ein filmreifer Auftritt. Ob er wirksam war, musste sich noch zeigen. Ich kannte den Namen der Stelztante, ich wusste, wo sie wohnte. Und dass sie die Videokassette tatsächlich in ihrem Schlafzimmer gedreht hatte, davon war ich auch überzeugt. Ob mein Auftrag damit erledigt war, sollte mein Klient selbst entscheiden.

Ich ging zurück zu meinem Wagen und fuhr in Richtung Duisburg. Auf freier Strecke schaute ich in den Rückspiegel, sah nichts Verdächtiges, nur mein eigenes ratloses Gesicht. Da besuchte ich eine Frau, die den Anschein erweckte, als hätte sie gerade einen Heftchenroman der Machart *Auch bei dir klopft das Glück an die Tür* zur Seite gelegt – und dann stand da ein Mann mit einem Schießeisen bei ihr im Schlafzimmer. Passte irgendwie nicht zusammen. Noch unpassender fand ich, dass der Kerl hinter dem Schießeisen sich nicht gezeigt hatte.

Und weil so gar nichts passte, würde ich diesen Vorfall in meinem Bericht an Kelian auch weglassen. Sollte ich etwa eingestehen, dass mir die Pistole einen ziemlichen Schrecken eingejagt hatte? Besser nicht! Von privaten Ermittlern wird schließlich erwartet, dass sie den Tag mit einem Glas Whisky beginnen und mit einer Schusswunde in der Schulter beenden.

Um zumindest vom Ton her diesem Bild zu entsprechen, sagte ich wenig später, als ich in meinem Büro zum Telefon griff: »Wenn ich Druck sage, Herr Kelian, dann meine ich Druck. Der nächste Schritt wäre Körperverletzung gewesen. Wenn Sie das wollen …« Ich ließ den Satz offen.

»Nein, nein, hoffen wir, dass sie mich nun in Ruhe lässt.«

»Hoffen ist immer gut.« Ich meinte das nicht einmal zynisch. Es betraf ja auch mich, denn auf das Erfolgshonorar, das ich mit meinem Klienten ausgemacht hatte, wollte ich nur ungern verzichten. »Lässt Ihre Verehrerin Sie in Ruhe, ist meine Prämie fällig. Wird sie lästig, indem sie Ihnen einen Eimer Pattex plus einer Ladung Sand über Ihren schönen Wagen schüttet, mache ich dieser menschlichen Klette Feuer unterm Hintern.«

»Pattex und Sand?«

»War nur ein Beispiel, Herr Kelian. Warten wir's ab. Ab morgen bin ich für ein paar Tage unterwegs. Wenn ich zurück bin, melde ich mich bei Ihnen.«

»Aber ich dachte …« Seine Stimme, sonst so fest und souverän, hatte einen ängstlichen Unterton.

»Was ist?«

»Es wäre mir lieber, wenn Sie die Frau noch ein paar Tage im Auge behalten könnten. Auch, ehm, möchte ich gern mehr über sie erfahren, was sie so treibt; man möchte sich doch ein Bild machen von der Person, die einen verfolgt. Gefahr erkannt, Gefahr gebannt – sagt ja der Volksmund. Bei mir kommt noch das, nennen wir es mal so, also das wissenschaftliche Interesse hinzu. Mit dem Wissen über Menschen und mit der Benennung von Dingen hat ja schließlich alles einmal begonnen. Am Anfang war das Wort, verstehen Sie?«

Aber genau! Der Mann hatte die Hosen voll, so würde der Volksmund ganz unwissenschaftlich sagen.

Ich gehöre nicht zu jenen Spürnasen, die Tagessätze schinden. Doch wenn mein Klient es in diesem Fall ausdrücklich so wollte, warum nicht – ich versprach Kelian, dass sich ein Mitarbeiter von mir um die Stelztante kümmern würde.

Eine schöne Aufgabe für Cetin, ich selbst wollte mich wieder mit der Salzleiche von Soest beschäftigen.

»Ist das ein guter Mann, dieser Cetin?«, wollte Kelian noch wissen.

»Mein bester«, sagte ich mit Überzeugung und drückte das Gespräch weg.

Am Abend besprach ich mit Cetin, wie er Irene Gorgas beschatten sollte. Er saß in meinem Besuchersessel. Eine Hand voll Gel im Haar, die Beine mit der aufknöpfbaren Adidashose übereinander geschlagen, blätterte er in der Betriebsanleitung meines Computers.

»Ja, geht schon in Ordnung, Chefe, aber ich hab da auch noch ein paar andere Geschäfte laufen.«

»Es muss ja nicht rund um die Uhr sein. Erkundigen Sie sich, wo die Frau arbeitet, was sie in der Freizeit macht. Und noch etwas: Sie soll ruhig merken, dass sie beobachtet wird. Sichtbare Präsens heißt das bei der Polizei. Mit anderen Worten: Druck machen, sie muss ins Schwitzen kommen!«

»Wird gemacht, Chefe.« Cetin war einverstanden, aber nicht recht bei der Sache. Während unseres Gesprächs war sein Blick immer wieder zu dem Computer gewandert, den ich inzwischen ausgepackt hatte.

»Schönes Teil!«

»Leider kann ich damit nicht umgehen.«

Mit der Begeisterung des Profis, der einen Amateur neben sich weiß, ging Cetin daran, den Rechner einzurichten. Ruck, zuck waren die Kabelverbindungen hergestellt. Flink eilten seine Finger über die Tastatur, mit der Geschicklichkeit eines Taschenspielers bewegte er die Maus, klickte hier, klickte da. Nach gut zwei Stunden hatte er alle Grundeinstellungen vorgenommen, eine Internetverbindung aufgebaut, eine E-Mail-Adresse sowie eine Webseite für mich eingerichtet.

»Willkommen im weltweiten Netz, Chefe. Merken Sie sich die Adresse und das Passwort, damit können Sie ab sofort von überall Ihre elektronische Post abrufen. Sogar von Soest, falls es dort inzwischen Computer gibt.« Er grinste mich an. »Und mit der Webseite sind Sie nun endlich konkurrenzfähig.«

Dazu sagte ich lieber nichts.

Meine ersten Tippversuche auf der Tastatur waren eine Katastrophe. Zu dicke Finger? Nein, alles nur Übung, meinte Cetin. »Aber vielleicht sollten Sie ein wenig filigraner mit der Maus umgehen. – So, ja, so! Und nach Möglichkeit nicht alle Tasten auf einmal drücken.«

»Und vielleicht sollten Sie, lieber Cetin, beim Beschatten von unserem Stelzvogel mal andere Klamotten tragen?«

»So biederes Zeug wie Sie?«

»Nein, nur nicht diese …«

»Na, sagen Sie es schon: diese Kanakenkluft.«

»Nein, nur etwas dezenter.«

»Und was ist damit?« Er zeigte auf meine Stiefel. »Passt arschgenau zu einem Mantafahrer. Warum nicht italienische Schuhe, elegant und bella, oder Joggingschuhe, lautlos und schnella? Warum?«

»Sehen Sie die Dartscheibe?« Sobald er seinen Blick auf die Wand richtete, fuhr meine Hand zum Stiefelschaft. Schon war das Messer in der Luft, dann steckte es mit einem satten ›Plop‹ in der Scheibe. Zwar nicht genau im roten Zentrum, aber auch nicht allzu weit davon entfernt.

»He, nicht schlecht, Chefe, gar nicht schlecht. Respekt!«

Wir waren quitt.

## 13.

Diesmal nahm ich die Autobahn nach Soest. Es war erst früher Nachmittag, als ich losfuhr, ich musste aber bereits die Scheinwerfer einschalten, und als ich dann in Soest ankam, war es vollkommen dunkel. Ich hatte im *Pilgrim-Haus* für mich ein Zimmer reserviert; Westfalens ältester Gasthof lag innerhalb des Stadtwalls direkt am Jakobitor. Ich fand einen Parkplatz vor dem Eingang, trug meine Reisetasche über knarrende Dielen in ein kleines Zimmer und legte mich probeweise auf das Bett, das dort womöglich schon seit dem Mittelalter stand, als die Durchschnittsgröße der Menschen noch um einiges geringer war.

Nun, ich war nicht zum Schlafen nach Soest gekommen.

Das Essen, das ich wenig später im Wintergarten des Hauses bestellte, versöhnte mich. Der westfälische Pfefferpotthast, eine Spezialität aus gekochtem Rindfleisch und Zwiebeln, schmeckte hervorragend und der Nachtisch, Halbgefrorenes aus Pumpernickel, konnte regelrecht süchtig machen. Erst später, als ich im Bett lag und nicht zur Ruhe kam, wurde mir bewusst, dass das Pumpernickel-Parfait mit einer gehörigen Portion Alkohol angereichert worden war. Das musste wohl so sein und war ja auch in Ordnung. Normalerweise. Doch ich bin Exalkoholiker und muss mich selbst vor geringsten Mengen Alkohol hüten.

Mit den Füßen über dem Bettrand sowie der Erkenntnis, dass die größten Gefahren heutzutage im Essen lauerten, schlief ich nach Stunden dann doch noch ein.

Am anderen Morgen nach dem Frühstück begann ich mit meiner Arbeit. In vielen Fällen besteht sie ja nur darin, ein paar Leuten auf die Füße zu treten. Im Grunde genommen ist mein Beruf ein Vertreterjob: anklingeln, quatschen, mal schöntun, mal Druck machen. Manchmal wird man zu einer Tasse Kaffee eingeladen, häufiger bekommt man die Tür vor der Nase zugeschlagen. Diesmal wurde mir die Arbeit leicht gemacht, ich bewegte mich im Bekanntenkreis, im Kreis meiner ehemaligen Mitschüler.

Die Liste, die Anne Mehringer mir zugefaxt hatte, war alphabetisch geordnet. Sie begann mit Ambaum, Oliver und endete mit Ziehlen, Volker. Meine Auswahl traf ich jedoch danach, wen von den Klassenkameraden ich als sympathisch in Erinnerung hatte. Und wen ich als leutselig einschätzte, schließlich wollte ich etwas herausbekommen.

»Schön, dich zu sehen, Schlömm.« Uwe Siedler war der Erste, der mich mit meinem alten Spitznamen ansprach. »Oder soll ich Elmar sagen? War ja nicht gerade ein Kosename, den wir dir angehängt haben. Hatte, glaube ich, was mit Schlamm zu tun.«

»Egal.«

»Also, Schlömm, was treibt dich denn hierher? Letztes Mal war es das Klassentreffen und heute?«

Ich erzählte ihm, dass ich für einen Bericht recherchierte, der in einer Frauenzeitschrift erscheinen sollte. Damit griff ich auf die Tätigkeit und die Erfahrungen meiner Exfrau zurück, aber warum nicht, da ich sonst schon nichts mehr von ihr hatte. Oder nicht viel. Taschenbücher mit Gedichten, Texte von Untergrundautoren und ein paar Bände mit fremdländischen Rezepten hatte sie zurückgelassen. Fotos, die langsam die Farbe verloren, waren geblieben und der literarische Satz »Komm her, Elmar, ich vögele dich schwindelig!«, der sich in meinen Hirnwindungen festgekrallt hatte.

»Weißt du, Uwe, ich schreibe so einen Riemen nach dem Motto *Ordnungshüter erinnert sich an die Kindheit und an Jugendsünden.* Ja, ja, die alten Kumpel sollen auch darin vorkommen«, ich machte eine Pause, »nun, einer ist ja nicht mehr dabei.«

»Hm, ja, mit Peter Rugen, das ist ein Ding. Da dachten wir, der macht sich einen schönen Tag, irgendwo an einem Palmenstrand, und dann liegt er in dem alten Salzlager. Ist doch ein Witz.«

Ich hatte schon Lustigeres gehört, ließ ihn aber reden; es sprudelte nur so aus ihm heraus, endlich war da mal jemand von außerhalb, den man mit seinen Kenntnissen beeindrucken konnte.

»Die Salzbrunnen in der Soester Umgebung …« Er fing nicht gerade bei Adam und Eva an, aber auch nicht viel später, nämlich bei den ersten Salzsiedern um 600 nach Christi, machte einen Schlenker zur Soester Fehde und erwähnte die Gradierwerke, wo früher die Sole über Schwarzdornhecken rieselte und zu Salz verdickte, das dann zermahlen, abgefüllt und als begehrte Handelsware weit verschickt wurde. Das so genannte weiße Gold.

»Früher, Schlömm, ist ja längst vorbei mit dem großen Salzgeschäft, aber die Solbäder, die bringen noch Geld in die Gemeindekasse.«

»Interessant!«

Den Soestern sagt man nach, dass man mit ihnen, bevor ein Gespräch in Gang kommt, einen Sack Salz fressen muss. Von wegen! Der Kerl quatschte mir die Ohren voll. Ich musste auf den Punkt kommen. »Sag mal, Uwe, gab es da womöglich Leute, die Peter nicht mochten?«

»Der Peter? Den mochten doch alle, blond, blaue Augen, ein Typ wie Robert Redford in jungen Jahren, weißt du doch.«

Ich konnte mich nicht entsinnen. Und der Vergleich mit Robert Redford und der Leiche, die ich gesehen hatte, wollte mir auch nicht gelingen.

»Mensch, auf den war doch später sogar eine unserer ehemaligen Lehrerinnen scharf, jung war sie, die, wie hieß sie nochmal? Nee, Moment, warte, jetzt hab ich's: Anneliese Währmann, die Währmaus, so nannten wir sie immer. Geschichte und ehm …«

»Keine Ahnung.«

»Ja, stimmt, das war, als du schon weg warst.«

Ich stand auf. An der Tür rief er mir noch nach: »Mit dem Martin hab ich letztens noch über Peter gesprochen, der kennt all die Schoten.«

Martin Evers, in der Schule Efisch genannt, war der nächste Kandidat auf meiner Liste. Kinder knüpfen oft hellsichtige Gedankenverbindungen, das wurde mir wieder bewusst, als Martin mich begrüßte. Es war, als ob mir jemand einen toten Fisch in die Hand drückte. Martin arbeitete bei der Stadtverwaltung, hatte aber schon Dienstschluss, ein blasser Typ mit schiefem Grinsen und nörgelnder Stimme: »Ja, sicher kenne ich die Anneliese, aber die heißt heute anders, ist verheiratet mit Carlos Mehringer, Geld wie Heu, Mehringer sitzt in mehreren Aufsichtsräten und auch im Stadtrat.« Ungefragt erzählte er mir etwas von einer Abstimmung, bei der Mehringer im Rathaus gegen ein neues Seniorenheim mit angeschlossenem Solbad gestimmt hatte. »Und warum? Kann ich dir sagen. Hundert zu eins deshalb, weil die Firma, bei der er auf der Gehaltsliste steht, nicht am Bau des Projekts beteiligt ist.«

»Und seine Frau, immer noch Geschichte und, ehm, Dings?«

»Nee, die macht jetzt auf Stadtführerin. Ja, mit der müsstest du dich mal unterhalten, wenn du was über Soest schreiben willst. Was soll das denn eigentlich werden?«

»Och, so 'n Artikel für eine Frauenzeitschrift. Ich melde mich wieder.«

Sein sowieso schon schwammiger Blick wurde noch fischiger. Wir standen an seiner Gartentür. Auf die Idee, mich ins Haus zu bitten, war er bis jetzt nicht gekommen. Mir war's recht.

Bei meiner nächsten Adresse zog ich eine Niete. Olli Ambaum, mit dem ich mich unterhalten wollte, war in Urlaub. »Die Ambaums sind nach Formentera oder Fuerteventura, irgendwo da unten.« Dass beide Reiseziele zwar da unten lagen, das eine aber im Mittelmeer und das andere im Atlantik, musste ich dem Nachbarn nicht erklären. »Wann kommt die Familie Ambaum denn zurück?«

»Ja, morgen, ich kümmere mich um den Hund von denen, spazieren gehen und so.«

»Passen Sie auf, dass er Ihnen nicht wegläuft.«

Jürgen Dönges, der Fahrer bei einer Getränkefirma war, erwischte ich, als er vor einem SB-Markt gerade in seinen Lastwagen steigen wollte. Ich blieb bei meiner Legende, dass ich etwas über Soest und die alten Kumpels schreiben wollte. Beim Namen Peter Rugen verdüsterte sich sein Gesicht.

»Hör mir auf mit dem! Peter war ein Snob.« Er sprach es wie Schnopp aus.

»Wieso?«

»Na, schicke Anzüge, wenig arbeiten, aber immer pleite.«

»Pleite? Er wollte doch eine große Reise machen.«

»Das ist es ja, plötzlich hatte er Kohle wie ein Weltmeister, aber seine Schulden bezahlen? Nix da!«

»Wo hatte er das dicke Geld denn her?«

Jürgen zog die Nase hoch. »Frag mich was Leichteres, Elmar.«

»Frauen, wie sah es mit Frauen aus?«

»Der Peter ließ sich doch schon in der Schule für gute Noten befummeln. Und später, nachdem die Mehringer ihm den Job bei der Versicherung ihres Mannes besorgt hatte, da fickte er für einen guten Abschluss die Witwen und die Bauerntrampel in der Börde.«

»Hat er dir das erzählt?«

»Erzählt, erzählt, so was hört man.« Er stieß mir mit seinem dicken Zeigefinger vor die Brust. »Mann, ich muss jetzt auf den Bock.« Er schwang sich ins Führerhaus und legte den Gang ein. Ein Stück fuhr ich hinter ihm her, bis ich dann auf dem Weg zu meinem nächsten Kandidaten abbiegen musste.

Reimer Böke wohnte in den Außenbezirken der Stadt nahe der Adam-Kaserne. In meiner Soester Zeit hatten wir Jungen beobachtet, was Frauen und belgische Soldaten dort am Drahtzaun trieben. Die Soldaten waren nun längst zurück in ihre Heimat, die leichten Mädchen von damals hatten sicher Gewicht zugelegt, womöglich selbst Kinder, und in der Nähe der Kaserne, wo wir damals auf einem Bauernhof Verstecken spielten und über Viehweiden rannten, standen nun Häuser.

Ich schellte bei Böke, hörte auch Geräusche im Innern des Hauses, aber niemand machte auf. Vielleicht hatte sich mein Besuch inzwischen herumgesprochen und der eine oder andere der alten Spielkameraden legte keinen Wert darauf, mich zu sehen.

Verschlossene Türen sind Vertreterschicksal.

## 14.

Wie ein Vertreter schrieb ich am Abend den Bericht für meine Klientin Anne Mehringer. Es war immer gut, ein paar Notizen als Arbeitsnachweis parat zu haben. Danach rief ich Cetin an. Erkundigte man sich früher am Telefon als Erstes nach dem Wohlbefinden, so fragt man heutzutage nach dem Standort des Angerufenen. Eine dumme Angewohnheit, aber nützlich.

»Ich bin in Oberhausen, Chefe, im Centro.«

»Einkaufsbummel?«

Cetin war empört. »Nein, die Frau, die ich beobachten soll, die arbeitet hier in einem Laden für Sportartikel. Seltsame Tante.«

»Wieso?«

»Heute ging sie in ihrer Mittagspause zuerst zu einem Imbiss und danach fuhr sie bei einem Typen vorbei, der in einer Garage in der Nähe vom Gasometer mit Motorrädern handelt.«

»Was ist so komisch daran? Es gibt Frauen, die dauernd neue Schuhe kaufen, und andere, die sich für Motorräder interessieren.«

»Ja, weiß ich. Aber ein Motorrad um diese Zeit, das ist was für die harten Typen, eine Frau friert sich da doch den Arsch ab – sorry, bei Frauen sagt man wohl Popo. Außerdem kennen Sie den Händler nicht.«

Cetin kannte ihn sehr gut, und zwar aus Zeiten, die er nicht benennen wollte. »Der Typ wird in der Biker-Szene, die sich sonntags immer am Parkplatz Kaiserberg trifft, Schopper genannt. Dieser Schopper, der eigentlich Arno Schopinski heißt, verkauft neben anderem Zeugs alte Wehrmachtsmaschinen, solche mit Beiwagen, wie sie in den amerikanischen Kriegsfilmen gezeigt werden; das ist für die Amis das Größte, ein Kraut in einem Beiwagen mit einem Gesicht wie aus Stein und einem Karabiner in der Hand …«

»Kommen Sie zur Sache, Cetin!«

»Also, der Typ vertickt diese Wehrmachtsmaschinen und behauptet, irgend so ein Nazi-Bonze sei damit aus Berlin geflohen, Rommel oder Graf Stauffenberg beispielsweise ...«

»Nun mal langsam, Graf von Stauffenberg war im Widerstand und Rommel in Afrika.«

Cetin fand meinen Einwand kleinlich und typisch deutsch.

»Schopper handelt auch mit alten Autos. Einem Freund von mir, der für Marilyn Monroe schwärmt, hat er einen Cadillac angedreht, in dem John F. Kennedy angeblich mit der blonden Göttin – sein Ausdruck, Chefe –, also in dem der gute JFK mit der MM auf dem Rücksitz angeblich ein Nümmerchen geschoben hat, die Sportflecken auf den Polstern würden hundert Pro den DNA-Mustern der beiden entsprechen, ein Zertifikat von der Uni Bochum würde das beweisen. Stimmte natürlich nicht, ein Bekannter von dem Käufer hat das Fleckenzeugs im Labor seiner Firma untersucht und herauskam, es war Joghurt und kein Sperma. Logisch, dass mein Freund ihm die Karre wieder auf den Hof gestellt hat, logisch, dass er ihm was auf die Zwölf gegeben hat. Respekt, denn Schopper ist nicht ohne.«

»Verstehe.«

»Nebenbei handelt Schopper auch mit Kriegsorden, die er von Grabräubern aus Russland bezieht.«

»Hm, aufregend.«

Ich hatte keinen Fernsehapparat in meinem Hotelzimmer und ließ Cetin reden. Und ähnlich wie bei manchen Fernsehsendungen wurde ich schläfrig. Bevor mir die Augen zufielen, fragte ich Cetin, ob Irene Gorgas sich mal in der Nähe von unserem Klienten Kelian gezeigt habe, entweder beim Radiosender oder bei ihm zu Hause. Nein, aber er sei ihr ja nicht ständig gefolgt.

Ganz bewusst, um ihm zu schmeicheln, hatte ich von »unserem« Klienten gesprochen. Und ich legte noch einen drauf: »Gute Arbeit, bleiben Sie weiter dran!«

Cetin gab mir den Tipp, in einem Internetcafé meine E-Mails abzurufen, dann legte er auf.

## 15.

Obwohl ich keine Nachricht in meinem elektronischen Briefkasten erwartete, ging ich am anderen Morgen in ein Internetcafé. So früh am Tage konnte ich bei den Leuten, die ich besuchen wollte, sowieso nicht aufkreuzen, ohne mich verdächtig zu machen.

Die erste E-Mail hieß mich willkommen im Reich von Bill Gates und Microsoft. Die zweite Nachricht hatte eine Witzkarte als Anhang und kam von Cetin. Deshalb hatte er mich also darauf hingewiesen, dass ich die Post abrufen müsse. Na schön! Der Absender der dritten Mail bestand nur aus Zahlen, dem @-Zeichen und dem Kürzel des Internetanbieters. Die Nachricht war sehr kurz:

*Hallo Schnüffler, Sie vernachlässigen Ihr Revier.*

Verdammt, wer kannte meine Adresse?

Diese Frage beschäftigte mich eine ganze Weile. Lag es daran, dass dieses Medium Internet so neu für mich war? Das musste es sein, denn es handelte sich doch nur um einen simplen Satz, der nicht einmal eine Drohung enthielt.

Während ich noch darüber nachdachte, machte mich ein Ton aus dem Computerlautsprecher auf eine neue E-Mail aufmerksam. Absender war Verena Bongarts, meine Exfrau, sie schrieb:

*... wünsche dir nette Zuschriften und zahlungskräftige Auftraggeber ... Verena*

Typisch, dieses ironische Biest! Tat gerade so, als hätte sie mich bislang unterstützen müssen. Dabei war ich es gewesen, der ihrem neuen Ehemann, Harro Bongarts, den Weg vom Bundestagsabgeordneten zum Staatssekretär freigeschaufelt hatte. Natürlich nicht bewusst, Verena hatte mich auf die Spur des vorigen Staatssekretärs gehetzt. Ich deckte eine Affäre auf, der Staatssekretär musste gehen, Verenas Gatte bekam als sein Nachrücker den Posten – und ich ein kleines Honorar. Die Sache wurmte mich noch immer. Und nun diese Anspielung, als ob ich nach unserer Scheidung vereinsamt wäre.

Etwas Gutes hatte Verenas Nachricht: In einem Nachsatz stand, dass sie beim Stöbern im Internet auf meine Webseite gestoßen sei – und das war dann wohl auch die Antwort auf die Frage, wie der geheimnisvolle, aus Zahlen bestehende Absender an meine E-Mail-Adresse gekommen war.

Aber ganz sicher war ich mir da nicht. Also rief ich Cetin an und er war sofort in seinem Element: »Nur eine einzige Mail unbekannter Herkunft? Das Netz ist voller Müll. Und schnell soll das sein? Beamte der amerikanischen Handelsbehörde haben vor einiger Zeit einen Test gemacht. Sie haben eine frische E-Mail-Adresse, so eine wie Ihre, ins Netz gestellt. Es dauerte keine zehn Minuten, bis die ersten Angebote eintrafen: Wie werde ich reich in dreißig Tagen, wo finde ich willige Frauen, was kostet eine Penisverlängerung.« Er lachte.

»Hochinteressante Fragen, aber doch eher allgemeiner Art. Die Anrede *Schnüffler* in meiner Mail hingegen klang ziemlich persönlich.«

»Vielleicht ein so genannter Hoax, also ein Jux, ein elektronischer Schabernack, ausgeheckt von irgendeinem Witzbold, der genauso gut im Nachbarort wie am Ende der Welt sitzen kann und alle Neulinge im Netz mit diesen Worten begrüßt.«

Ich versuchte den Zweifel in meiner Stimme zu unterdrücken. »Sie meinen, das ist wie beim Horoskop, wo jeder sich das raussucht, was zu ihm passt?«

»So ist es, Chefe, genau so.«

Ich starrte auf die Nachricht, die ich mir ausgedruckt hatte. Ganz überzeugt war ich nicht.

## 16.

Arbeit ist die beste Methode, um sich von grauen Gedanken abzulenken. Leichter Wind vertrieb den Morgendunst, die Sonne kam durch, es versprach ein schöner Tag zu werden.

Mit der Namensliste auf dem Beifahrersitz fuhr ich als Erstes noch einmal zu Reimer Böke. Doch anders als gestern parkte ich meinen Wagen in einer Nebenstraße und näherte mich dem Haus von der Rückseite. Obwohl sich seit meiner Schulzeit hier so viel verändert hatte, kannte ich mich noch ganz gut aus. Die großen Gärten, die früher hinter den Häusern gelegen hatten, waren verschwunden, aber ein paar Hecken standen so dicht wie einst.

Reimer Böke fuhr regelrecht zusammen, als er mich durch die Büsche kommen sah. Verständlich, denn in seinem Trainingsanzug aus leuchtender Fallschirmseide hatte ich ihn auf der Terrasse natürlich viel eher erkannt als er mich.

»Was …? Ach, du, Elmar.« Hastig zog er die Tür, die ins Haus führte, hinter sich in Schloss. »Meine Mutter, sie ist sehr lärmempfindlich und sie fühlt sich überhaupt nicht wohl.«

»Wollte mal mit dir plaudern, ganz leise, gemütlich.«

Reimer hatte schon von meinem Besuch gehört. Auch, dass ich mich mit dem Tod von Peter Rugen beschäftigte, war durchgesickert; meine Legende vom Bericht über Soest konnte ich also fallen lassen und so kam ich gleich zur Sache.

»Was hat Peter Rugen in den letzten Jahren vor seinem Tod so gemacht?«

»Woher soll ich das wissen?«

»Tu nicht so. Ich weiß von den anderen, dass da was gelaufen ist. Die Frage ist nur, wen von euch ich aus alter Freundschaft aus der Sache raushalten kann und wen nicht.«

Seine Hand mit den abgekauten Fingernägeln fuhr zum Mund, er schaute an mir vorbei zur Terrassentür, als erwarte er Hilfe.

Ich hatte ihn überrumpelt, Böke begann zu erzählen. Mit Worten, die er herauspresste, und einer für seinen massigen Körper überraschend hohen Stimme.

»Gemacht hat der Peter eigentlich nie viel, jedenfalls keine geregelte Arbeit, eher so was Freiberufliches. Versicherungen hat er verkauft, das aber auch mehr oder weniger nur im Bekanntenkreis.« Er unterbrach sich.

Seine Mutter, eine rundliche, nicht die Spur kränklich aussehende Frau mit roten Apfelwangen, schaute heraus, begrüßte mich, um sich dann sogleich, nach einem Wink ihres Sohnes, wieder zurückzuziehen.

Während Reimer Böke umständlich einen Kaffee für uns vorbereitete, indem er die Zutaten einzeln aus der Küche holte, sprach er, halb über den Kaffeefilter gebeugt, zur Seite in meine Richtung. »Eines Tages kam Peter dann mit dem Vorschlag an, wie wir alle ein paar Mark verdienen könnten. Wir sollten vom Rolf Appelt, du weißt, der war schon in der Schule immer gut im Zeichnen, also von dem Rolf, der sich ja jetzt Roy nennt, von dem sollten wir Bilder kaufen, das Stück für zehn- bis zwanzigtausend Mark.«

»Ganz schön happig.«

»Stimmt, sollte ja auch nur pro forma sein, um den Verkauf in Schwung zu bringen; das war Harry Kellers Idee, der meinte, das sei üblich in Kunstkreisen, um einen Künstler zu puschen.«

»Harry Keller, der von *Kellers Kahn?*« Der Name war bei dem Klassentreffen gefallen, im Zusammenhang mit so genannten Schwellbildern.

»Genau, aber den Kahn, ursprünglich ein Themse-Boot, das dann zur Galerie umfunktioniert wurde, also dieses Galerieboot, das gibt es ja schon lange nicht mehr. Harry hat später eine neue Bildergalerie eröffnet.«

»Wo?«

»In der Nähe vom Rathaus.« Er stellte mir eine Tasse hin. »Mit Milch oder Zucker?«

»Beides.«

Wir tranken einen Schluck, nickten uns zu und ich sagte so über den Tassenrand: »Ihr Jungs habt also je ein Bild von Rolf ›Roy‹ Appelt gekauft, was dann andere, echte Käufer, dazu anregen sollte, ebenfalls eines dieser Schwellbilder zu erwerben. Ich nehme an, später solltet ihr das Geld zurückbekommen. So war's doch, oder? Aber dann passierte dieses Unglück.« Ich stocherte noch immer wild im Nebel, aber so langsam zeichnete sich ein Bild ab. »Wie war das nochmal mit *Kellers Kahn,* Reimer?«

»Das Boot lag am Möhnesee und es wurde zu einem regelrechten Kunsttreff. Aber eben nur im Sommer, wenn da die Ausflügler hinfuhren. Und weil der Kahn im Winter ohne Funktion war, hatte sich Peter Rugen, immer auf der Suche nach einer freien Unterkunft, da einquartiert. Doch vorher, also am Ende des besagten Sommers, veranstaltete Harry Keller noch eine große Ausstellung, hauptsächlich mit den Werken von Roy Appelt. Danach war die Saison gelaufen, die Bilder blieben auf dem Boot, aber Peter zog schon ein. Und dann passierte, wie du ja schon weißt, dieses Unglück.«

Ich wusste rein gar nichts, sagte trotzdem: »Der Kahn brannte ab und mit ihm die Kunstwerke. Auch eure Schwellbilder, die ihr bei Peter Rugen, dem freiberuflichen Versicherungsvertreter, für einen Mondpreis versichert hattet. Aber welche Versicherungsgesellschaft wittert da nicht ein faules Ei?«

Böke rieb sich die Handflächen an den Hosenbeinen trocken. »Sag mal, Elmar, Polizist bist du doch nicht mehr. Arbeitest du jetzt für die Versicherung?«

»Nein, mir geht es nur um Peters Tod.«

»Dann ist es gut. Denn mit dem Rest haben wir – der Uwe, der Martin, die anderen und ich – nichts zu tun.«

Er wollte aufstehen, ich zwang ihn, sich wieder zu setzen. »Reimer, ein Anruf bei der Versicherungsgesellschaft und ich habe den Auftrag, der Sache auf den Grund zu gehen. Leg die Karten auf den Tisch! Warum haben die von Berufs wegen misstrauischen Versicherungsheinis den Braten nicht gerochen?

Warum haben sie euch geglaubt? Dem Galeristen, der sich eines altersschwachen Kahns entledigt, dem unbekannten Künstler, der mit einem Schlag all seine Schwellkunst loswird, und den Käufern, die für ihre überteuert erstandenen und auf dem Galerieboot als Leihgaben deponierten Bilder eine ordentliche Summe Geld beanspruchten? Warum?«

»Mensch, Elmar, nicht so laut!« Er legte den Zeigefinger an die Lippen und wies zur Terrassentür. »Ich will es dir ja sagen, ich wollte es schon die ganze Zeit loswerden, es lag mir regelrecht auf der Seele.«

»Ich höre.«

»Bei dem Brand ist ein Mensch ums Leben gekommen. Tot. Verbrannt. Im Schlaf.« Reimer schluckte.

Ich dachte an die Leiche im Stadtkrankenhaus, die bräunlich war, aber nur vom Salz, und keineswegs verkohlt. »Peter Rugen ist also an Rauchvergiftung gestorben. Und dann habt ihr den Toten zu dem alten Salzlager geschafft?«

»Nein, Peter doch nicht! Und angefasst haben wir schon mal gar nichts. Ein Fremder ist auf dem Boot verbrannt, einer von diesen alten Pennern mit den Plastiktüten und drei Mänteln übereinander. Der hatte dort Unterschlupf gefunden.«

Eine völlig neue Wendung.

»Wer wusste von dem alten Mann? Du, der Galerist? Nein, ihr alle!« Plötzlich wurde das Bild klar: Nur so konnte der Schwindel glaubhaft sein. Kein Mensch, nicht einmal der abgebrühteste Versicherungsagent würde behaupten, dass eine Gruppe von unbescholtenen Bürgern für eine erhoffte Entschädigung einen Menschen geopfert hatte. »Ihr alle habt es gewusst!«, wiederholte ich. »Wer aber hat den alten Mann auf das Boot gelockt? Ja, gelockt, denn auf den Zufall konntet ihr euch nicht verlassen. Wer?«

»Das musst du schon selbst herausfinden, Elmar. Ich jedenfalls war's nicht!«

»Und wer hat das Feuer gelegt?«

»Na, der Penner. Nistet sich ein, trinkt dem Bootsinhaber die

Schnapsvorräte weg, raucht noch dessen Zigarren – und brennt dann das Boot ab.«

»So stand es vielleicht im offiziellen Bericht.« Ich schnaubte verächtlich. »Also, wer von euch?«

Sein Gesicht mit den Hamsterbacken bekam einen bauernschlauen Ausdruck. »Erinnerst du dich noch an dieses Spielchen in der Schule? Jeder sagt ein Wort, die einzeln harmlos, zusammengenommen aber eine Frechheit sind: Herr Lehrer! Dreck! Sack!« Er lachte, fühlte sich wieder ganz obenauf. »Wir haben die Bilder auf *Kellers Kahn* untergebracht. Mehr haben wir nicht getan! Ist ja nicht verboten, oder? Irgendjemand hat dann einem Obdachlosen den Tipp gegeben, dass er auf dem Boot überwintern könnte. Ist sogar menschlich, nicht?«

So langsam kochte in mir die Wut hoch.

»Wieder ein anderer hat später die Flasche mit Flüssiggas geöffnet, das Gas hat sich im Kielraum gesammelt. In Yachtzeitschriften wird vor dieser Gefahrenquelle gewarnt, weil das Gas schwerer ...«

»Schon nicht mehr harmlos«, warf ich ein.

»Eine Fahrlässigkeit. Und der Penner hat schließlich die Zigarrenkippe in die Bilge fallen lassen. Eine Kette von Zufällen, kein Verbrechen, Elmar.«

»Vielleicht stand es später tatsächlich so im Bericht der Versicherungsgesellschaft. Aber einer von euch hat gezündelt.«

Reimer hob die Hände, wie ich darauf käme.

»Nein, nein, du bist keiner, der die Lunte legt, bist nur einer, der zuguckt.«

Ich erinnerte ihn an die vorpubertären Spiele. Hier hinter den Gärten fanden sie statt, auf dem Fußballplatz, der nicht einmal Sitzbänke, am Eingang aber ein Häuschen hatte, wo die Eintrittskarten verkauft wurden, sonntags. An den Wochentagen schlichen wir uns in das Häuschen, mit gleichaltrigen Mädchen, um mit ihnen das zu machen, was wir bei den Soldaten und den erwachsenen Frauen gesehen hatten, was wir aber nicht konnten oder wozu wir uns nicht trauten oder von dem wir nicht wussten, wie es zu bewerkstelligen war, weshalb wir uns die in den Gärten gepflückten Beeren gegenseitig in die Körperöffnungen steckten. Ein geheimnisvolles Spiel, das uns etwas ahnen ließ, bei dem die Rollen wechselten, du bei mir, ich bei dir. Nur einer von uns hatte nie mitgemacht, sondern immer nur von außen durch ein kleines Loch in der Wand ins Innere des Kartenhäuschens geguckt.

»Warst damals schon ein Zugucker, Reimer, bist es immer noch. Bist ein Gaffer, ein Wichser!«

Ich war zuletzt etwas laut geworden, seine Mutter steckte den Kopf durch den Türspalt, sah das hochrote Gesicht ihres Sohnes und sagte: »Ah, goldene Schulzeit, ihr amüsiert euch über alte Streiche.«

»Sie sagen es, Frau Böke.«

Da war ich bei meinen Recherchen auf eine Riesensauerei gestoßen, in der Suche nach dem Mörder von Peter Rugen aber nicht viel weiter gekommen. Eine Gruppe von Scheinheiligen und Betrügern, wie sie in jeder Stadt, in jedem Dorf wohl zu finden war – wer aber hatte diese Riesensauerei ausgeheckt? Wie hing das mit der Salzleiche zusammen? Und warum musste Peter Rugen sterben?

Um meine Gedanken zu sammeln, streifte ich noch ein wenig durch meine alte Wohngegend. Wo wir nach der Schule Fußball gespielt hatten, stand nun ein Einkaufszentrum; die großen Gärten mit Beerensträuchern, Salatbeeten, Komposthaufen und Kaninchenställen waren gestutzten Rasenflächen gewichen und die Viehweiden der neuen Siedlung: verkehrsberuhigt, steril, an den Türen Kränze aus Tannengrün, an den Fenstern Wolkenstores, hinter denen die Langeweile lauerte. Und das Grauen – so kam es mir jetzt, nach dem Gespräch mit Reimer Böke, vor.

Die Kaserne am Ende der Siedlung hatte ich schon im Vorbeifahren erspäht. Nun schlenderte ich zum Eingangstor mit den beiden Wachhäuschen. Die letzte Wachablösung lag Jahre zurück. Harte Gräser und Wildkräuter hatten inzwischen Teile des Militärgeländes erobert. Hinter dem hohen Drahtzaun erhoben sich die Baracken und ein mächtiger Aussichtsturm aus Bruchstein. Eine fast monumental wirkende Anlage, wenngleich jetzt grau und trostlos. Putz blätterte von den zwei- und dreistöckigen Mannschaftsblöcken. Einst hatte man dort französische Kriegsgefangene untergebracht, dann Flüchtlinge aus den deutschen Ostgebieten und schließlich belgische Soldaten. Jetzt war die Kaserne ein Museum, zu besichtigen aber nur an bestimmten Tagen, wie ich auf einem Schild am großen Tor lesen konnte – und heute war nicht der Tag.

Also setzte ich mich wieder in meinen Wagen und fuhr in Richtung Innenstadt.

Vom Hotel aus rief ich Wegener an, einen Versicherungsmann, dem ich mal geholfen hatte, einen Betrug aufzudecken.

»Brandfall *Kellers Kahn*, eine Bildergalerie am Möhnesee«, gab ich ihm die Stichworte.

Nach ein paar Klicks im Firmencomputer konnte er mir sagen, dass seine Gesellschaft mit dem Brand auf dem Galerieboot nicht direkt etwas zu tun gehabt hatte.

»Was heißt ›nicht direkt‹?«

»Nun, irgendwie treffen sich doch alle Versicherer wieder, Hin und Rück, Sie wissen schon.«

»Wie hoch war denn der Schaden?«

»Eine halbe Million das Boot, eine viertel Million die Kunstwerke. Wir sprechen von D-Mark.«

»Wer hatte *Kellers Kahn* denn versichert?«

»Ein Büro in Soest.«

Er räusperte sich, um anzudeuten, dass er eigentlich nichts sagen durfte. »Mehringer. Carlos Mehringer.«

Jetzt musste ich mich räuspern. »Danke!«

Carlos Mehringer, der Ehemann meiner Auftraggeberin, sieh mal einer an! Ich machte die anderthalb Schritte zum Fenster, schaute auf die malerischen Häuser und wusste nicht, wie ich die neue Information einsortieren sollte. Versichert war *Kellers*

*Kahn* über das Büro Mehringer, der Galerist macht den großen Reibach und richtet sich davon eine schicke Stadtgalerie ein. Geld bekommen auch der Künstler sowie eine Hand voll Freunde, die sich aus der Schule kennen; der Coup ist geglückt – doch dann, beim nächsten Klassentreffen, fehlt einer aus der Gruppe, und zwar für immer.

Peter Rugen musste verschwinden. Warum?

## 17.

Abend. Die ehemaligen Schulkameraden saßen vor dem Fernsehschirm oder lagen schon in den Betten. Vielleicht bereuten sie ihre Sünden, vielleicht brüteten sie neue Übeltaten aus. Sie oder andere. Das Verbrechen schläft nicht, wie es so schön heißt, und das Auge des Gesetzes natürlich auch nicht. Oder doch? Mal sehen.

Die Soester Polizeistelle lag nur wenige Schritte hinter dem Osthofentor. Ein- und zweistöckige weiße Gebäude mit roten Ziegeldächern, es war ein kasernenartiger Komplex und doch, verglichen mit dem Duisburger Polizeipräsidium, eine Idylle. Ich überlegte, wie die Soester Polizei wohl in dem Fall des verbrannten Tippelbruders vorgegangen war und wie die Ermittlungen bei der Salzleiche standen. Hatten die lokalen Ordnungshüter selbst etwas unternommen oder den Fall gleich an die für Soest zuständige Mordkommission weitergegeben? In Duisburg hatte ich meine Verbindungen, aber hier … Andererseits, auch ein normaler Bürger konnte doch von den Staatsdienern, die er mit seinem Steuergeld finanzierte, eine Auskunft erwarten.

Ich betrat die Wache. Sie war mit nur einem Beamten besetzt. Der Mann, um die dreißig, Quadratschädel, Schnauzbart, schaute auf den Computer vor sich, kaute auf einem Zahnstocher und benutzte, wie ich beim Näherkommen erkennen konnte, eine schwarz-gelbe Mausunterlage mit dem Vereinsemblem des BVB. Mehrmals nippte er an einer Tasse, ebenfalls in den Farben der Borussia, und endlich blickte er mich an.

Ich sagte dem Dortmund-Fan, dass ich nach Soest gekommen sei, um einem alten Schulkameraden die letzte Ehre zu erweisen, was aber nun nicht möglich wäre, weil der Leichnam des Kameraden auf die Obduktion durch einen Rechtsmediziner warte.

Mit wachsender Ungeduld hatte der Polizist zugehört, jetzt brach es aus ihm heraus: »Moment mal! Was wollen Sie? Eine Ehre erweisen?«

Sehr schnell wurde mir klar, dass ich von dem Bullen, der auf Borussia stand, keine brauchbaren Auskünfte erwarten konnte. »Ja, Ehre erweisen, sagt man doch so«, bemerkte ich mit betont feierlicher Miene.

»Nee, nee, Anzeige erstatten, sagt man.«

»Ja, schon, aber in diesem Fall …?«

»Was für ein Fall?« Er nahm den Zahnstocher aus dem Mund als Zeichen, dass es nun offiziell wurde. »Nun kommen Sie mal zur Sache, Herr …?«

»Mogge, Elmar Mogge.«

»Also, Herr Mogge. Anzeige, Beschwerde, Verstoß gegen die Straßenverkehrsordnung – wollen Sie einen Strafzettel bezahlen? Oder worum geht es?«

»Um eine Salzleiche.«

»Was geht Sie die … eine was?« Er schaute über meine Schulter, weil er wohl hinter mir eine versteckte Kamera vermutete. »Ach so, die Salzleiche meinen Sie – ha! –, nun, die ist für das Restaurant *Im Wilden Mann* bestimmt. Wir Soester, das wissen Sie bestimmt schon, wir sind ja Menschenfresser«, er kniff mir ein Auge. Offensichtlich wollte der Mann nicht als humorlos erscheinen. Dass Deutschland sich vom strengen, autoritären Land längst zur Spaßgesellschaft entwickelt hatte, war also bis in die Soester Börde vorgedrungen und da wollte niemand abseits stehen.

Noch einmal zwinkerte mir der junge Beamte verschwörerisch zu, und als ich mich an der Tür umdrehte, hob er den Daumen. Alles klar, Spaß muss sein, wir sind auf einer Linie, du, närrischer Bürger, und wir, die Polizei, dein Freund und Helfer. Fehlte nur noch das Victory-Zeichen, das heute jeder, ob Politiker oder Pater, Sportler, Kiffer oder Kaffeetante in irgendeine imaginäre oder auch tatsächlich vorhandene Kamera hielt.

Ich winkte zurück, drückte die Tür ins Schloss.

Nach dem Kasernengeruch in der Polizeistelle wollte ich noch etwas frische Luft schnappen. Von der Wache am Osthofentor aus spazierte ich über den Nelmannwall. In der Ferne erblickte ich einen Mann mit Hund, dann kam mir eine Gruppe Jugendlicher entgegen. Kapuzenpullis, übergroße Hosen, die den schleppenden Gang alter Männer erzwangen, dazu schwere offene Schuhe, wie sie ihre Vorbilder trugen, die Rapper in den rauen Ecken von New York oder, was näher lag, die wirklich schlimmen Jungs im Knast von Werl, die bei ihrem Einzug in den Bunker außer den Hosengürteln auch ihre Schnürsenkel abgeben mussten. Provozierend, als gehörte ihnen der Wall, schlenderten die Halbwüchsigen auf mich zu, teilten sich im letzten Augeblick und gingen zu beiden Seiten hautnah an mir vorbei. Als ich mich umdrehte, klatschten sie sich in die erhobenen Handflächen, machten den Getto-Gruß, aber mit einem Grinsen im Gesicht.

Soest war eben doch nicht die Bronx. War nicht einmal Duisburg-Marxloh, wo man bei ähnlicher Gelegenheit schon mal, ohne sich etwas zu vergeben, die Straßenseite wechseln sollte.

Mild und klar war die Nacht. Durch die Zweige der Bäume über mir glitzerten die Sterne, inzwischen war auch der Mond aufgegangen und spendete zusätzliches Licht. Vor mir erhob sich die Sankt-Thomä-Kirche mit ihrem unverwechselbaren schiefen Turm, der nicht umzufallen drohte, sondern, das wusste ich noch aus der Schule, absichtlich so krumm gebaut worden war, damit er sich gegen die starken Westwinde behaupten konnte.

Im Moment war es windstill, kein Lüftchen wehte, weder aus West noch Ost noch sonst woher, herrlich ruhig war es.

Bis auf ein leises Surren, das sich näherte und mich aus meinen Gedanken schreckte. Ich drehte mich kurz um. Zwei Radfahrer, aber kein Licht. Einer der Männer überholte mich, lehnte sein Rad an einen der mächtigen Kastanienbäume, die ein regelrechtes Dach bildeten, und begann an seiner Hose zu fummeln. Als ich auf einer Höhe mit ihm war, drehte er sich um. Der Mann hatte einen dieser albernen Harthelme auf, trug enge, auffällige Radlerklamotten, andererseits aber einen Schal, der zu einem großen Teil sein Gesicht verdeckte.

Der Hockeyschläger, den er auf dem Gepäckträger seines Rads festgezurrt hatte, fiel mir erst jetzt auf. Felgenbremsen quietschten, der zweite Fahrer hielt unmittelbar hinter mir. Ich ahnte, was nun kommen würde.

»Sie sind ziemlich neugierig«, begann der erste, indem er auf mich zutrat, breitbeinig, die Arme angewinkelt, wie Ringer es tun.

»Und?«

»Das kann ungesund sein.«

»Schönen Helm haben Sie. Stammt sicher aus dem Windkanal und verkürzt den Weg zum Zigarettenautomaten garantiert um ein, zwei Sekunden.« Ich wollte Zeit gewinnen. Ich wollte den Kerl aber auch ärgerlich und somit unvorsichtig machen. Sein Fahrrad lehnte am Baumstamm. Mit zwei Schritten war ich da, wog es kurz in der Hand, es war leicht wie eine Feder und hatte sicher so viel wie ein Gebrauchtwagen gekostet. Ich hob das teure Stück über die Brüstung, rief: »Stehen bleiben!«

Der Besitzer missachtete meine Warnung und ich warf das Rad über die Mauer. Sechs, acht Meter unter mir schepperte es und in einem Haus auf der Straßenseite zur Innenstadt ging das Licht an.

Wieder ein Surren, diesmal hörte es sich an, als ob ein Lasso geschwungen würde. Ich konnte nicht nachschauen, was da auf mich zukam, ich musste den Kerl vor mir im Auge behalten.

Das gelang mir auch. Aber nur kurz. Dann spürte ich einen Schlag auf dem Kopf und mit diesem Schlag erloschen die Lampen in dem Haus unterhalb der Mauer, und nicht nur die, alle Lichtquellen gingen aus, die Straßenlaternen, der Mond, die Sterne …

Und ab ging es ins Mittelalter. Durch Nebelschwaden nahm ich wüste Gestalten in Wams und Lederhelm wahr, die bizarre Wurfmaschinen bedienten, neben ihnen Lanzenträger und Bogenschützen, die, zum Angriff bereit, Sturmleitern an die Stadtmauer legten. Und ich mitten unter ihnen, was gar nicht meine Art war. Sollte der Bischof von Köln seine Fehde gegen die abtrünnigen Soester doch selbst austragen. Was hatte ich, Elmar Mogge, keiner Kirche angehörend, mit diesem Glaubenskrieg zu tun? Der Kampf nähert sich dem Höhepunkt. Brandgeruch. Schreie. Stürzende Leitern. Fallende Leiber. Frauen schütteten durch die Pechnasen kochendes Wasser auf die Angreifer, während ihre Männer auf der Wallkrone mit Lanzen auf die Gegner einstachen, sie mit Steinen bewarfen und im Nahkampf lange Ketten schwangen, an denen mit Nägeln gespickte Kugeln hingen. Einen poetischen Namen haben diese Waffen. Wie hießen sie doch gleich? Mein Gedächtnis, irgendetwas schien mit meinem Gedächtnis nicht zu stimmen. Morgensterne? Ja, so hießen sie! Und so ein Ding musste mich getroffen haben.

»Morgensterne.«

»Morgenstern heißen Sie? Und Ihr Vorname? Jetzt sagen Sie nicht Christian!« Es war eine freundliche Stimme, sie gehörte einer Frau und diese Frau lachte. Bestimmt sah sie gut aus.

Ich öffnete die Augen und erblickte eine Uniform. Eine Polizistin! Fast noch ein Kind, braune Haare, die unter der Mütze hervorlugten. Eine Taschenlampe hielt sie in der linken Hand, einen Gummiknüppel in der rechten. Der Morgenstern! Verdammt, ein weiblicher Bulle hatte mir einen übergezogen. Warum mir und nicht dem Kerl mit der Keule oder womit auch immer der zweite Radfahrer zugeschlagen hatte?

Ich betastete meinen Hinterkopf, nickte mit dem Kinn zu dem Schlagstock. »Warum fuchteln Sie mit dem Ding vor mir herum?«

»Sie waren drauf und dran, einem Spaziergänger ein Messer in den Bauch zu rammen.«

Mein Messer, das ich immer am Unterschenkel trug, ich hatte es also noch vom Klettverschluss lösen und gegen die Angreifer richten können.

»Einem? Sie waren zu zweit. Und im Übrigen keine Spaziergänger, sondern Radfahrer, Schlägertypen, die mich überfallen und mit Hockeyschlägern bedroht und wohl auch getroffen haben.« Ich richtete mich vom Boden auf. »Wieso sind Sie hier? Zufällig?«

»Nein, mein Kollege, dem Sie etwas von einer Salzleiche erzählt haben, war der Meinung, Sie seien entweder ein Irrer oder einer vom Fernsehen, was auf das Gleiche rauskommt.« Sie lachte wieder. »Also bin ich Ihnen nachgegangen. Im Schein der Taschenlampe sehe ich einen Mann, der flieht, und einen mit einem Messer in der Hand – da konnte ich nicht lange Fragen stellen.«

»Klar, erst einmal draufhauen. Ist das Soester Tradition?«

»Nur auf Ihren Arm, damit Sie das Messer loslassen. Mehr war auch nicht nötig, plötzlich haben Sie weiche Knie bekommen, sind zusammengebrochen. Doch wohl nicht bei meinem Anblick?«

Na, die war ja gut drauf. »Kann ich mein Messer wiederhaben?«

»Wenn Sie sich ausweisen können.«

Ich zeigte ihr meine Papiere, erzählte, dass ich selbst mal Polizist gewesen war und jetzt als privater Ermittler arbeitete, was sie jederzeit überprüfen könnte. Ich machte ein paar Angaben und nannte den Namen Mehringer.

»Sie arbeiten also für Mehringer, Herr Morgenstern.«

»Mogge.«

»Tina Frings. Doch ja, der Name Mehringer sagt mir was. Der Mann sitzt im Stadtrat, hat was mit Finanzierungen und

Versicherungen zu tun. Da haben Sie ja einen zahlungsfähigen Auftraggeber.«

Musste ich ihr sagen, dass ich für Mehringers Frau arbeitete? Nein, musste ich nicht. Nicht nach diesem Schlag auf den Arm. Ob der auf den Hinterkopf auch auf ihre Rechnung ging oder von den Hockeyfans stammte, war mir nicht klar. Dackelblick, Unschuldsmiene, aber was hieß das schon. Sie war Polizistin und konnte es faustdick hinter den Ohren haben.

Wir bewegten uns in Richtung Osthofentor, Polizeimeisterin Frings, die ihr Dienstfahrrad schob, in aufgekratzter Stimmung, ich eher wortkarg und mit Überlegungen, die in die verschiedensten Richtungen gingen.

Schmale Taille, ausgeprägte Hüften, musste gut aussehen in Röcken, ging es mir reflexartig durch den Kopf, das Gesicht unter der Uniformmütze nicht ganz so hübsch, wie es mir beim ersten Anblick erschienen war, aber jung war sie tatsächlich, sehr jung …

»Wie bitte?«

»Ich wollte wissen, ob Sie die Angreifer beschreiben können. Haben Sie einen Verdacht, wer Sie ausrauben wollte?«

Musste ich ihr sagen, dass ich gar nicht von einem Raubüberfall ausging? Sollte ich ihr den Tipp geben, sich mal das Fahrrad am Fuß der Mauer anzusehen, um auf diese Weise unter Umständen den Namen des Besitzers in Erfahrung zu bringen? Besser nicht, ermahnte ich mich, in diesem Nest ist doch jeder mit jedem um ein paar Ecken verwandt oder zumindest gut bekannt.

Ich sagte: »Keine Ahnung, was die beiden Radfahrer vorhatten.«

Kurzer Seitenblick, sie glaubte mir nicht.

Vor uns ragte das Osthofentor in den Nachthimmel. Rechts ging es zur Polizeiwache, links quer durch die Innenstadt zu meinem Hotel. Ich blieb stehen. »Wir könnten irgendwo noch …«

Sie ließ mich nicht ausreden. »Also, wegen der Anzeige kommen Sie am besten morgen Vormittag zur Wache.«

»Ist doch nichts passiert, außer …« Mit der Hand fuhr ich über die wachsende Beule an meinem Hinterkopf.

»Ja, dann gute Nacht.«

## 18.

Ich legte mich aufs Bett. Nur ein wenig ruhen und die Tagesereignisse ordnen. Ich hatte das Gefühl, der Lösung des Geheimnisses der Salzleiche sehr nahe zu sein: Ein Versicherungsbetrug und ein Toter, da jedoch keiner der Beteiligten die Tat direkt begangen hat, fühlen sich alle unschuldig. Nur einem aus der Gruppe, Peter Rugen, schlägt das Gewissen. Weil er auspacken will, wird er zur Gefahr für die anderen und muss sterben. Doch ja, so musste es gewesen sein. Die Frage war eigentlich nur noch, wer von meinen ehemaligen Schulkameraden Peter umgebracht hatte.

Ich ließ sie noch einmal aufmarschieren: Uwe Siedler, Martin Evers und Jürgen Dönges – mit ihnen hatte ich bereits gesprochen. Wie würden Olli Ambaum, Roy Appelt und Harry Keller reagieren? Und auch mit Jürgen Dönges, der auf Peter Rugen nicht gut zu sprechen war, wollte ich mich nochmal unterhalten.

Ich erwachte mit einem ziemlichen Brummschädel. Duschen, frische Wäsche, das Frühstück nahm ich im Internetcafé ein. Mit einer gewissen Erwartung öffnete ich nach der zweiten Tasse Tee mein elektronisches Postfach. Wie schnell man doch der Droge Internet verfällt!

Eine Mail von Cetin: Er hatte von dem schrägen Verkäufer Schopper erfahren, dass sich Irene Gorgas tatsächlich für ein Motorrad interessierte und demnächst bei besserem Wetter eine Probefahrt machen wollte. Zudem hatte Cetin mit einem Bekannten aus seinem Viertel Kontakt aufgenommen, der bei *Radio Vital* eine Sendung für die türkischen Hörer gestaltete; und dieser Bekannte hatte von Querelen im Sender gesprochen.

Cetin drückte es in seiner Mail allerdings anders aus:

*... Scheisenärger im Funkhaus – interessiert uns das, Chefe?*

Und ob!

Cetin schmiss den Laden während meiner Abwesenheit sehr gut allein. Da konnte ich mir ja mit der Salzleiche in Soest noch ein wenig Zeit lassen.

So weit die guten Nachrichten.

Die zweite Mail hatte den aus Zahlen bestehenden Absender und bestand aus einem Satz:

*Hallo Schnüffler, so fern dem Revier, sehen Sie nicht das Unheil kommen?*

Auf meinen Unterarmen stellten sich die Härchen auf. Seltsam! Warum nur beunruhigte mich diese Nachricht so sehr und auf derart unbekannte Weise? Weil ich mit dem Computer noch nicht vertraut war und nicht wusste, wie ich auf elektronische Briefdrohungen reagieren sollte? Zwar hatte ich schon viel von Viren, Würmern, Trojanischen Pferden und dummen Internetspäßen gehört, aber dies hier schien mir doch eine andere Sache zu sein.

Ich klickte bei Cetins Mail auf *Antworten* und schrieb ihm, dass er weitermachen sollte, lobte ihn zum wiederholten Male und fragte zum Schluss, ob es möglich sei, die wahre Identität eines chiffrierten Mail-Absenders herauszubekommen.

Postwendend, mein Mitarbeiter schien ständig im Netz zu sein, kam die Antwort:

*Da sprechen wir später drüber. C.*

Ich bezahlte mein Frühstück plus Internetgebühren und fuhr zu dem Getränkegroßmarkt.

Jürgen Dönges fuhr mit einem Gabelstapler aus der Halle

und schob die Gabeln unter eine Palette mit Bierkästen, die auf der Ladefläche eines Lastwagens stand.

»Hallo, Jürgen!«

Er rollte mir beim Rückwärtssetzen nicht direkt über meine Füße, verfehlte sie aber nur um wenige Zentimeter. »Ach du, Elmar! Musst aufpassen!« Geschickt drehte er den Stapler auf der Stelle, hielt sich ein Nasenloch zu und schnaufte. »Was liegt an?«

Sein Gesicht verriet mir, dass er wusste, wie weit ich inzwischen mit meinen Recherchen gekommen war. »Nur eine einzige Frage, Jürgen: Hattest du auch eins von Roy Appelts so genannten Schwellbildern gekauft?«

»Nee, hab ich nicht, hätte ich schon, aber damals, als beim Klassentreffen die Sache verhackstückt wurde, fehlte mir die Kohle.«

»Weil du die Kohle zuvor Peter Rugen geliehen hast und der hat sie dann Gewinn bringend in diese« – ich malte zwei Anführungszeichen in die Luft – »Sache investiert.«

»Kann sein, Elmar. Bist ein Schlauer. Hatte dich gar nicht so in Erinnerung, warst in der Schule eher einer von den Stillen.«

»Stimmt, habe mich erst entwickelt, nachdem ich raus war aus dieser muffigen Enge.«

»Tja, der Großstadtdschungel. Dann mal viel Glück hier bei uns in den engen, muffigen Gassen.« Er brachte die Fuhre zur Lagerhalle.

Der Bursche hatte Schneid, ließ sich nicht provozieren. Ich musste versuchen auf andere Weise an ihn heranzukommen.

Als er zurückgekehrt war, fragte ich ihn, was er von Harry Kellers Themse-Boot hielt.

»Wenn der Kahn jemals auf der Themse geschippert ist, dann bin ich in London zur Welt gekommen.«

»Wenn nicht Themse, wo dann?«

»Auf der Ruhr, aber Themse macht natürlich viel mehr her ...«

»Piccadilly Circus, Tate Gallery.«

»Genau, Keller fährt ja auch ein Londoner Taxi, neben seinem Mercedes als Zweitwagen.«

»Und das Taxi fuhr vorher in Lünen, Lippstadt oder Lütgendortmund?«

»Nee, das stammt tatsächlich aus London, hat ihm ein Typ aus Oberhausen besorgt, der Schopinski.«

»Schopper?«

»Du kennst ihn?«

»Dem Namen nach.« Ich fingerte einen Schein aus meiner Tasche. »Wollte eigentlich mit dir einen Kaffee trinken, aber da du keine Zeit hast.« Ich steckte ihm das Geld in den Overall, die alte Schmiermethode, die sogar bei ehemaligen Klassenkameraden ankam. »Und dieser Schopper hatte Keller auch das Ruhr-Themse-Boot besorgt?«

»Ja, der hat es ihm sogar persönlich mit einem Spezialtransporter zum Möhnesee gebracht. Ich war dabei, als das Boot ins Wasser gelassen wurde. Bei der Aktion hab ich mir den Kahn auch genauer angeguckt und festgestellt, dass die englischen Schilder erst nachträglich angeschraubt worden waren. Übrigens, morscher Kahn, Trockenfäule im Unterwasserschiff, kaum zu reparieren. Der Schopinski hat Keller übers Ohr gehauen.«

»Oder auch nicht.«

»Oder auch nicht.« Er feixte, wippte mit dem Gasfuß.

»Mach's gut, Jürgen!«

»Mach's besser!« Dönges fuhr die Gabel hoch, ruckte die nächste Palette an und verschwand mit der Ladung in der Halle.

Diesen Schopper musste ich mir bei Gelegenheit mal anschauen. Zunächst wollte ich jedoch in Soest bleiben.

Harry Kellers neue Galerie war im Bogengang einer Stadtvilla untergebracht, nannte sich aber immer noch *Kellers Kahn.* Eine junge Frau war gerade dabei, die großen Flügeltüren aus Glas zu öffnen, die einen gelungenen Kontrast zu dem dunkelgrünen, fast blauen Soester Sandstein bildeten.

Ich setzte mein kunstsinniges Gesicht auf und fragte nach dem Besitzer. Nachdem ich ihr meinen Namen genannt hatte, wählte sie eine Telefonnummer, hörte recht lange zu, um mir schließlich mitzuteilen: »Tut mir Leid, Herr Mogge, aber Herr Keller ist verreist.«

Sie wurde rot bei der Lüge, was sie in meinen Augen sehr sympathisch machte und mir, nach den Ereignissen der letzten Tage, meinen Glauben an die Unverdorbenheit zumindest einiger Kleinstädter zurückgab.

»Wann kommt er denn zurück?«

Sie zog die Schulter bis nahezu an ihre glühenden Ohren und erweckte einen gequälten Eindruck.

»Ich schau mich mal um, darf ich?«

»Aber ja doch, bitte.«

An den Wänden hingen Bilder und Zeichnungen verschiedener Künstler, meist gegenständliche Arbeiten, die in ihrer Farbgebung der grauen Jahreszeit angepasst waren. Völlig farblos, wenn man vom Rost absah, waren die aus Eisen zusammengeschweißten Skulpturen in der Mitte des Ausstellungsraums. Ich schaute mir die Titel der Werke an, nickte, nahm in der Pose des fachkundigen Betrachters Abstand und fragte die junge Frau, wo man den Künstler finden könne.

Das Atelier oder besser die Werkstatt von Roy Appelt befand sich in der Nähe des ehemaligen Soester Schlachthofs, der zu einem Kulturtreff umgebaut worden war.

Durch einen Spalt in der Schiebetür konnte ich in den Raum blicken. Ein Mann hockte auf einem Schemel, in der linken Hand hielt er einen Schweißschirm, in der rechten eine Schweißzange. Er trug eine Lederschürze und sein Unterarm steckte in einer Manschette aus Gummistoff, die ihn vor den sprühenden Funken schützte. Gleißend blaues Licht zuckte über Bleche, Winkeleisen und allerlei Abfallstücke in den Ecken des Raums sowie über das Kunstwerk vor ihm, ein mannshohes Gebilde, das an eine menschliche Gestalt erinnerte.

Als ich die Tür aufzog, legte der Mann den Sichtschutz und die Schweißzange mit der Elektrode zur Seite. Ich erkannte

Rolf ›Roy‹ Appelt auf der Stelle, bei ihm dauerte es ein wenig länger, weil sich seine Augen erst an die veränderten Lichtverhältnisse gewöhnen mussten.

»Komm ruhig rein, brauchst nicht anzuklopfen.« Er betrachtete mich so einladend wie der Türsteher einer Edeldisko einen Rentner in Sandalen und Tennissocken.

»Interessantes Stück«, bemerkte ich, indem ich mit der Faust gegen die Figur stieß, deren Kopf einer afrikanischen Maske glich; Mund und Augen bestanden aus Löchern, um die Nase, die einer spitzen Blechtüte ähnelte, hatte der Künstler eine saubere Schweißnaht gelegt. »Auftragsarbeit?«

»Hm.«

»Wo soll sie denn mal stehen? In einer Kirche?«

»Kapelle.«

Sehr gesprächig war er nicht. Und das in einer Zeit, da Künstler sich mehr denn je mittels Kommunikation vermarkten mussten.

»Alle Achtung, Roy, andere simulieren nur Arbeit, du malochst und machst dir die Hände dreckig.«

Appelt guckte beleidigt und murmelte etwas von Kulturprojekt.

»Kann wenigstens nicht brennen, dein Kulturprojekt.«

»Häh?«

»Im Gegensatz zu deinen früheren Arbeiten, den Schwellbildern. Die waren doch aus Schaumstoff und Sackleinen, alles leicht brennbares Zeug, nicht wahr?«

Er spuckte auf den Boden. »Was willst du?«

»Plaudern.«

»Worüber?«

»Über einen abgebrannten Kahn und über Peter Rugen.«

»Was geht das dich denn an?«

»War ein alter Klassenkamerad, der Peter. Zehn Jahre lag er im Salz, nun liegt er im Städtischen in einem Kühlfach.«

»Und?«

»Nix und. Ich möchte einfach nur wissen, wer ihn umgebracht hat. Totgeschlagen, mit einem Hammer, mit einer Rohrzange.« Ich ließ meinen Blick über das herumliegende Werkzeug schweifen. »Oder mit einem Stück Profileisen.«

»Soll ich dir einen Rat geben, Mogge?«

»Immer.«

»Geh und schieb die Tür von draußen zu!«

Als ich keine Anstalten machte, rief er: »Leo, komm mal!« Nach dem dritten Rufen erschien durch eine Seitentür ein Junge von achtzehn oder zwanzig Jahren, kräftige Schultern, auf wenige Millimeter kurz geschorene Haare. »Was liegt an, Meister Appelt?«

»Bring mal die Laufkatze!«

Leo griff sich den Bedienungskasten eines Deckenkrans.

»Und das Kühlwasser, Leo!«

Leo ließ den Haken herunter und hängte ihn in eine Kette, die an einem Stahlbassin befestigt war. Dann zog er den Behälter hoch. Tropfen rieselten herunter, die sich auf dem mit Schleifstaub bedeckten Boden in graue Kügelchen verwandelten, um anschließend träge wie Quecksilber weiterzurollen. Der Junge betätigte die Laufkatze, die sich in einer Schiene bewegte, die quer durch die Halle zum Ausgang führte. Er konnte die Tür blockieren, er konnte den Stahlbehälter aber auch in meine Nähe bringen, ihn mit ruckenden Kranbewegungen zum Überschwappen bringen oder ganz abstürzen lassen. So was passierte in Werkstätten …

»Dann will ich mal nicht länger bei der Arbeit stören, Meister Appelt.«

Ich schritt zum Ausgang, betont gemächlich. Mein Rückzug sollte nicht wie eine Flucht aussehen. Hinter mir rumpelte die Laufkatze mit dem baumelnden Behälter, Wasser platschte auf den Boden. Ich spürte die Spritzer an meinen Hosenbeinen.

Nur nicht umdrehen, lass sie lachen. Als Ermittler sollte man objektiv sein und sich nicht von persönlichen Gefühlen leiten lassen, schon richtig, doch in Gedanken setzte ich Roy Appelt an die Spitze meiner Hitliste der Verdächtigen.

## 19.

Olli Ambaum stand auch darauf. Nach der Aussage seines Nachbarn hätte er aus dem Urlaub zurück sein müssen, war er aber nicht. Für heute Feierabend machen? Noch zu früh! Also fuhr ich die vier Kilometer in Richtung Bad Sassendorf, wo man die Leiche in einer alten Salzabfüllanlage gefunden hatte.

Ein Kurhaus inmitten eines geschniegelten Parks, gelangweilte Kurgäste, zwei Andenkenläden, eine Hand voll adretter Häuschen – das war Bad Sassendorf. Aber eben noch nicht der Fundort, der sollte außerhalb des Ortes in der Nähe eines weiteren verlassenen Militärlagers der belgischen Streitkräfte liegen. Ich folgte Anne Mehringers Beschreibung auf dem Faxblatt und fand den Platz. Oder kam ihm zunächst einmal sehr nahe.

Ich hielt den Wagen an, stieg aus.

Rostiger Stacheldraht, den man nicht ernst nehmen musste, eine Schranke, die nicht einmal geschlossen war, ein zerdeppertes Schild, das irgendetwas über Unbefugte sagte, aber nur, wenn man sehr genau hinsah und sich die Mühe machte, es überhaupt zu lesen.

Ein anderes, viel größeres Schild kündete an, dass an dieser Stelle demnächst ein Altenheim der Luxusklasse entstehen sollte. Eine Seniorenresidenz! Im Moment sah ich zerborstene Fensterscheiben, mit Sprühschriften verschmierte Wände und Müll jeglicher Art. Schön ist so etwas nirgendwo, aber hier nahe dem fleckenlosen Bad Sassendorf und nur wenige Autominuten von der malerischen Stadt Soest entfernt, stach es besonders ins Auge.

Ich betrat das Gebäude. In einer Ecke türmte sich der Rest eines Salzbergs, mit Schmutz bedeckt, allenfalls für den kommenden Winter als Streusalz zu gebrauchen. Die Schaufel eines Baggers lag auch noch da, mit verrosteten Stahlzähnen und von Ackerwinde überwuchert wie das stählerne Maul eines vorgeschichtlichen Ungeheuers.

Ich rief mir die Verletzung am Kopf der Salzleiche ins Gedächtnis. Wie von einem riesigen Hamsterzahn verursacht, ja, so hatte es ausgeschaut. »Äußere Verletzungen können auch noch nach Jahren gut beurteilt und bestimmten Gewalteinwirkungen zugeordnet werden, weil die Haut dank der Salzeinwirkung schnell vor bakterieller Zerstörung geschützt wurde«, so hatte es Dr. Borbek ausgedrückt.

Hamsterzahn, der stählerne Zahn eines Schaufelbaggers, ein Profileisen oder doch die Spitze eines Gabelstaplers? Ich hatte erlebt, wie geschickt Jürgen Dönges mit seinem Arbeitsgerät umgehen konnte. Einen Bagger würde er sicher ohne Schwierigkeiten manövrieren können. Ein Schlag mit der Schaufel, anschließend eine Fuhre Salz auf die Leiche und darüber die Decke des Schweigens. Und wenn es so abgelaufen war, hatte er es dann allein getan? Oder war es mal wieder eine Gemeinschaftsarbeit alter Kumpel gewesen?

Als ich aus der Halle ins Licht trat, fuhr ein Streifenwagen heran. Die Polizisten stiegen aus, ein älterer mit müdem Gesicht und der schnauzbärtige Anhänger von Borussia Dortmund, mit dem ich in der Wache gesprochen hatte. Ich nickte ihm zu, aber er wollte mich nicht wieder erkennen. Vielleicht hatte er sich schon auf einen Fernsehauftritt bei der versteckten Kamera gefreut, und dann die Enttäuschung. Jedenfalls war es mit seinem Humor, das zeigte sein Gesichtsausdruck ganz deutlich, vorbei. Sein Blick glitt über das Nummernschild meines Wagens, sicher hatte er was Abfälliges über den MSV Duisburg auf den Lippen. Der Ältere betrachtete meine Hände, an denen noch Salzkristalle klebten, und fragte, ob ich etwas suche.

»Nö, musste mal pinkeln.«

»Und dafür gehen Sie in das Gebäude?«

»Im Freien fühle ich mich beobachtet.«

Die beiden nickten sich zu. Ich wusste, was jetzt kam. Prompt wollten sie meine Papiere sehen. Dann kam mein Wagen an die Reihe. Sie gaben sich alle Mühe, fragten nach dem

Warndreieck und nach Ersatzglühbirnen, fanden aber nichts zu beanstanden. Etwas verkniffen tippten sie schließlich an ihre Uniformmützen. Eine zufällige Begegnung? Jedenfalls fuhren sie weiter, wenngleich aufreizend langsam. Allem Anschein nach war die Soester Polizei doch nicht so mit Arbeit überlastet, wie Anne es vermutet hatte.

Auf dem Rückweg in die Stadt legte ich mir zurecht, was ich meiner Klientin berichten würde. Vom Hotel aus rief ich sie dann an.

»Wie weit sind Sie gekommen, Herr Mogge?«

»Die Aussagen der Befragten wiederholen sich, was normalerweise bedeutet, dass mit Überraschungen nicht mehr zu rechnen ist.«

»Nicht so kryptisch, Herr Mogge. Was haben Sie denn nun herausbekommen?«

Nix kryptisch, Frau Lehrerin. Ich brachte Anne Mehringer auf den neuesten Stand, sagte ihr, dass Peter Rugen, unter seinen Freunden als Bruder Leichtfuß und Liebling der Frauen bekannt, an einem Versicherungsbetrug beteiligt gewesen war, bei dem es einen Toten gegeben hatte.

An die Explosion auf *Kellers Kahn* und an den verbrannten Tippelbruder konnte auch Anne Mehringer sich noch erinnern. Sie nannte es eine Tragödie.

Ich wurde deutlicher: »Eine Riesensauerei!«

»Ja, wenn Sie es so ausdrücken wollen. Warum aber wurde Peter Rugen umgebracht, warum?«

»Eines Tages wird er wohl mit der Wahrheit herausgerückt sein. He, Jungs, ich zeige mich selbst an, mag er gesagt haben, vielleicht um sein Gewissen zu erleichtern, vielleicht aber auch, um die anderen Beteiligten zu erpressen.«

»Ah ja?« Anne Mehringer schien von meiner Theorie nicht sonderlich überzeugt zu sein. »Sie selbst, Herr Mogge, waren doch mal bei der Polizei. Was meinen Sie, warum ist der Versicherungsschwindel mit Todesfolge damals nicht aufgeklärt worden?«

Jetzt hätte ich ihr antworten können, dass statistisch gesehen die Aufklärungsrate bei Mord zwar sehr hoch war, dass aber schätzungsweise nur jeder zweite Mord überhaupt als solcher erkannt wurde.

Stattdessen sagte ich: »Ich denke, dass die Polizei nicht übermäßig an der Sache interessiert war. Und die Versicherung wohl auch nicht, die wollte im Ort weiter Abschlüsse tätigen. Anders ausgedrückt, der öffentliche Druck fehlte. Volkes Stimme, soweit sie überhaupt von dem Fall erfahren hat, wird gesagt haben: Ein Penner weniger, was macht der Kerl sich auch an fremdem Eigentum zu schaffen. Wäre ein Kind verbrannt, ein Prominenter oder ein Wurf Hundewelpen – wer weiß, wer weiß. Im Normalfall läuft es doch so ab: Man liest die täglichen Horrormeldungen, erregt sich zwischen zwei Schluck Kaffee: Hast du gehört, bei einem Brand ist ein Stadtstreicher umgekommen, na so was! – Jetzt muss ich aber los, Schatz, im Büro wartet ein Haufen Arbeit auf mich. Noch ein letzter Schluck Kaffee, raus auf die Straße, die Meldung ist vergessen. Neuer Ärger wartet: kein Parkplatz. So geht es bei Unfällen, bei Mord und Totschlag und auch bei politischen Skandalen.«

Anne Mehringer räusperte sich.

Schnell hängte ich an: »Und manchmal, in ganz seltenen Fällen, kommt jemand und beauftragt einen privaten Ermittler.«

»Danke, dass Sie es erwähnen. Und wie lange wird der private Ermittler noch brauchen?«

»Noch einen, höchstens zwei Tage.«

Ich hörte, dass meine Klientin tief durchatmete – zu gerne hätte ich den Grund gewusst.

## 20.

Es kam der vierte Tag meiner Recherchen. Wie an den Vormittagen zuvor ging ich ins Café und schaute in mein elektronisches Postfach. Von Tom Becker, dem ich meine E-Mail-

Adresse mitgeteilt hatte, lag eine Nachricht vor. Sein Brief enthielt einen Anhang, der aus einer Zeitungsnotiz bestand:

> ... Opfer eines Verkehrsunfalls wurde ein Fahrradfahrer, der in den späten Abendstunden des gestrigen Tages durch den Stadtwald im Duisburger Süden fuhr. Bei dem Opfer handelt es sich um den 48-jährigen Yannick Gorgas, der am Unfallort verblutete. Nach Aussage der Polizei wäre der Mann bei rechtzeitiger Hilfe zu retten gewesen. Doch allem Anschein nach beging der an dem Geschehen beteiligte Verkehrsteilnehmer Fahrerflucht. Hinweise nimmt jede ...

Die Meldung bestätigte, was Kurt mir gegenüber angedeutet hatte.

Die zweite Mail, daran hatte ich mich mittlerweile schon gewöhnt, kam von dem geheimnisvollen, aus Zahlen bestehenden Absender:

> *Hallo Schnüffler, Sie befinden sich am falschen Ort.*
> *Nachschrift: Das Lamm, es schreit, es will geopfert werden.*

Ich schloss meinen Briefkasten, löschte den ›Verlauf‹, wie es empfohlen wird, und zückte mein Handy.

»Galerie *Kellers Kahn,* Simone Engel, wie kann ich Ihnen helfen?«

Ich erkannte die freundliche Angestellte an ihrer Stimme und fragte sie nach Harry Keller, doch der war, wie ich schon vermutet hatte, nicht zu sprechen, jedenfalls nicht für mich. Ich wollte schon auflegen, als sie wissen wollte: »Sie sind doch ein ehemaliger Schulfreund von Herrn Keller?«

»Kann man so sagen.«

Ich hatte das Gefühl, dass die halbe Stadt über meine Anwesenheit unterrichtet war. Private Ermittler, hatte ich mal in Abwandlung einer politischen Weisheit gehört, sollten sich wie Fische in den Gewässern der Verdächtigen bewegen – jedoch wie gut getarnte Plattfische und nicht wie von weitem erkennbare Buntbarsche.

»Und Sie interessieren sich für Kunst, Herr Mogge?«

»Auch.«

»Zurzeit findet im Oberhausener Gasometer eine durchaus sehenswerte Ausstellung statt. Es geht um die Neugestaltung des Ruhrgebiets, Vorschläge von Künstlern aus dem Revier. Wäre das nicht etwas für Sie?«

Harry Kellers Angestellte wollte mir einen Hinweis geben, warum, das war mir nicht klar; ich ging darauf ein: »Und wann sollte ich mir das anschauen?«

»Wenn Sie jetzt losfahren, kommen Sie zur rechten Zeit, am frühen Nachmittag ist da nicht so ein Andrang.«

Ich bedankte mich und machte mich auf den Weg.

Eine gute Stunde später stand ich am Kartenhäuschen vor dem Gasometer.

Simone Engel hatte Recht: Von einem großen Andrang konnte keine Rede sein. Der Blechmantel des Gasometers war riesig, seine Ausstellungsfläche jedoch recht übersichtlich, und in dem gläsernen Aufzug, der an der stählernen Wand entlang hoch zur Plattform glitt, hatte ich einen wunderbaren Blick auf die Besucher unter mir, ein gutes Dutzend, mehr waren es nicht.

Ich erkannte ihn sofort. Beim Klassentreffen vor zehn Jahren waren wir uns das letzte Mal begegnet, viel hatte sich Harry Keller in der Zwischenzeit nicht verändert. Etwas dicker im Gesicht, etwas fülliger die Figur, unwichtig, denn woran ich ihn erkannte, das waren seine Bewegungen. Die Kopfhaltung, vor allem aber das Pendeln der Hände und der Tritt der Füße sind bei jedem Menschen einzigartig, eine Tatsache, die sich ein neuartiges Erkennungssystem zu Nutze macht, ein Radarauge, das Personen auch aus der Entfernung und bei schlechten Sichtverhältnissen identifiziert. Hier im Gasometer waren die Sichtverhältnisse sogar gut und Kellers Gewohnheit, mit den Ellbogen über die Taille zu streifen, als müsse er den korrekten

Sitz einer rutschenden Hose überprüfen, war sehr charakteristisch. Aus der Höhe und unterstützt vom Teleobjektiv meiner Kamera beobachtete ich, wie er auf einen Mann einsprach, einen Bullen von einem Kerl, der kurze Jeans über einer schwarzen Strumpfhose trug, auffällige Hosenträger spannten über seiner breiten Brust und ein Umhang mit Leopardenmuster zierte seine Schultern. Dazu schulterlange Haare und ein grau melierter Zottelbart, entweder war der Mann ein Künstler oder ein Hippiefossil.

Der Aufzug hielt an der Plattform, ein Fahrgast stieg aus, ich fuhr gleich wieder hinunter. Und erst jetzt beim Hinabgleiten nahm ich die Ausstellungsstücke im Einzelnen wahr.

Größtenteils handelte es sich um Videoinstallationen, aber es gab auch großformatige Bilder. Sie zeigten begrünte Schlackenberge, neonbeleuchtete Stahlwerke, überdachte Baggerseen und restaurierte Arbeitersiedlungen, Projekte also, die zum großen Teil längst verwirklicht worden waren. Es schien, als ob den Künstlern angesichts des raschen Wandels im Revier die utopischen Ideen ausgingen. Am eindrucksvollsten wirkte der Wasserfall, der von einem nachgebauten Förderturm auf eine urzeitliche Waldregion niederprasselte. Von den tropischen Sumpfmoorwäldern zur Kohle und zurück.

Als der Fahrstuhl wieder auf der unteren Ebene hielt, verabschiedete sich der Späthippie, ich stieg aus und ging auf Keller zu. »Hallo, Harry!«

Keller hielt einen dunkelblauen Stoffmantel in der Armbeuge, er trug einen feinen hellgrauen Anzug, der ihm nicht nur ausgezeichnet stand, sondern auch perfekt saß; keine Ahnung, warum er sich dauernd um seine scheinbar rutschende Hose kümmerte. Er reichte mir die Hand und lächelte weltmännisch in die Runde, als gehörte ihm der Gasometer.

»Schön, dich zu sehen, Schlömm. Das ist ehrlich gemeint. Obwohl ich weiß, warum du dich in Soest rumtreibst, und mir denken kann, warum du jetzt hier bist. Du wolltest mich ja schon in der Galerie sprechen. Hatte leider keine Zeit.«

»Verstehe, die Geschäfte.« Ich nickte zum Ausgang, wohin der Althippie verschwunden war. »Ein Künstler?«

»Ach wo! Das war Arno Schopinski, der hatte mir seinerzeit den Kahn besorgt.« Er lachte kurz auf. »*Kellers Kahn.* Ich weiß doch, dass du in der alten Sache herumwühlst.«

Keller trat also die Flucht nach vorn an.

»Warum habt ihr euch hier getroffen?«

»Schopinski wohnt ja in Oberhausen, hat seinen Laden gleich um die Ecke.« Harry blickte in die Höhe. »Okay, du meinst, warum ausgerechnet hier im Gasometer. Schlömm, das solltest du als ehemaliger Polizist doch eigentlich wissen. Wahrscheinlich ist das die einzige Stelle im ganzen Gebiet zwischen Rhein und Weser, wo dich niemand orten oder abhören kann.«

»So wichtig?«

Er wechselte den Mantel vom linken auf den rechten Arm. »Komm, wir nehmen den Aufzug. Von der Plattform da oben kannst du die Aussicht bewundern – und ich erzähle dir was.«

## 21.

Die Aussicht war in der Tat fantastisch. Unter uns lagen, bunten Legosteinen gleich, die Gebäude des Centro-Parks, es gab einen künstlichen See samt Seeräuberschiff, grüne Wiesen mit Holzbrücken, bunte Betonburgen und Glaspaläste. Die Wege dazwischen waren voller Männer, Frauen und Kinder, die im Laufen aßen oder Einkaufstüten schleppten oder beides zugleich taten. Unter den Müßiggängern in Freizeitkleidung vermutete ich Männer, die früher an genau dieser Stelle, als hier noch Stahl gekocht wurde, in Asbestanzug oder Blaumann ihrer Arbeit nachgegangen waren. Die Hochöfen samt Gebläsehallen, Erzbunker und Kühltürmen waren verschwunden, geblieben allein der Gasometer, auf dem wir nun standen.

Neue Arbeitsplätze hatte der Umbau von der Industrie- zur Freizeitgesellschaft schon gebracht, fünfzig Jobs hier, hundert dort – und einen Tagesjob sogar mal für mich. Ich war für einen kranken Kollegen eingesprungen, der im Centro als Warenhausdetektiv gearbeitet hatte. Nach einer Stunde kannte ich in der Etage für Herrenoberbekleidung die Wollmischungen aller Sakkos und fühlte mich wie ein gefangenes Tier. Ich sollte ein Auge auf die potenziellen Ladendiebe haben. Doch wo waren die? Der Dicke da, der aus der Umkleidekabine kam und bestimmt zwei Hosen übereinander angezogen hatte? Dann musste es piepsen, wenn er durch die Schranke ging. Nichts! Hatte der Halunke den Codestreifen mit Silberpapier deaktiviert? Um nicht aufzufallen, tat ich so, als ob mich eine bestimmte Pilotenjacke brennend interessierte, beäugte sie und las in Gedanken: *Taubengraues Lederimitat, Innenfutter 100 % Baumwolle, Lammfellkragen, zwei Dutzend Taschen für Bleistifte, Pilotenbrille, Landkarten, für noch mehr Bleistifte … 248 Euro, herabgesetzt auf 198 Euro, einschließlich einer Tabelle für die Uhrzeiten aller Weltstädte …*

Mir fiel auf, dass ich wie ein Halbdebiler die Lippen bewegte. Es war so weit. Ich hielt es nicht mehr aus. Die Zeit stand still, die Luft auch, nur die Musik vom Endlosband und die Lautsprecherstimme hörten nicht auf: »18 bei 53 melden!« Und zum fünfzigsten Male kam der Hinweis auf einen Staubwedel, der sozusagen die Hausarbeit völlig allein erledigte.

Gegen Mittag wechselte ich ins Untergeschoss. Supermarkt. Jagd auf Feinkostdiebe. Und da standen sie, die Täter, die Opfer. Männer, die sich vor der Käsetheke ratlos im Nacken kratzten, weil es zu viele Sorten gab; Frauen, schon etwas kreuzlahm, die mit Mühe den Joghurt mit der längsten Haltbarkeit aus den hintersten Reihen des Kühlfachs kramten, nur um kurz darauf den Becher, kaum zu Hause, noch im Stehen auszulöffeln. Seltsame Zeitgenossen, aber harmlos. Da stellte ein alter Mann, verwirrt von der Warenwelt, das Gurkenglas zurück ins Regal zu den Pralinen, dort packte ein junges Mädchen die Hygieneartikel in ihre Handtasche, reine Gewohnheit. Musste ich eingreifen? Nein, sie hatte es schon gemerkt. Harmlos.

Ganz anders – Achtung! – der Typ an der Feinkosttruhe, rote Säuferbirne, offener Staubmantel, guckte sich den Aal an, maß ihn an seinem Ellbogen, guckte sich den norwegischen Lachs an, verglich ihn mit dem Räucherlachs aus Alaska, rüttelte an den Nordseekrabben und schlenderte weiter zur Spirituosenabteilung. Dort griff er sich den Reserva aus Rioja, beäugte den besten Roten aus Burgund, bückte sich zur Tarnung zu den Bierdosen – und ging schnurstracks an der Käuferschlange vor der Kasse vorbei.

Es piepte, ich lief hinterher. Als ich ihn packte, fing der Saufkopf an zu flennen: »Meister, hab Hunger.«

»Klar, Hunger auf Nordseekrabben und Spätburgunder. Her mit dem Zeug!«

Zu Tage kam ein paniertes Schnitzel für 1,95 Euro.

»Aber warum das denn?«

»War im Angebot.«

»Was noch?«

Saufkopf zerrte eine Dose Bier aus der Tasche.

»Weshalb das billige Zeug?«

»Trinke ich immer, Meister.«

»Warum nicht den teuren Aal, mit dem Sie geliebäugelt haben?«

»War mir zu fettig, Meister.«

Was war das für eine Welt, in der Penner kalorienbewusst aßen und beim Klauen auf den Bierpreis achteten? Ich stopfte ihm das Zeug zurück in die Manteltaschen. Er sollte die Fliege machen. Tat er aber nicht, sondern fragte: »Hammse nich was Kleingeld übrig?«

Passanten wurden aufmerksam, forderten: »Gebense dem Mann doch was!«

Ich gab ihm was.

Stunden später, noch zwei Mal sollte sich 18 bei 53 melden, war endlich Feierabend. Nie wieder Kaufhausdetektiv!

Und jetzt stand ich mit Harry Keller in luftiger Höhe, in Schussweite von ebendiesem Kaufhaus. Ich blinzelte in die milchige Herbstsonne. Über der Landschaft mit den harten

Kontrasten lag ein milder Dunst, der sich mit dem Rauch aus den verbliebenen Industriekaminen am Stadtrand von Oberhausen vermischte.

Ein kalter Wind blies. Wir waren allein, zwei Besucher, die mit uns hochgefahren waren, hatten die Plattform schnell wieder verlassen. Keller hatte sich den Mantel angezogen. Er wies auf die winzigen Menschen unter uns: »He, Schlömm, stell dir vor, ich böte dir fünftausend Euro, wenn du zustimmst, dass demnächst einer von den vielen da unten für immer verschwindet. Was würdest du sagen?«

»Ich würde sagen: Harry, mach hier nicht den Mephisto! Du brauchst mir auch nichts vorzuspielen. Ich weiß bereits, wie sich die Sache mit dem Boot abgespielt hat. Sag mir lieber, was du mit Schopinski besprochen hast.«

»Ich habe ihm erzählt, dass du in der Angelegenheit mit dem Boot ermittelst.«

»Dann hat er also den Brand gelegt.«

»Wenn das deine Schlussfolgerung ist.«

»Jetzt pass mal auf, Harry, wenn ich mir den Kerl vorknöpfe, und sei er auch so breit wie ein Möbelwagen, dann wird er in Windeseile, nur um seinen eigenen Hals zu retten, Wort für Wort aussagen, dass du den ganzen Versicherungsschwindel eingefädelt hast, einschließlich gefälschter Rechnungen für den angeblichen Themse-Kahn und überhöhter Preise für das Kunstgelumpe von deinem Freund Roy Appelt.«

»Mal langsam, Schlömm, was hast du eigentlich vor? Willst du deine ehemaligen Schulkameraden ins Gefängnis bringen, den Rächer spielen? Oder bei der Versicherung eine Prämie kassieren?«

Ich lehnte mich mit dem Rücken gegen das Geländer, verschränkte die Arme vor der Brust. »Viel einfacher: Ich will meine Arbeit erledigen. Ich will wissen, wer Peter Rugen umgebracht hat. Und ich will wissen, warum er sterben musste.«

»Warum, das kann ich dir sagen. Weil er plötzlich anfing, bei den Kumpels und sonst wem nach Geld zu fragen, und zwar auf seine Weise, erzählte jedem, der es hören oder nicht hören wollte, dass er mit der Vergangenheit brechen, ein anderer Mensch werden wollte. Um jedoch ein neues Leben beginnen zu können, müsste man ihm helfen, sonst …«

»Erpressung? Peter war doch überhaupt nicht der Typ dafür, viel zu weich.«

»Eben! Zum Erpresser hatte Peter kein Talent. Und deshalb lag er eines Tages mit der Nase im Dreck beziehungsweise unter einem Haufen Salz. Wir, die alten Kumpel, hatten ja noch Verständnis, glaubten, er habe sich verliebt und stünde unter dem Einfluss einer Frau. Aber dann muss er wohl mit seinem Gerede an den falschen Mann geraten sein.«

»Schopinski?«

Keller verzog das Gesicht zu einem unbestimmten Ausdruck. »Tja.«

»Schopper wird dich und die anderen mit reinziehen.«

»Mach dir darum mal keine Sorgen. In genau die Richtung hat die Polizei damals schon ermittelt und auch die Versicherung hat versucht mir und den anderen etwas anzuhängen. Nichts zu machen. Martin, Reimer, Roy und Uwe – wir alle sind fein raus.«

Harry Keller servierte mir Schopper auf dem Silbertablett, der undurchsichtige Autohändler war der Letzte, der ihm gefährlich werden konnte, und wenn die Polizei den Ganoven einbuchten würde, dann wäre er, Harry Keller, wirklich fein raus. War das meine Sorge? Nein! Wie hatte Anne Mehringer, meine Klientin, den Auftrag beschrieben: »Finden Sie heraus, ob Peter Rugen ermordet wurde und wer …«

Eine Gruppe von Besuchern trat aus dem Aufzug zu uns ins Freie, warf einen Blick nach unten und rieb sich die klammen Hände. »Vatter hat hier malocht und Oppa auch«, sagte ein Mann um die fünfzig zu einem halbwüchsigen Jungen. »Irgendwo da hinten war das Werkstor, als Lehrling schon um sechs die Karte gestempelt, danach Milch bestellt beim Pförtner für die Frühstückspause, es gab normale oder A-Milch, die hatte mehr Fett und war ein paar Pfennige teurer, meistens haben wir die normale bestellt.«

»Mir ist kalt«, quengelte der Junge, »ich will zur Coca-Cola-Oase.«

Als die Gruppe verschwunden war, nahm Keller den Gesprächsfaden wieder auf: »Der Brand auf dem Kahn ist an die zehn Jahre her, aber zu beweisen gab es schon damals nichts. Wie auch! In den Kreisen genügt ein Wink, da gibt es keine Aktennotiz, keine Zeugen, keine Telefonate, die aufgezeichnet werden können. Man unterhält sich persönlich und nennt eine Zahl, die einen Betrag darstellt, und nennt dazu einen Ort, wo es was zu regeln gibt. Das müsstest du als ehemaliger Bulle doch wissen.«

»Erzähl weiter!«

»Um es noch einmal zu betonen: Es gibt keine Beweise. Und Schopinskis Aussage allein würde kein Richter Glauben schenken, bei dem Ruf, den der Typ hat. Außerdem«, Keller sah mir in die Augen, »hast du noch nie etwas am Rande der Legalität getan, niemals einen Schaden am Auto aufgebauscht oder die Haftpflichtversicherung eines Bekannten ins Anspruch genommen, obwohl es deine eigene Kippe war, die das Brandloch im Polstersessel verursacht hat? Ist doch Volkssport.«

»Loch im Polster! Schöner Vergleich! Du vergisst, dass auf deinem Kahn ein Mensch verbrannt oder erstickt ist.«

»Ein unglücklicher Zufall, das hatte keiner gewollt.«

»Passte aber haargenau ins Konzept, weil nämlich ein Boot von allein kein Feuer fängt.«

»Tja, dann war es wohl Schopinskis Idee.«

Nein, es war deine, wollte ich ihm auf den Kopf zusagen, fragte dann aber nur: »Wo finde ich ihn?«

Zwar wusste ich das bereits von Cetin, doch sicher erwartete Keller diese Reaktion von mir.

Er nannte eine Adresse: »Schnapp ihn dir – oder vergiss unser Gespräch!«

# 22.

Schweigend fuhren wir mit dem Aufzug nach unten. Ein Gefühl des Unwirklichen beschlich mich, vielleicht lag es an der Umgebung oder daran, dass ich da in luftiger Höhe zu viel Sauerstoff aufgenommen hatte.

Auf dem Parkplatz trennten sich unsere Wege. Keller entriegelte die Tür seiner Mercedes-Limousine mit einem Knopfdruck an der Fernbedienung, ich musste den Schlag meines Wagens mit nahezu roher Gewalt öffnen.

Der Mercedes bog auf die Zubringerstraße ein und ich nahm den Weg, der zu Schoppers Werkstatt führte. Häuser aus Backstein, mit grünen Fensterläden und Geranien, hinter Bäumen eine verlassene Direktorenvilla, ausgeweidet, es folgten Flachbauten, Lagerhallen, Büsche, Schrebergärten mit brüchigen Lattenzäunen und dann sah ich das Schild *Schopinski's schöne Teile,* in meterhoher Hollywoodschrift und mit falsch abgetrenntem Genitiv-s.

Das Flossenheck eines bonbonfarbenen Straßenkreuzers zierte das Dach der Werkstatt, in einem Schauraum mit großer Glasfront standen mehrere amerikanische Autos, ein VW-Kübelwagen, schwere Motorräder und ein Wehrmachtskrad in verblichener Sandfarbe. Daneben gab es einen Zubehörladen; hinter der Scheibe bewegte sich der Mann, den ich gerade im Gasometer gesehen hatte. Die kurzen Bluejeans über der schwarzen Strumpfhose, die Hosenträger in den Farben der amerikanischen Fahne, alles wie zuvor, nur die zotteligen Haare hatte er inzwischen zu einem Zopf gebunden. Schopper sprach in ein schnurloses Telefon und blickte dabei durch die Schaufensterscheibe auf die Straße. Genau in meine Richtung. Erkennen konnte er mich nicht, ich hatte in ausreichendem Abstand angehalten und beobachtete ihn durch mein Teleobjektiv. Jetzt hielt er die Sprechmuschel zu und rief etwas zu einer offenen

Verbindungstür. Ein Mann im Overall trat aus der Werkstatt und erschien im Laden.

Den Motor hatte ich bereits abgestellt, die Hand schon am Türriegel, doch jetzt zögerte ich. So musste sich eine Maus, nur noch wenige Trippelschritte von dem appetitlichen Käsestück entfernt, fühlen. Zu glatt war es gelaufen, zu bereitwillig hatte mir Simone Engel den Hinweis gegeben, wo ich Keller finden konnte, zu schnell hatte Keller Schopper preisgegeben. Eine Falle!

In solchen Momenten steckt man sich eine Zigarette an, um locker paffend weiterzufahren.

Ich rauche seit Jahren nicht mehr.

In solchen Momenten kramt man das Handy hervor, um lässig zu telefonieren. Das tat ich dann auch. Ich rief Cetin an.

»Mach ich, Chefe, bin schon auf dem Weg.«

»Wann können Sie hier sein?«

»Eine Viertelstunde, wenn die Bahn frei ist.«

Mein nächster Anruf ging zum Duisburger Polizeipräsidium, an den Schreibtisch von Hauptkommissar Kurt Heisterkamp.

»Sag mal, Kurt, bei einem möglichen Mordfall, welche Polizeistelle wäre für Soest zuständig? Dortmund?«

»Wie lange bist du eigentlich weg von der Truppe? Alles schon vergessen?«

»Verdrängt.«

»Ja, Dortmund. Aber den Spruch wirst du doch noch kennen: Sachdienliche Hinweise nimmt jede Polizeidienststelle und so weiter und so fort ...«

»Könntest du nicht?«

»Steckst du in der Tinte, Elmar?«

»Nö, Kurt, wollte nur mal mit Blaulicht abgeholt werden.«

Während wir plauderten, hatte ich ein Auge auf den Laden vor mir. Ein Kunde bewegte sich zwischen den Regalen mit Radzierkappen und verchromten Auspufftöpfen. Schopper sprach schon wieder ins Telefon, schließlich hängte er wütend ein, ging durch die Verbindungstür und an seiner Stelle nahm der Mann im Overall die Stelle hinter dem Verkaufstresen ein.

Als Nächstes tippte ich die Nummer von Anne Mehringer ins Handy.

»Hallo, hallo?« Es war die Stimme eines kleinen Mädchens.

»Kann ich mal mit deiner Mutti sprechen?«

»Wer bist du denn?«

Gute Frage, manchmal wusste ich es selbst nicht. »Elmar Mogge. Und wie heißt du?«

»Laura.«

»Schöner Name! Kann ich denn jetzt mal mit deiner Mutter sprechen?«

Ich hörte, wie sie rief: »Mama, der Elmar. Willst du mit ihm reden?«

Sie wollte. Ich machte es kurz, sagte ihr, dass ein ausreichender Anfangsverdacht gegen jemanden bestünde und dass wohl schon bald gegen diese Person ermittelt werden würde. »Nein, einen Namen möchte ich jetzt noch nicht nennen.«

Recht hastig drückte ich das Gespräch weg. Denn in diesem Moment wurde das Tor der Werkstatt, das bislang nur einen Spalt geöffnet gewesen war, aufgestoßen. Schopper schob eine schwere Maschine ins Freie, am Lenkrad baumelte ein Motorradhelm und eine Schutzbrille Modell ›El-Alamein‹.

Sollte ich die Verfolgung aufnehmen? Wenn meine Überlegung stimmte, dass es sich um eine Falle handelte, dann hatte Keller inzwischen Schopper angerufen und ihm meinen Wagen und mich selbst beschrieben. Andererseits wollte ich gern wissen, was mein Hauptverdächtiger vorhatte.

Schopper trat die Maschine an, stülpte sich den Helm über und schob sich die Schutzbrille über die Augen. Abflug. Ein Falke der Großstadt, ein Aasgeier, eine Figur von gestern, genau wie ich.

Während ich noch überlegte, ob ich ihm folgen sollte oder nicht, sah ich im Rückspiegel einen Scheinwerfer aufblinken. Es war Cetin. Ich gab ihm ein Zeichen, dem Motorrad hinterherzufahren.

## 23.

Mitten in der Nacht klingelte mein Handy. Ich wusste, dass es meine eigene Schuld war, verfluchte aber die Technik, die es möglich machte, überall erreichbar zu sein. Wie die meisten Besitzer eines Mobiltelefons brachte ich es nicht fertig, das Gerät abzustellen.

»Ja?«

Zuerst dachte ich, es handele sich um eine Verwechslung. Denn ich verstand gar nichts oder nur so viel, dass es ein Gemisch aus Türkisch und Deutsch war, gesprochen von einer Frau. Als immer wieder der Namen Cetin fiel, dämmerte es mir, dass ich Cetins Mutter am Apparat hatte. Und plötzlich war ich hellwach.

»Wo ist er?«

»Unfallekrankehaus Wedau.«

»Was ist passiert?«

»Ja, ist passiert.«

Ich fragte, ob Cetin schwer verletzt sei, sie wusste es nicht. Ich rief die Auskunft an und dann das Unfallkrankenhaus in Duisburg-Wedau. Ein Doktor Ayhan meldete sich und fragte, wie sich der Name des jungen Türken schreibe, der angeblich eingeliefert worden sei. Ich buchstabierte Cetins Namen.

»Dann wird das weich wie Dschetin ausgesprochen.«

»Ich werd's mir merken.«

»Cetin als Vorname oder als Familienname? Kann beides sein, wie Walter.«

»Wie bitte?«

»Fritz Walter, das Wunder von Bern, 1954, drei zu zwei gegen Ungarn.« Er versuchte die Stimme des Radioreporters Herbert Zimmermann nachzumachen: »Fritz Walter zu Schäfer ... Kopfball – abgewehrt! Aus dem Hintergrund müsste Rahn schießen. Rahn schießt ... Tooor! Tooor! Tooor!« Jetzt traf er

Zimmermanns sich überschlagenden Jubellaut geradezu perfekt: »Aus! Aus! Aus! Das Spiel ist aus! Deutschland ist Weltmeister!«

Komische Situation, ein türkischer Arzt vermittelte mir im Tonfall einer Radioreportage deutsche Sportgeschichte und gleichzeitig gab er mir, im Duktus eines deutschen Oberlehrers, Nachhilfeunterricht in türkischer Namenskunde: »Es gibt auch noch Cetin in der Schreibweise mit einem Häkchen unter dem C wie bei der Cedille im Französischen oder Katalanischen, dann wird es etwas härter wie Tschetin ausgesprochen.«

»Danke, Herr Doktor. Haben Sie eigentlich Langeweile?«

»Ja, wenig los in den Nachtstunden, das heißt heute, manchmal aber geht es hier zu wie in einem Taubenschlag. So ist das nun mal beim Schichtbetrieb in einem Unfallkrankenhaus.«

»Entschuldigen Sie, aber ursprünglich wollte ich lediglich wissen, ob mein Freund Cetin ...«

»Dem geht es so weit gut, der kann morgen früh nach Hause. Gute Nacht!«

Da war der Herr Doktor wohl ein wenig verschnupft und wollte mir keine weiteren Auskünfte mehr über den Patienten geben.

Wütend war ich allerdings auf mich selbst, und zwar deshalb, weil ich außer dem Namen nichts über Cetin wusste. Lebte er mit seiner Familie zusammen? Hatte er Geschwister? Wie alt war er? Wo wohnte er? Nichts! Ich war nur einmal in seinem Viertel gewesen, wo er mit seinen Freunden in einem umgebauten Keller asiatische Kampfsportarten trainierte. Nichts wusste ich von ihm – außer dass er seine Gesundheit für mich riskiert hatte.

Mit den Bildern vor Augen, dass der anrüchige Schopper mit einer Waffe auf Cetin losgegangen war oder ihn mit seinem Wehrmachtskrad angefahren hatte, schlief ich schließlich ein.

## 24.

Cetin sah schrecklich aus. Eine Hand in Gips, den Kopf verbunden, ein Auge war zugeschwollen, die Hälfte eines Schneidezahns abgebrochen, aber sprechen konnte er noch. Und wie! Die Zahnlücke störte ihn nicht. Seine Stimme klang leiser als sonst, dafür war das, was er erzählte, schlicht fantastisch.

»Der Motorradfahrer fuhr noch ein paar Meter ohne Kopf weiter. Ohne Kopf, wenn ich's doch sage, Mann! Bist du taub, oder was?«

»Hört sich an wie ein anatolisches Märchen«, warf ich ein.

»Mann, ich bin in Deutschland geboren, hier in Marxloh, ich kenne nur deutsche Märchen, Gebrüder Grimm. Ja, da rollen auch manchmal die Köpfe, aber dies hier ist wahr, ich schwöre.«

Heute Morgen in aller Frühe war ich aufgebrochen und auf direktem Wege zu Cetin gefahren. Unterwegs hatte ich immer wieder seine Handynummer gewählt, ihn schließlich auch erreicht und erfahren, wo er wohnte. Ganz brav bei seinen Eltern.

Jetzt blickte ich mich in seinem Zimmer um. Türkische Kinoplakate, ein Fernsehapparat mit einem Bildschirm in einem Format, wie es kleinere Programmkinos haben, neben seinem Bett standen zwei Computer, ein normaler PC und ein bunter iMac. Ich nahm mir vor, Cetin zu fragen, ob ich mal in meinen elektronischen Postkasten schauen dürfte. Später, jetzt wollte ich erst die komplette Geschichte hören.

Ich rückte meinen Stuhl näher an das Krankenbett heran. »Bitte, noch einmal in Ruhe und von Anfang an.«

»Also gut, aber nun hör zu«, sagte er. »Ich erzähl es wirklich zum letzten Mal, denn ich will es nicht dauernd wiederholen, mir tun nämlich die Scheißlippen weh!« Er sprach es wie »Schei-selippen«.

Ich nickte, nachsichtig ließ ich ihm den Ton und auch das Du durchgehen, das ich, als der wesentlich Ältere von uns beiden, ja eigentlich ihm hätte anbieten müssen. Egal, es war sowieso längst an der Zeit gewesen, dass wir uns duzten. Schließlich hatten wir, auch wenn ich nichts von Cetin wusste, schon so einiges gemeinsam durchgemacht.

»Also, ab und zu hab ich Schopper aus den Augen verloren, er fuhr wie Sau, schlimmer als ich, und einmal war er sogar für ein paar Minuten weg, das war am Ruhrdeich. Aber ich kenne in dem Gebiet alle Verbindungen und Abkürzungen und deshalb hab ich ihn auch wiedergefunden. Stand an der Monning am Straßenrand, telefonierte und nahm anschließend den Grenzweg zum Duisburger Stadtwald. An der Autobahnunterführung hielt er dann an. Ich dachte schon, warum macht er das, da sah ich den anderen Motorradfahrer unter dem Brückenbogen. Ich schätze mal, dass der, nach der Art, wie die beiden mit den Armen fuchtelnd vor der zweiten Maschine standen, eine Panne hatte. Schopper schob sich die Schutzbrille in die Stirn und sagte was, worauf der andere eine dicke Kette um das Hinterrad seiner Maschine legte und sich anschließend auf Schoppers Sozius schwang. Sie sind dann losgefahren, grobe Richtung Großenbaumer Wald.«

»Haben die beiden dich gesehen?«

»Natürlich nicht. Ich bin immer in schönem Abstand hinter ihnen hergefahren. Vielleicht war ich sogar zu vorsichtig. Im Wald am Uhlenhorst waren sie plötzlich verschwunden, es gibt da so Wege, die nur von Joggern und Radfahrern benutzt werden und die für Autos gesperrt sind. Zum Glück kenne ich auch dort die Schleichwege und weiß, wie man die Sperren umfährt, zack, hatte ich sie wieder. Ich blieb nah genug dran, dass ich sie durch die Bäume sehen konnte, aber eben nicht zu nahe.«

»Profi!« Es war mal wieder Zeit für ein Lob. »Sehen, aber nicht gesehen werden, das ist unsere Devise.«

»Na ja, bis dann die Bahnschranke kam, also, da kam ich genau hinter ihnen zu stehen, ließ sich nicht vermeiden. Aber erkennen konnte mich Schopper im Rückspiegel bestimmt nicht, und umgedreht hat sich keiner der beiden.«

Mit verzerrtem Gesicht trank Cetin einen Schluck Wasser und wischte sich über die aufgesprungenen Lippen.

»Wir stehen da also und warten, dass sich die Schranke hebt. Erst aber mal kam der Zug, so eine Werkbahn, beladen mit Schrott und Kohlen, die ratterte so laut, dass ich nicht mal meine Musik hören konnte, und du weißt, ich habe Lautsprecher, um die mich eine Rockband beneiden würde.«

»Hm, ja.« Ich hoffte, es klang nicht zu ungeduldig.

»Endlich war der letzte Waggon durch, die Schranke begann sich bereits zu heben und ich legte den ersten Gang ein, der Motorradfahrer vor mir ließ probeweise den Auspuff röhren – da machte der Soziusfahrer eine schnelle Bewegung mit seiner Hand zum Hals des Fahrers und stieg im selben Moment ab.«

»Der stieg ab, und?« Ich spürte, wie sich meine Nackenhaare aufstellten.

»Und ich sah, wie der Kopf von dem Fahrer zur Seite kippte, Blut spritzte in einer Fontäne zum Himmel und im selben Augenblick fuhr die Maschine an, sie rollte noch drei, vier Meter, diese verdammte Maschine mit dem kopflosen Schopper – und dann fiel sie um. Mann, das werd ich in meinem Leben nicht vergessen.«

»Wahnsinn!«

»Aber echt!«

»Was dann?«

»Der Beifahrer war weg, ab durch die Büsche, die Schienen führen ja mitten durch den Wald. Und ich? Ich bin ausgestiegen, die Maschine lag fast auf den Gleisen, der Kopf von dem Typ hing halb daneben, weil der Helm so schwer war, ich glaub, das war so ein verdammter Nazi-Stahlhelm. Und dann diese Fontäne, immer noch stoßweise! Mann, so viel Blut hab ich noch nie gesehen. Mir ist schlecht geworden. Als ich von dem Straßengraben zurückkam, wo ich geko… – sorry! –, wo ich mich übergeben hatte, waren schon zwei Radfahrer da und ein Spaziergänger, der telefonierte. Ich bin dann weggefahren. Was hättest du gemacht, ehrlich?«

Ich wusste es nicht, man weiß nie, wie man in gewissen Situationen handeln würde, bis man dann mittendrin steckt. Doch bei mir kam jetzt der ehemalige Polizist durch. »Cetin, du hast einen Mord gesehen. Du hättest auf die Polizei warten müssen!«

»Is' klar, Chefe, Vorschrift, immer daran halten, nie auch nur einen Millimeter davon abweichen, genau wie Sie.«

Plötzlich sagte er wieder Sie und lachte dabei ziemlich unverschämt.

»Und was wäre passiert? Sagen Sie es selbst. Als Tatzeuge hätte ich keine ruhige Minute mehr gehabt. Mal davon abgesehen, dass die Bullen gefragt hätten, was ich dort gemacht habe, auf einem Weg, der für Autos gesperrt ist. Ob ich den Toten kennen würde, hätten sie gefragt und meinen Wagen sofort zum TÜV geschleppt; die breiten Schlappen, der Spoiler, an meinem Ford ist kaum ein Teil dran, das erlaubt ist. Und im Handschuhfach hätten sie vielleicht noch ein paar interessante Dinge gefunden. Was denken Sie, was meine Leute davon halten, wenn bei uns im Karree die Bullen auftauchen?«

Ich fragte ihn, ob er auf dem Rückweg nochmal das Motorrad gesehen hätte, das wegen einer angeblichen Panne bei der Autobahnbrücke stehen geblieben war. Nein, hatte er nicht. Ob er sich an das Fabrikat, die Farbe oder das Kennzeichen erinnern konnte?

»Ich hatte anderes im Kopf.« Sein vorwurfsvoller Blick war berechtigt. »Aber ich glaube, es war eine Yamaha, vielleicht eine mittelschwere Geländemaschine, so ein Eintöpfer.«

»Und der Täter, würdest du den womöglich wieder erkennen?«

»Lederkleidung, Motorradhelm mit getöntem Gesichtfeld«, Cetin dachte nach, »ziemlich groß, schworer Gang.«

»Schwor?«

»Ja, so wie die Jungs hier gehen, wenn sie auf Macho machen.«

»Könnte es eine Frau gewesen sein?«

Cetin schüttelte den Kopf. »Chefe, ich erkenne eine Möse – nochmals sorry! –, ein weibliches Wesen auf hundert Meter. Bei Nacht.«

Ich wechselte das Thema. »Und deine Verletzungen? Wie ist das passiert?«

»Wie, das weiß ich nicht, nur wo: auf dem Rückweg, nachdem ich vom Ruhrdeich die Auffahrt zur Achse genommen hatte. Inzwischen war es dunkel geworden. Ich wollte Sie gerade anrufen und Ihnen von dem Mord erzählen, da gab es einen Schlag gegen den Wagen. Ich kann nicht einmal sagen, was es war. Als ich wieder zu mir komme, steht mein Scorpio mit dem rechten Kotflügel an einem Baum und ruht sich aus, ich selber liege unterm Armaturenbrett. Konnte gerade noch das Zeug, das im Handschuhfach lag, aus dem Fenster werfen. Es dauerte nämlich nur Minuten, da waren die Polypen und ein Rettungswagen da. Ab zum Unfallkrankenhaus nach Wedau! Die haben mich durchgecheckt und danach bei mir zu Hause angerufen. Ich hab dann meiner Mutter Ihre Telefonnummer gegeben.« Cetin sah mich an, lächelte. »Was ist los? Hätte schlimmer ausgehen können. Ich meine nicht den Motorradfahrer, ich meine bei mir.«

Ich sah zwischen seinem Unfall und dem Mord an Schopper einen Zusammenhang, sagte aber nur: »War wohl ein Tag der Unfälle.«

Und der Verluste. Cetin hatte einen Schneidezahn verloren – und ich meinen Hauptverdächtigen.

## 25.

Da saß ich in meinem bescheidenen Büro mit dem abgewetzten Teppich und sehnte mich nach der Zeit zurück, als ich Polizist war, auf den Rat von Kollegen hoffen und auf die ganze Maschinerie des Staats zurückgreifen konnte, mit ihren Fahndungsmeldungen und Protokollen, der Spurensicherung am Tatort, den Polizeifotografen, Rechtsmedizinern, Labormenschen und mit dem Zugriff auf Dateien in der halben Welt.

Jetzt war ich allein und Cetin, mein einziger Helfer, lag mit

Prellungen, gebrochenem Finger und weiteren Verletzungen im Bett. Durch meine Schuld! Der Himmel war grau und es nahte das Wochenende. Zwei Tage, in denen ich niemanden an seinem Arbeitsplatz erreichen konnte und die Innenstadt nur von bummelnden Menschen bevölkert war. Beim Rasieren erblickte ich im Spiegel einen Menschen, der drauf und dran war, in einer Welle von Schuldgefühlen und Selbstmitleid zu versinken.

Ich nahm einen Zettel und schrieb: *Mach deine Arbeit, so gut du kannst!*

Welche Arbeit? Wo anfangen oder weitermachen? Auftrag eins, Auftrag zwei? Schopper war in beide Fälle verstrickt. Seltsam, doch einen Vorteil hatte das: Eigentlich war es einerlei, wo ich weitermachte.

Anne Mehringer anrufen! Nur, was sollte ich ihr sagen? Dass der Hauptverdächtige mit durchschnittener Kehle in einem stählernen Kühlfach lag, ähnlich wie sein mutmaßliches Opfer Peter Rugen? Dass der Fall damit gelöst war? War er das denn? Oder stand ich am Anfang? War es wie beim Mensch-ärgere-dich-nicht-Spiel: Mogge zurück zum Start!

*Mach deine Arbeit, so gut du kannst!*

Als Erstes machte ich den Abwasch, einschließlich fettiger Pfannen, danach den Spülstein, dann das Duschbecken. Als ich das Sieb mit den verklumpten Haaren herausnahm, kam mir der Gedanke, Kurt Heisterkamp anzurufen und ihn nach dem Ermittlungsstand in Sachen toter Motorradfahrer zu fragen.

Nach dem zweiten Klingeln legte ich wieder auf. Zu früh, zu hektisch, man darf solche Quellen nur sparsam nutzen!

Also weiter mit der Hausarbeit. Die Treppe putzen, das war wirklich sinnvoll. Das Ende der ehemaligen Zigarrenfabrik, in der sich meine Wohnung befand, war mit den britischen Bombern gekommen, die ihre Last über Duisburg abwarfen. Dass die Zigarrenproduktion ausgerechnet durch Zigarrenfreund Churchill lahm gelegt wurde, hatte seinen anekdotischen Reiz. Nach dem Krieg zog im Erdgeschoss ein Drucker ein. Seine antiquierten, aber unverwüstlichen Maschinen arbeiteten dort noch, als ich vor Jahren in der Etage darüber mein Büro einrichtete; und weil die Maschinen dermaßen laut arbeiteten, war die Miete nicht hoch gewesen. Dann, von einem Tag auf den anderen, wurde es still unter mir. Weil Verbrecher, die es eigentlich auf mich abgesehen hatten, dem Drucker die Arme durch die Walzen seiner eigenen Presse gemangelt hatten. Ein Anblick, der mich immer noch verfolgte. Später zogen smarte Jungs ein, die glaubten, mit einem Computer und zwei Telefonen den Neuen Markt erobern zu können. Mit dem Niedergang desselben kam auch das Ende dieser Firma.

Aus und vorbei die Zeit, da im Erdgeschoss gedruckt, gefoltert und am Telefon betrogen worden war. Seit einigen Monaten wurde nur noch getanzt. *La Movida – Tanztherapie,* stand auf einem bronzenen Türschild. Ab und zu begegneten mir im Treppenhaus Frauen mittleren Alters mit recht verhärmt wirkenden Gesichtern; da musste noch eine Menge getanzt werden, um Körper und Seele zum Blühen zu bringen. Zweimal in der Woche, am Dienstag und Donnerstag, kamen Kinder zu einem sozialpädagogischen Ringelreihen.

Heute war Freitag, das passte. Arbeit schändet nicht, wie man so schön sagt, trotzdem mussten die Kleinen den Privatdetektiv aus dem ersten Stock ja nicht unbedingt mit Feudel und rosaroten Gummihandschuhen beim Treppenwischen antreffen.

Zuerst fegte ich, von oben beginnend, den losen Dreck von den Stufen. Weiter ging es mit heißem Wasser und Wischtuch. Als ich bei der untersten Stufe angekommen war, klingelte die Glocke an meiner Etagentür. Kurz darauf wurde die Haustür aufgestoßen.

Ich blickte auf die Hosenbeine von zwei Männern.

»Ah, eine sehr nützliche Tätigkeit«, sagte der ältere, der über braunen Kordhosen eine abgewetzte Lederjacke trug.

»Na, den Glänzerzusatz nicht vergessen?«, fragte der jüngere in einem eleganten Kamelhaarmantel.

Ich wrang das Wischtuch aus und ließ es in den Eimer platschen. Synchron machten die beiden einen Sprung zur Seite, der die Tanzlehrerin vom Studio *La Movida* sicher begeistert hätte, der Ältere zeigte mir seinen Ausweis. Er hieß Voss und war Kriminalhauptkommissar.

»Und das ist mein Kollege Oberkommissar Sedau. Herr Mogge, wollen wir uns hier im Treppenhaus unterhalten, in Ihrer Wohnung oder lieber auf der Wache?«

Mit dem Putzeimer in der Hand ging ich voran.

## 26.

»Eine Schande, dass ein Mann, vor dem die Unterwelt zittert, solche Schmutzarbeit verrichten muss«, bemerkte Sedau voller Ironie und mit Blick auf meine Gummihandschuhe.

»Einer muss es ja machen«, antwortete ich ziemlich lahm.

»Haben Sie denn keine Freundin? Oder eine Putzfrau?«, tat Voss fürsorglich.

»Putzfrauen können sich heutzutage einen Privatdetektiv leisten, aber nicht umgekehrt.« Das war schon besser. »Außerdem ist das meine sauberste Arbeit seit langem, viel sauberer jedenfalls als die Arbeit, die ich früher bei der Polizei verrichtet habe.«

»Womit wir beim Thema wären«, sagte Voss, plötzlich war Schärfe in seiner Stimme: »Wo waren Sie gestern zwischen, sagen wir, sechzehn und neunzehn Uhr?«

Die erste Angabe betraf sicher den Zeitpunkt, als Schopper sich von seinem Mitarbeiter verabschiedet hatte, die zweite, mit einer gewissen Zugabe, die Uhrzeit, als der Anruf des Spaziergängers, der den Toten an der Bahnschranke gefunden hatte, bei der Polizei eintraf.

Sedau hob die Hand. »Sollten wir aus Fairness einem ehemaligen Kollegen gegenüber nicht sagen, dass eine Anfrage bei seinem Mobilfunkbetreiber genügt, um feststellen zu können, wann unser Freund wo mit wem wie lange mit seinem Handy telefoniert hat?« Genüsslich kaute er auf seinen Worten herum.

»Aber einen Richter müssten Sie vorher schon bemühen«, warf ich ein, während ich meine Hände abtrocknete.

»Bemühen ist das passende Wort. Weil Richter auch nur Menschen sind und Mühen scheuen, geben sie lieber das Ja-Wort, als in langen Sätzen erklären zu müssen, warum dem Antrag nicht stattgegeben wird. Also?«

Bei Kapitalverbrechen wie Drogenhandel, Terrorismus und Menschenhandel sei der Lauschangriff heutzutage Routine, hätte der Klugscheißer noch anhängen können. Bei Mord auch. Weil man das sicher von mir erwartete, fragte ich: »Worum geht es denn eigentlich?«

»Sollen wir es ihm sagen?«, fragte Sedau seinen Kollegen.

»Er weiß es.«

Voss sah mich an, braune Augen, graue Bartstoppeln, ein erfahrener Bulle, der auf gemütlich machte, aber viel gefährlicher war als sein eifriger glatt rasierter Kollege.

»Gestern zwischen sechzehn und neunzehn Uhr«, erinnerte Sedau.

Ich entschloss mich, die Wahrheit zu sagen, oder zumindest all das, was überprüft werden konnte.

Doch zunächst kam ich gar nicht dazu. Meine Besucher trieben ihr Spielchen mit mir.

»Herr Mogge«, übernahm Voss das Gespräch. »Sie haben mal den Leibwächter für einen Spitzengenossen gemacht?«

Ich nickte.

»Und waren mal beim Zirkus?«

»Hm.«

»Artist?«

»Nö, Stallbursche, Beleuchter, Requisiteur.«

»Wie romantisch!«, höhnte Sedau.

Von wegen Romantik!, dachte ich. Eine Flucht war es gewesen, mit achtzehn weg von der Werkbank, weg von der Abendschule, hin zu dem angeblich freien, farbenfrohen Zirkusleben. Und als ich im Winterquartier ankam, sah ich Wohnwagen, die im Matsch versanken, und aschfahle Aushilfskräfte, die Ställe ausmisten, Sitzbänke streichen und Zeltbahnen reparieren mussten. Das bunte Völkchen der Clowns, Dompteure, Seiltänzerinnen und Bodenakrobaten, das kam erst, als die Schweden-Tournee und mit ihr für uns, dem Fußvolk, die eigentliche Arbeit begann. Das große Zelt mit den drei Manegen aufbauen, dabei aber auf die Zugmaschine achten, die an einem Drahtseil, sirrend wie eine Gitarrensaite, die riesigen Masten aufrichtete. Und nicht auf die Glühbirnen treten, sonst hieß es hinterher, Mogge, rauf aufs Chapiteau, die Lichterketten sehen ja aus wie ein faules Gebiss. Mogge, los ran, hieß es auch, wenn die Ringbeleuchtung geprüft werden musste. Spannungsprüfer? Halt die Flossen dran, dann merkst du, ob Strom drauf ist! Meist habe ich den prüfenden Schlag mit der Hand an die eisernen Lampenständer und Absperrgitter nur angedeutet. Vorsicht war auch in der Tierschau geboten, weil die Lamas spuckten, die nervösen Pferde dir in die Schuhe pissten und die Elefanten, wenn du schwankend auf der obersten Sprosse der Leiter standest, um die Lampen aufzuhängen, mit dem Rüssel nach dir langten, weil sie nach Zucker oder Brot in deinen Taschen suchten.

Wenn endlich alle Zelte und Wohnwagen verkabelt und deine Arme vom Eintreiben der Zeltanker in den felsigen Boden doppelt so lang geworden waren, dann kam nach vielen Stunden Schuften nicht etwa die verdiente Ruhe, nein, dann musstest du aufs Orchesterpodium und den Verfolger bedienen. Gelber Filter für die Löwennummer, blauweißer für die amerikanischen Hochseilartisten, wenn die zum Schluss, Dean Mendoza auf den Schultern seines Partners Johnny Reitz, das Schrägseil herunterbalancierten. Klasse Nummer, gefährlich! Sehr gefährlich, denn Mendoza hielt sich schon die Hand vor die Augen, weil ihn der Lichtkegel blendete, weil der Beleuchter nach all der Maloche hinter dem Scheinwerfer eingeschlafen war – Unruhe im Publikum, gehörte das noch zur Nummer? – und weil Mogge weiterschlief, bis der Sohn des Zirkusdirektors, immer noch mit Cowboyhut und Fransenjacke von der Wildwestschau, ihn dann mit einem Schuss aus seinem Colt aufweckte;

klar, nur eine Sandpatrone, hat trotzdem wehgetan, auch wenn sich das Publikum nun sicher war, dass dieser Schuss genauso zur Hochseilnummer gehörte wie die von den Artisten vorgetäuschten Beinaheabstürze.

Wie romantisch. Ja, ja, irgendwann wird alles zur Romantik, wenn man mit dem Erzählen von unangenehmen Erlebnissen nur lange genug wartet. Dabei waren die Vorstellungen in den südschwedischen Städten noch die ruhige Zeit; knallhart wurde es auf dem platten Land, nördlich von Stockholm bis hin zum Polarkreis. Morgens aufbauen, erste Vorstellung am Nachmittag um drei, dann Abendvorstellung um acht, in der Pause nach der Exotennummer mit Kamelen und Elefanten wurde draußen schon abgebaut. Die Beleuchter mit ihrem Elektrokram immer als Erste zur Stelle und als Letzte weg vom Platz.

Dann Mogges Aufstieg zum Requisiteur. Raus aus dem beigefarbenen Overall, rein in die rote Uniform mit den Goldtressen. Dem Äquilibristen die Stühle, Tonnen und Kugeln gereicht, der Maharani auf dem Elefanten das Seidenschirmchen. Applaus. Ein bisschen Glanz für den Jungen am Rande der Manege. Stolz. Bis dann der Ruf kam, he, Mogge, Taxi! Taxi, das hieß, der Elefant hatte seine kiloschweren Kotbomben fallen lassen und Mogge musste mit der Schaufel in die Manege. Dann konnte man froh sein, wenn da nicht gerade in der Loge das schwedische Mädchen saß, das man mit einer Freikarte ins Zelt gelockt hatte, um nach der Vorstellung mit ihr im hinteren Teil vom Gerätewagen zum Zug zu kommen, während vorne im Abteil sich der Kumpel die Füße in einer Blechschüssel wusch.

Romantik und Maloche, geplatzte Illusionen – gut war es trotzdem gewesen, denn es gab Momente des Glücks und nebenbei hatte ich mir von den Zirkusleuten ein paar Tricks und Fähigkeiten abgeschaut.

»Was haben Sie denn da so gelernt?«, wollte Sedau wissen.

»Wie man zum Beispiel mit einer Zwiebel einen Affen dazu bringt, auf Kommando zu onanieren.«

»Tolle Leistung!«

»Oder wie man eine gut geschmiedete Klinge ins Ziel bringt.«

Voss besah sich seine Fingernägel. »Mit einem Messer können Sie also gut umgehen.« Weil es eher eine Feststellung als eine Frage war, brauchte ich nicht zu antworten.

»Sicher besser als mit einer Pistole«, warf Sedau ein und lachte höhnisch.

Das war eine Anspielung: Während meiner Dienstzeit, lange Jahre nach der Tournee mit dem Zirkus, hatte ich im Einsatz einen Menschen erschossen, aus Notwehr. Weil ich zur Tatzeit aber einen Schluck getrunken hatte, war es zu einem Verfahren gekommen und im Anschluss daran hatte ich meinen Dienst quittiert.

Mein Besuch hatte sich gut vorbereitet.

»Na ja, gut umgehen, das ist subjektiv«, kam Voss auf seine Frage zurück. »Direkter gefragt: Würden Sie uns das Messer geben, das Sie als Waffe bei sich zu tragen pflegen?«

»Wir sollten dem ehemaligen Kollegen aus Fairness sagen, dass wir im Labor selbst dann noch Blutpartikel feststellen können, wenn das Messer bereits sehr gründlich abgewischt worden ist.«

»Das Messer gebe ich Ihnen gerne. Aus Fairness sollten Sie mir vorher aber einen Durchsuchungsbeschluss zeigen.«

»Macht ja wirklich Spaß mit Ihnen«, bemerkte Sedau.

Unschlüssig blickte er sich um, als erwarte er, dass ich ihm das Messer doch noch aushändigen würde.

Sein Kollege stand schon an der Tür. »Letzte Frage, Herr Mogge, kennen Sie einen türkischstämmigen Mitbürger mit Namen Cetin?«

»Dschetin.«

»Wie bitte?«

»Korrekt wäre es, den Namen ›Dschetin‹ auszusprechen.«

»Gut zu wissen.« Er nickte viel sagend.

»Ja, und Vorsicht auf der Treppe, frisch gewischt!«

## 27.

Wenn gar nichts mehr läuft, soll man etwas kochen. Ich durchsuchte meine Vorräte. Viel fand ich nicht: Kartoffeln, Zwiebeln, Eier, ein Glas mit dicken Bohnen. Es genügte aber.

Ich rief Tom Becker an, fragte, ob er Lust auf eine Tortilla habe.

»Original wie die Frauen von Formentera sie zubereiten«, lockte ich. »Ach, und falls Sie noch Unterlagen von dem Unfall haben, bei dem vor einem Jahr ein Radfahrer, Yannick Gorgas hieß er, im Duisburger Süden ...«

»Bring ich mit.«

Nachdem er aufgelegt hatte, ging ich zur Trinkhalle, um Bier zu kaufen, König Pilsener für Tom Becker, Malzbier für mich.

Ich stellte die Flaschen in den Kühlschrank und fing an zu kochen. Egal wann Tom Becker sich auf einen Sprung zu mir aus der Redaktion fortstehlen konnte, so eine spanische Tortilla schmeckt warm und kalt gleichermaßen gut.

Ich machte sie so, wie ich es auf Formentera gelernt hatte: Olivenöl in einer Pfanne erhitzen. Die Kartoffeln schälen, in kleine Würfel schneiden und zusammen mit einer fein gehackten Zwiebel in die Pfanne geben, die Pfanne zudecken und die Kartoffeln bei kleinem Feuer und gelegentlichem Rühren etwa zehn Minuten schmoren; den Deckel abnehmen, Kartoffeln leicht salzen und braten, bis sie goldgelb sind. Die Eier schlagen, mit Salz und Pfeffer würzen. Die Kartoffeln aus dem Öl nehmen und mit den dicken Bohnen zusammen in die Eiermischung geben, diese umrühren und in die Pfanne zurückgeben. Wenn eine Seite gar und leicht braun ist, die Tortilla umdrehen und nach ein paar Minuten dann vom Feuer nehmen.

Das Schöne beim Kochen und Spülen ist, dass man die Muße hat, seine Gedanken schweifen zu lassen.

Wer hatte Schopper getötet? Galerist Keller, der sich durch

den Brand auf seinem Kahn mit einer halben Million saniert hatte? Roy Appelt, der durch den Versicherungsschwindel auf einen Schlag all seine Werke verkauft hatte und als Künstler bekannt wurde? Aber auch Martin, Reimer, Uwe und womöglich noch einige andere Kumpel hatten profitiert, weil sie pro Bild zehntausend Mark ersetzt bekommen hatten, obwohl sie nur einen Bruchteil davon wirklich bezahlt hatten. Keinem von ihnen hätte daran gelegen sein können, dass Schopper, um eine Strafmilderung zu erreichen – Mord verjährt nicht –, vor der Polizei auspackte.

Aber reichte das als Tatmotiv? Zwar sind Menschen schon für ein paar Mark ermordet worden – aber auf diese Weise? Die Tat schien mir gründlich geplant und in seiner blutigen Form, die an ein tierisches Schlachtopfer erinnerte, fast symbolisch.

Cetin fiel mir ein, möglicherweise wurde er bereits observiert, als Verdächtiger oder zumindest als Augenzeuge. Ich musste ihn warnen. Telefone wurden abgehört, Handys funktionierten für die Spezialisten bei der Kriminalpolizei wie Bewegungsmelder.

Zum Glück gab es die elektronische Post. Das neue Kommunikationsmittel gefiel mir immer besser, man musste es nur zu nutzen wissen. Ich schaltete den Rechner ein.

Es klopfte, Tom Becker stand in meiner Tür.

»Komme ich zu früh?«

Als guter Beobachter fiel ihm auf, dass ich etwas zu hastig mit der Computermaus hantierte. Gerade hatte ich die E-Mail an Cetin abgeschickt.

»Unten war offen«, erklärte Becker.

»Mit der offenen Haustür will meine Nachbarin, die unten das Tanz- und Therapiestudio *La Movida* betreibt, die Schwellenangst möglicher Kursteilnehmerinnen abbauen.«

»Nette Mäuschen darunter?« Becker hob die Nase, schnupperte: »Riecht gut.«

Ich schenkte ihm Bier ein, achtete darauf, dass sich eine schöne Schaumkrone bildete, und servierte die Tortilla.

Während wir aßen, warf ich einen Blick auf die Notizen, die Becker mitgebracht hatte; sie stammten aus der WAZ und anderen Tageszeitungen und rundeten das Bild ab, das ich durch den ersten Artikel bereits gewonnen hatte.

Demnach war Yannick Gorgas, der mit einem Rennrad unterwegs gewesen war, von hinten angefahren worden. Um welchen Fahrzeugtyp es sich bei dem Unfallverursacher gehandelt hatte, konnte von der Spurensicherung nicht eindeutig festgestellt werden. Die Polizei ging davon aus, dass Gorgas durch den Aufprall in den Straßengraben geschleudert wurde, wo er unglücklicherweise in eine Glasscherbe stürzte, die ihm die Halsschlagader durchtrennte. Unglücklicherweise? Konnte es nicht auch so gewesen sein, dass der Unfall bewusst verursacht worden war und der Verletzte von dem Verursacher dann mit der Glasscherbe …? Spekulationen, die ich beiseite schob.

»Wer auch immer den Unfall verschuldet hat«, erwog ich zwischen zwei Bissen, »hätte derjenige erste Hilfe geleistet oder einen Notarztwagen gerufen, wäre Gorgas womöglich gerettet worden – so aber ist er verblutet.«

»Sehr appetitlich! Erzählen Sie ruhig weiter«, bemerkte Becker. »Schmeckt ausgezeichnet, besser als beim Spanier.«

»Weil manche spanische Köche, sind sie erst einmal längere Zeit in Deutschland, die Tortilla aus gekochten Kartoffeln zubereiten; das geht schneller, ist aber eine Sünde.«

»Gut, dass Sie so viel Zeit haben«, sagte Becker. Wieder einer, der mich darum beneidete, dass ich mir meine Arbeit selbst einteilen konnte.

»Auf Formentera nehmen die Frauen statt der dicken Bohnen auch wilden Spargel.«

»Themenwechsel!« Becker deutete mit seiner Gabel zu den Zeitungsausschnitten. »Wofür brauchen Sie die Artikel? Steckt mehr dahinter als nur ein Unfall?«

»Diesen wilden Spargel gibt es aber nur im Winter, von Januar bis März. Beim Pflücken der jungen Triebe muss man höllisch aufpassen, weil der Spargel lange, spitze Dornen hat.«

»Schon verstanden.« Becker legte die Gabel zur Seite. »Sie wollen jetzt nicht darüber reden. Aber irgendwann schulden Sie mir eine Antwort.« Der Zeitungsmann erhob sich. »Ich muss wieder los.«

»Soll ich Sie zur Redaktion bringen?«

Er wies auf seine Joggingschuhe. »Kleiner Trainingslauf.«

Ich wartete, bis er weg war, dann nahm ich mir noch einmal die Notizen vor.

Eine der Meldungen ging mehr ins Detail:

... an der Unfallstelle verblutet. Ein Autofahrer hatte den Schwerverletzten gefunden und mit dessen Funktelefon die Polizei gerufen sowie die Ehefrau des Verunglückten benachrichtigt, deren Anschluss als Notrufnummer in dem Handy gespeichert war. Ehefrau, Polizei und Krankenwagen erschienen fast zeitgleich an der Unfallstelle. Der Verletzte starb in den Armen seiner Frau, die einen Schock erlitt und ärztlich behandelt werden musste.

Direkte Augenzeugen des Vorfalls gibt es nicht, doch will ein Spaziergänger, der sich später bei der Polizei meldete, einen Geländewagen mit verchromtem Rammschutz, einem so genannten Kuhfänger, gesehen haben, der sich mit hoher Geschwindigkeit vom Unfallort entfernte. Im Zuge der Ermittlungen wurde ein Mann aus Oberhausen vorläufig festgenommen, den die Polizei inzwischen jedoch wieder auf freien Fuß gesetzt hat, da er für die infrage kommende Zeit ein Alibi vorweisen konnte. Befragt wurde auch Irene G., die Ehefrau des Verunglückten, weil sie, nach Aussage der Polizei, die Nutznießerin einer beträchtlichen Versicherungssumme ist.

Der besagte tödliche Unfall ereignete sich im Wald südlich der Sechs-Seen-Platte unweit der Bissingheimer Straße ...

Ich kannte die Stelle, sie lag im Duisburger Süden zwischen dem Breitscheider Autobahnkreuz und der B 288. Einerseits war das Gebiet abgelegen, andererseits schnell zu erreichen, per Auto und Motorrad von der Oberhausener Autobahn oder mit dem Fahrrad von Gorgas' Wohnort Froschenteich. Es gab asphaltierte Waldwege, die durch ein Naturschutzgebiet führten, ideal für Radsportler und Jogger; es gab Bäche, Gräben und Seen, Vögel, Hase und Igel – es war ein wunderschöner Flecken Erde mitten im Ruhrgebiet und außerdem nahe der Stelle, wo jemand dem Gauner Schopper die Gurgel durchgeschnitten hatte. Dass Tatort und Unfallstelle so dicht beieinander lagen, konnte ein Zufall sein.

Aber dann, nach einem Blick auf das Datum der Zeitung, fiel mir noch etwas auf: Die beiden Ereignisse lagen auf den Tag genau ein Jahr auseinander. Noch ein Zufall? Oder ein neues Indiz, dass es zwischen diesen beiden Todesfällen eine Verbindung gab?

## 28.

Gregor Kelian saß in einem taubengrauen Maßanzug vor seinem Schreibtisch, einem ausgesuchten Teil aus Stahlrohren und einer gläsernen Tischplatte, auf dem sich Glückwunschbriefe und Jubelfaxe stapelten – was sonst würde er so offen herumliegen lassen? Bestimmt keine Beschwerdeschreiben! Nachdem er auf dem Computer vor sich mit einem Tastendruck den Bildschirmschoner eingeschaltet hatte, erhob er sich aus seinem schwarzen Ledersessel und kam mir einen Schritt entgegen.

»Schön, dass Sie gekommen sind. Setzen Sie sich.«

Er gab sich ganz gelassen, obwohl ich ihn mit meiner Idee, auf einen Sprung in sein Büro zu kommen, regelrecht überfallen hatte. Vor einer halben Stunde hatte ich ihn angerufen, mich aus Soest zurückgemeldet und ihm vorgeschlagen, Irenes Überwachung abzubrechen.

»Haben Sie im Lotto gewonnen?«, kam er jetzt auf meinen Vorschlag zu sprechen. »Wollen Sie auf Ihr Honorar verzichten?«

»Nein, nein, es ist nur so«, begann ich etwas umständlich, weil ich den wahren Grund, dass ich mir Sorgen um seine Sicherheit machte, nicht nennen wollte. Also schwindelte ich ihm etwas vor: »Inzwischen habe ich mit einem Spezialisten über das Thema gesprochen und der ist der Meinung, dass Stalker, wenn man sie zu stark unter Druck setzt, aggressiv reagieren. Es hat Fälle gegeben, dass die zuvor übertriebene Zuneigung in maßlose Wut gegen die, wie der Spezialist es nannte, begehrte Person umgeschlagen ist. Ich dachte, dass es besser wäre, Sie auf diesen Punkt hinzuweisen.«

»Für einen Detektiv sind Sie aber recht zart besaitet.«

In letzter Zeit hatten meine Klienten allerhand an mir auszusetzen. Anne Mehringer hatte mangelnde Neugier bei mir festgestellt, und jetzt das. Wieder einmal fragte ich mich, woher die Leute ihre Information nahmen, wie ein Detektiv charakterlich beschaffen sein musste.

»Zart besaitet, warten Sie es ab.« Ich legte ihm meinen Zettel mit der Honorarforderung auf den Schreibtisch.

Kelian warf einen Blick darauf, nickte, das ginge in Ordnung, bis auf die Erfolgsprämie. Er begründete auch, warum: »Sie hat sich wieder bei mir gemeldet. Diesmal mit einer Musik-CD.« Aus dem Stapel mit Briefen zog er einen wattierten Umschlag und entnahm ihm eine CD-Hülle, die er mir entgegenhielt. »Ein Kleinod, *Tristan und Isolde,* dirigiert von Karl Böhm, die Aufnahme wurde von einer Schallplatte aus dem Jahr 1966 übernommen, eine der besten Einspielungen überhaupt. Birgit Nilsson bringt die feurige Isolde und Wolfgang Windgassen den enttäuschten Tristan. Brillant!« Einen winzigen Augenblick schien er einer imaginären Musik zu lauschen, vielleicht war es der berühmte von Violoncelli und Holzbläsern artikulierte Tristanakkord, das Sehnsuchtsmotiv.

Er gab sich einen Ruck. »So erstaunt wie Sie jetzt gucken, Herr Mogge, war ich auch. Ich denke, wir beide hatten, was den Musikgeschmack meiner Verehrerin angeht, eher in Richtung *Musikantenscheune* getippt.«

Ich zuckte die Schultern. »Darüber habe ich mir keine Gedanken gemacht.«

»Aber da ist noch etwas ...«

Er unterbrach sich, weil in diesem Moment die Tür aufging. Der Mann, der hereinkam, war groß und schlank, etwa vierzig Jahre alt, Bürstenhaarschnitt, zum hellblauen Hemd trug er eine rot gestreifte Fliege.

»Tut mir Leid, dass ich so hereinplatze, aber ich wusste ja nicht ...« Er warf mir einen Blick zu, der mich in Sekundenschnelle taxierte, und fuhr fort: »... dass Sie Besuch haben, Herr Kelian.«

Der Angesprochene machte uns miteinander bekannt: »Herr van Eicken, das ist Elmar Mogge, ein privater Ermittler.«

»Gibt es einen Anlass, Schwierigkeiten im Haus?«, fragte van Eicken. Kein Mann der langen Worte; schon seine Entschuldigung über die Störung hatte wie eine Anklage geklungen.

»Nein, nein«, Kelian hob die Hände, »wir hatten an ein Porträt gedacht, das in unsere Sendung *Die rote Couch* passen würde, Thema ›Schimanskis Erben‹, wie sieht der Alltag eines Privatdetektivs aus ...«

Kelian war auf Draht, das musste man ihm lassen, was er da so aus dem Stegreif entwickelte, war beachtlich.

»Hört sich nicht schlecht an, mein lieber Herr Kelian«, stimmte van Eicken lächelnd zu. Bei seinem Lächeln machten die Augen nicht mit, deutlich sah man seinem Gesicht an, was er wirklich dachte: Kelian, Sie mögen eine begabte Plaudertasche sein, doch das Sagen hier im Sender habe ich, die guten Ideen entwickele ich und ohne Absprache mit mir läuft hier gar nichts. Laut sagte er: »Schön, schön, Herr Kelian, sprechen wir darüber. Am besten kommen Sie gleich, nach der Besprechung mit Herrn Mogge, mal in mein Büro.« Ein gnädiges Nicken in meine Richtung, die Fliege unter seinem eckigen Kinn wippte, und damit verließ er den Raum.

»Mein Chef«, erklärte Kelian, als die Tür ins Schloss gefallen war. »Der lebende Aktendeckel. Ein Sparfuchs, als käme er aus dem Finanzministerium, und trotzdem ein Quotenfetischist, alles, was unter dem Durchschnitt liegt, fliegt raus.«

Mit Fetischisten sollte Kelian sich von Berufs wegen auskennen. Ich fragte: »Und Ihre Sendung, was ist mit der?«

»Meine Sendung *Das andere Fenster* hat hohe Zahlen, die liegt gut im Rennen, die behauptet sich in der Spitzengruppe. Wenn *Radio Vital* in der Media-Analyse auf der Liste der zehn meistgehörten Programme erscheint, dann hat der Sender das nicht zuletzt meiner Initiative zu verdanken. Und wenn alles gut läuft, werden wir in Zukunft sogar noch besser dastehen.«

Der Sender war in Ruhrort in einem riesigen Klotz aus der Gründerzeit untergebracht, grauer Sandstein, mit vielen kleinen Fenstern, in dem lange Jahre das Finanzamt gesessen hatte, bis der Kasten dann saniert wurde. Aus den käfigkleinen Büros waren große Arbeitsräume geworden und dem Dach hatten die Architekten eine Glaskuppel verpasst, nicht ganz so aufwändig wie die Reichstagskuppel, aber groß genug, um viel Licht in den durch den Umbau geschaffenen Innenhof zu lassen. Auf den Schildern neben der Eingangstür, zu der eine beeindruckende Steintreppe führte, hatte ich die Namen einer Anwaltskanzlei, zweier Werbeagenturen und einer Transportfirma gesehen. Im Flur von *Radio Vital* war mir dann eine schwarze Tafel aufgefallen, aufgestellt wie die Tageskarten mancher Restaurants, auf der in bunter Kreideschrift die Einschaltquoten von *Radio Vital* im Vergleich zum WDR und noch ein paar anderen Rundfunkanstalten eingetragen waren. Ich war, bevor ich mit Kelian zu tun bekam, schon einige Male in dieser Etage gewesen, besagte Tafel aber hatte ich nie bemerkt. Offenbar hatte es Veränderungen beim Sender gegeben.

»Neu im Haus, dieser van Eicken?«, fragte ich jetzt.

Kelian nickte. »Die Zentrale in Oberhausen hat ihn geschickt. Wie Sie vielleicht wissen, gehört *Radio Vital* zum Verbund privater Rundfunkanstalten und dort ist man nervös geworden. Die Werbeeinnahmen könnten besser sein, andererseits gehen die Zahlen ja überall in den Keller, auch bei den Öffentlich-Rechtlichen. Unsere Region gehört nun mal nicht zu den blühenden Landschaften und das Erste, woran die kleineren Firmen sparen, das ist immer der Werbeetat. Grundverkehrt, gerade jetzt, am Rande einer Rezession, müsste mehr geworben werden. Ist ja auch nicht so, als ob kein Geld da wäre, aber das haben eben eher die Konzerne, Chemie und Stahl. Wir, der Sender, müssten, um an solche Kunden ranzukommen, über den lokalen Bereich hinausgehen. Was aber nur möglich ist, wenn wir digital aufrüsten. Ein UKW-Sender strahlt kaum weiter als hundert Kilometer im Umkreis. Ein so genanntes Kirchturm-Medium. Aber auf den Kanälen der Kurz- und Mittelwelle könnten wir, aufgerüstet mit neuer Digitaltechnik, riesige Flächen bestreichen. Investitionen, Visionen ...«

Ich blickte an die hohe Decke mit der Stuckverzierung. Wenn sich ein Auftrag hinzog, und das konnte bereits nach einigen Tagen beginnen, entwickelte sich der Ermittler in den Augen des Klienten zum Beichtvater. Meist zu beiderseitigem Vorteil: Der Klient konnte sich endlich einmal aussprechen, billiger als bei einem Psychiater, und der Ermittler erfuhr unter Umständen interessante Neuigkeiten. Die Gabe, geduldig zuhören zu können, war für einen Privatschnüffler wichtiger als die Fähigkeit, mit einer Waffe umgehen zu können. Aber auch nur dann, wenn er zusätzlich Verwertbares von Müll trennen konnte.

»Zurück zu Ihrem Porträt!« Der Radiomann hatte bemerkt, dass ihm ein Hörer abhanden gekommen war. »Doch ja«, bekräftigte er, »das könnten wir wirklich mal machen, wäre kostenlose Werbung für Sie.«

Ich bedankte mich, ohne Ja oder Nein zu sagen, und brachte Kelian auf das Thema Stalking zurück. »Sie wollten mir noch etwas zu der CD sagen.«

»Ja, schauen Sie, es gibt da eine Textstelle in *Tristan und Isolde,* die lautet ... Oh, entschuldigen Sie, ich bin mir nicht sicher, wie sattelfest Sie auf diesem Gebiet sind.«

»Och, ich weiß nur, dass die Oper von Mozart ist«, warf ich ein.

»Gute Antwort, werde ich mir merken.« Nach einem angedeuteten Lachen setzte er wieder seine gewichtige Miene auf.

»Dann wissen Sie sicher auch, worum es in dieser Oper geht: nicht nur um die große leidenschaftliche Liebe, sondern auch um Ehebruch, Verdacht, Täuschung, Verrat und nochmalige Täuschung. Hochinteressant für einen Privatdetektiv.«

»Vergessen Sie Habgier und Rachsucht nicht!«

»Ja, völlig korrekt. Übrigens, interessant natürlich auch für jeden Psychologen. Vom Tristan führen deutliche Wege zu Sigmund Freuds Entdeckung des Unbewussten. Man könnte sagen, dass Wagners Musik aufs Vortreffliche seelische Vorgänge darstellt, Halbbewusstes und Ungewolltes, Ahnung und Erinnerung.« Er bemerkte, dass ich mich am Ellbogen kratzte. »Verzeihung, ich verliere mich. Also, die Textstelle lautet: *Heia, mein Blut! / Lustig nun fließe! / Die mir die Wunde / auf ewig verschließe – / sie naht wie ein Held, / sie naht mir zum Heil!*« Kelian räusperte sich. »Tristan singt das im dritten Aufzug, kurz danach stirbt er – in Isoldes Armen.«

Besser als in einem Bürostuhl, dachte ich. »Was beunruhigt Sie daran, Herr Kelian?«

»Dass der Text in dem Beiheft, hier schauen Sie, mit einem gelben Markierungsstift unterstrichen ist. Ich bin, wie Sie gemerkt haben, Wagnerianer.«

»Herr Kelian, die Frau scheint mehr über Sie zu wissen, als Sie ahnen. Ihr Weg nach Hause …?«

»Meine Adresse steht im Telefonbuch.«

»Ich dachte mehr an Ihre Gewohnheiten.« Noch mehr dachte ich an den toten Motorradfahrer, weil bei diesem Mord die Kenntnis über die genauen Gewohnheiten des Opfers die Tat erst möglich gemacht hatte. »Wenn Sie wollen, schaue ich mir mal Ihr Haus in Hinblick auf die Sicherheit an. Sie wohnen am Kaiserberg, dahinter beginnt ja gleich der Wald.«

Er nickte etwas abwesend.

Zugegeben, ich hatte das Haus meines Klienten längst in Augenschein genommen, von der Straße aus, bei Nacht. Die Laternen zwischen den hohen Bäumen verbreiteten nur schummriges Licht. Wer den schmiedeeisernen Gartenzaun mit den

Eisenspitzen und der dahinter liegenden dichten Hecke überwunden hatte, konnte sich auf dem Grundstück frei bewegen, ohne von den Nachbarn gesehen zu werden. Mit Passanten musste man um diese Jahreszeit nicht rechnen. Allenfalls im Sommer begegnete man Spaziergängern in dem angrenzenden Wald. Als ich gestern gegen Abend dort gewesen war, hatte ich nicht einen Menschen erblickt; Nebelfetzen hingen zwischen den Bäumen, die von Büschen umrandete Wiese auf der Anhöhe des Kaiserbergs verbreitete eine unwirkliche, an den Kultfilm *Blow up* erinnernde Atmosphäre, und der Ehrenfriedhof mit den überwucherten Grabsteinen, wenige Schritte weiter, hatte geradezu gespenstisch gewirkt.

Ich sagte: »Schöne Gegend, in der Sie wohnen, Herr Kelian, und abgesehen vom Geheul der Wölfe aus dem nahen Tierpark ist es dort sehr still in dieser Zeit. Gehen Sie ab und zu spazieren?«

Er schüttelte den Kopf.

»Und Ihre Frau?«

»Wollen Sie mir Angst machen?«

»Nur zur Vorsicht mahnen.«

Kelian tippte auf meinen Zettel mit der Kostenaufstellung und sagte: »Ich denke, das sehen wir mal als Zwischenrechnung an. Bleiben Sie dran!«

Echte Besorgnis? Oder war es nur die Floskel, mit der sich die Radiomoderatoren vor der Werbepause von ihren Hörern verabschiedeten?

Als ich ihm die Hand reichte, fiel mein Blick auf die örtliche Tageszeitung, die auf seinem Schreibtisch lag. Der Aufmacher auf der Lokalseite lautete *Mord an der Bahnschranke.* Unter der WAZ lugte die Zeitung mit den großen Buchstaben, lesen konnte ich nur die zwei fast handbreit gesetzten Wörter: *Kopflos in …*

## 29.

Kurt rief an. Gänzlich ohne Einleitung fragte er, ob ich vorhätte, in den nächsten Tagen zu verreisen.

»Nein, hab hier genug zu tun.«

»Das ist gut so, es gibt jemanden, der das falsch auslegen könnte. Mach's gut.«

»Mach's besser.«

Kurt hatte keinen Namen genannt, aber ich wusste, wen er meinte. Hauptkommissar Tepass vom Duisburger KK 11, zuständig für Tötungsdelikte und Erpressung, der wegen einer alten Sache nicht gut auf mich zu sprechen war und der, so schloss ich aus Kurts Warnung, den Mordfall Schopinski leitete. Voss und Sedau, die mich beim Treppenwischen überrascht hatten, gehörten also zu seiner Truppe. Deshalb die Frage, wo ich zur Tatzeit gewesen war, deshalb die Anspielung auf mein Messer.

Viele Fehler durfte ich mir in den nächsten Tagen nicht erlauben, sonst würde ich Ärger mit den Gesetzeshütern bekommen. Im schlimmsten Fall konnte ich mich sogar als Mordverdächtiger in Untersuchungshaft wiederfinden. Denn ein Alibi für die Tatzeit, wenn es wirklich darauf ankäme, hatte ich nicht.

Ich wählte die Nummer von Anne Mehringer. Diesmal meldete sich nicht ihre Tochter, sondern eine Männerstimme.

Ich nannte meinen Namen. Bevor ich weitersprechen konnte, hörte ich: »Ich weiß Bescheid, Sie sind der Detektiv, der sich um die Salzleiche kümmert. Meine Frau ist leider nicht zu sprechen, kann ich ihr etwas ausrichten?«

»Nur, dass ich bei den Nachforschungen eine Pause einlege.«

»Verstehe. Eilt ja auch nicht, da brennt schließlich nichts mehr an, haha!«

»So könnte man es ausdrücken.«

Männerlachen auf beiden Seiten, wir legten auf.

Tatsächlich war mir gar nicht zum Lachen zu Mute. Eine mehr als rätselhafte Nachricht, die ich kurz zuvor in meinem elektronischen Postkasten gefunden hatte, beunruhigte mich.

Deshalb wollte ich als Nächstes Cetin anrufen, ließ es dann aber. Sedaus Andeutung, dass die Polizei Mobiltelefone überwachen könnte, war durchaus ernst zu nehmen.

Ein Grund mehr, mein Büro zu verlassen. Es wurde sowieso viel zu viel telefoniert. Das Leben spielte sich auf der Straße ab und sonst nirgendwo.

In der Konditorei *Heinemann* auf dem Sonnenwall kaufte ich eine Schachtel der Pralinen, die ich selbst gerne aß, und machte mich auf den Weg nach Marxloh.

Eine Stunde später, die Frage nach dem Befinden war gestellt, die Hälfte der Pralinen gegessen, kam ich zur Sache.

»Kann man den Absender einer E-Mail herausfinden?« Das Problem hatte ich ja schon einmal angeschnitten, aber immer noch keine befriedigende Antwort erhalten.

Anscheinend ein heikles Thema. Cetin ruckte seinen Kopf hin und her, er zögerte. »Nein, das heißt, ist es wichtig, Chefe?«

»Wie man es nimmt. Jemand droht mir dasselbe an, was dem Motorradfahrer am Bahnübergang passiert ist: die Kehle durchzuschneiden.«

»Echt? Ihnen?« Mit seiner gesunden Hand machte er eine Bewegung zum Hals.

Etwas mehr Anteilnahme hatte ich schon erwartet. Und beim gewohnten ›Sie‹ war es auch geblieben.

»Ja, in meiner Mailbox war wieder mal ein Drohbrief. Hier, ich habe ihn ausgedruckt.«

*Vorsicht Schnüffler! Dieses war der erste Streich, doch der zweite folgt …*

»… doch der zweite folgt sogleich. Mann, kenne ich sehr gut den Spruch, Chefe, Max und Moritz, Wilhelm Busch, oder?«

»Hm. Zunächst dachte ich, dass mein – ich wollte sagen, dass unser Klient Kelian gefährdet ist, dass ihm womöglich der zweite Streich gilt. Genauso gut könnte aber auch ich selbst gemeint sein.«

»Logo!« Er fand die Sache einfach nur spannend.

Ich erzählte Cetin von den anderen Mitteilungen, die dieser Drohung vorangegangen waren.

»Das World Wide Web ist voller Idioten, Chefe, bis hin zu durchgeknallten Typen, die sich ihren eigenen Mörder ins Haus bestellen, zum gemeinsamen Mahl der abgetrennten Organe.«

»Sie machen mir Mut. Also kann man nur abwarten?«

»Wenn ich eben sagte, man kann keinen E-Mail-Absender herausfinden, dann meinte ich, eigentlich kann man das nicht. Hat man aber einen Verdacht, wer sich hinter der Adresse verbirgt, dann muss man eben an den Rechner der verdächtigen Person ran, weil dort ja der Absender gespeichert ist.«

So viel war mir schon klar gewesen. »Ich hatte gehofft, dass man den Absender auf andere Weise herausfinden kann.«

Cetin schüttelte den Kopf.

»Und die Nachricht selbst?«

»Wenn sie von demselben PC gesendet wurde, ist sie auch dort zu finden.«

»Aber würde der Absender solch eine verräterische Mail nicht löschen?«

»Klaro. Aber erstens lassen viele ihre Mails im Ordner *Gelöschte Dateien,* wo man sie wieder hervorholen kann. Und zweitens kann man sogar Daten, die auch im besagten Ordner *Gelöschte Dateien* gelöscht wurden, wieder sichtbar machen.« Cetin griff in die Pralinenschachtel. »Wenn man die richtige Software hat. Meine Kumpels hier in Hamborn sind zwar nicht so berühmt wie der Hamburger *Chaos Computer Club,* aber auch ganz schön auf Zack.«

Er reichte mir eine CD. »Meine Freunde nennen sich *Die Datenretter*«, Cetin strahlte mich an, »hört sich doch besser an als Hacker, irgendwie positiv. Leider kann ich ja nicht mitkommen.« Er deutete auf seine Verbände an Kopf und Hand. »Wir machen es per Ferndiagnose. Wenn Sie vor Ort sind, rufen Sie mich an.«

Nachdem ich die ganze Zeit nur staunend zugehört hatte, wollte ich nun endlich auch einmal mein Wissen anbringen. Ich brachte meine Warnung vor dem Gebrauch von Mobiltelefonen an.

»Stimmt, Chefe.« Cetin lächelte müde. »Wenn man nur ein Handy hat. Aber ...« Er richtete sich im Bett auf und zog von einem Regal über sich einen Schuhkarton zu sich herunter.

In der Kiste lag ein ganzer Schwung Mobiltelefone.

»Man muss nur alle paar Minuten ein anderes nehmen oder die Telefonkarte wechseln. Dann gelingt es nicht einmal den Bullen vom LKA, die Spur aufzunehmen.«

## 30.

Ich hatte die A 59 genommen, war auf die A 42 gewechselt und jetzt sah ich bei der Abfahrt Oberhausen-Zentrum auch schon den Gasometer, jene über hundert Meter hohe stählerne Riesentonne, die früher mit Kokereigas gefüllt war und heute Kultur beherbergte.

Ich stellte meinen Wagen ab und ging zum Centro-Eingang.

Da war die Arena, dort das Kirchenzentrum. Alles halb so schlimm. Doch kaum hatte ich mich den Einkaufspassagen genähert, ging es los: Straßenkünstler auf Einrädern umkurvten mich, Scharen von Disney-Figuren wollten mich an ihre riesigen Pappköpfe ziehen oder mir Einladungen in die Hand drücken. Durch die Besuchermassen kämpfte ich mich über die Promenade und die Hauptstraße zum Marktweg – und verspürte so etwas wie einen ersten Schwindelanfall: Es gab rund zweihundert Geschäfte, dazu dutzende von Verkaufsbuden, Restaurants und Fressecken – Chicken, Pommes, Curry, Mex, Tex, Taco – und natürlich eine Parkallee wie bei Monopoly; es gab so genannte Twin Towers, wie sie New York einst hatte, und auch ein Dutzend Geschäfte, die Sportartikel verkauften, in einem davon sollte Irene arbeiten. Der Laden läge im Komplex H, und damit ich mich in diesem Einkaufsparadies auch ja nicht verlief, hatte Cetin mir den Weg beschrieben. Er hatte mir zudem mitgeteilt, dass unsere Stelztante dort nur ab und zu und zu unregelmäßigen Zeiten aushalf. Ich fragte mich, warum sie überhaupt arbeitete, denn von der Witwenrente plus der Versicherungssumme hätte sie eigentlich ganz gut leben können.

Irene Gorgas, geboren in Mülheim an der Ruhr, die Mutter eine Verkäuferin, der Vater unbekannt, mit sechzehn trat sie eine Lehrstelle als Köchin an, mit zwanzig rutschte sie von einem Barhocker zum nächsten, lernte ältere Männer kennen und lebte in einem Loch voller Hausschimmel, später ließ sie sich zur Altenpflegerin umschulen und arbeitete in diesem Beruf, bis sie vor fünf Jahren, inzwischen neunundzwanzig Jahre alt, den knapp fünfzehn Jahre älteren Yannick Gorgas heiratete, der in Ruhrort gemeinsam mit einem Partner ein Tauchunternehmen betrieb. Irene machte einen Tauchlehrgang, half auch schon mal bei Unterwasserarbeiten an Frachtkähnen aus und kümmerte sich ansonsten um den kleinen Laden für Tauchbedarf, der dem Unternehmen angeschlossen war.

»Nichts Großartiges, Chefe«, hatte Cetin den Bericht über seine Recherchen abgeschlossen. »Aber die beiden hielten sich, um es mal so zu sagen, über Wasser. Na ja, bis zu dem besagten Tag, an dem …«

Den Rest kannte ich, nach dem Unfalltod ihres Mannes hatte sich Irenes Leben schlagartig geändert; und jetzt stand ich vor dem Geschäft, in dem die Witwe arbeitete.

*Die ganze Welt des Sports* stand über dem Eingang. Durch die Schaufensterscheibe sah ich Regale mit Anziehsachen, alle möglichen Sportgeräte vom Tennisschläger bis zum Surfbrett und zwei Verkäufer, beide blondiert und mit einer verkaufsfördernden Sonnenbräune ausgestattet, die vermutlich aus der Steckdose stammte. Im Hintergrund bei einer Verkaufsgondel mit

Hanteln und Expandern erkannte ich Irene, die eine Kundin beriet. Ich blickte auf die Uhr. Kurz nach fünf. Die Geschäfte im Centro waren bis zwanzig Uhr geöffnet. Zeit genug für das, was ich vorhatte.

Vom Parkplatz fuhr ich in Richtung der Auffahrt A 42, doch dann überlegte ich es mir anders und lenkte meinen Wagen zur Bottroper Straße. Da ich schon mal in der Nähe war, konnte ich auch noch einen Abstecher machen.

## 31.

Schopinskis Werkstatt stand offen, ein Geländewagen mit getönten Seitenscheiben und verchromtem Rammschutz stand auf der Hebebühne. Hinter dem Tresen des Zubehörladens bediente der Mann, den ich schon letztes Mal gesehen hatte. Die Flagge der Vereinigten Staaten und die anderen internationalen Fahnen, mit denen sich der Schuppen schmückte, flatterten im Wind, normal hoch oben, keine Halbmastbeflaggung für den verstorbenen Inhaber.

Ich betrat den Laden, fragte, ob die Motorräder auch zu mieten seien.

»Steht doch da.« Sein Kinn deutete zum Schauraum nebenan.

»Schon. Das Schild hab ich gesehen. Es geht aber darum: Ich wollte bei dem Bikertreffen, das sonntags am Kaiserberg angesagt ist, mal mit was Ausgefallenem auflaufen.«

Der Verkäufer kratzte sich im Schritt.

»Ich dachte an 'ne Wehrmachtsmaschine, hab aber keine große Erfahrung mit so 'nem alten Teil, wenn mal was passiert.«

»Wat denn?«

»Dass ich stehen bleibe, eine Panne habe oder die Maschine nicht anspringt.«

»Und?«

»Ob mich in dem Fall jemand abholen könnte.«

»Wer?«

»Sie. Oder sonst einer von hier. Ich meine, ob mir jemand helfen kann, das Teil wieder flottzukriegen und so.«

»Kommt drauf an.«

»Worauf?«

»Wo Sie stecken, großer Meister.« Seine Stimme war voller Verachtung.

»Nur hier in der Umgebung.«

»Möglich.«

»Es ist so, eine Bekannte von mir, die hat mir Ihr Geschäft empfohlen, wegen dem Service. Die Irene.«

»Kenn ich nicht.«

»Was kostet denn das Leihen für einen Tag?«

»Preise stehn da.« Mit dem Kinn wies er zu dem Stellschild.

Ich ballte die Faust in der Tasche.

Als geradeaus und offen wird der Mensch des Ruhrgebiets in klugen Essays gelobt. Seine knappe, funktionelle Sprache habe ihre Wurzeln in der harten Arbeit der Kumpel. Vielleicht ist da ja was dran und der raue Ton mag unter Tage oder im Stahlwerk durchaus angebracht gewesen sein und sogar auf Charakterstärke hindeuten. Jau, alles klar. Aber wenn man so einen Muffel als Verkäufer vor sich hat und von ihm eine Auskunft haben will, dann kann einem diese Charakterstärke ganz schön auf die Nerven gehen.

Ich hob den Daumen und verließ den Schuppen.

Die Zeit, die ich mit dem Angestellten in Schoppers Garage verloren hatte, machte ich auf der Autobahn wieder gut.

Eine halbe Stunde später stand ich vor Irenes Haus in Froschenteich. Die Enten hatten schon die Schnäbel ins Gefieder gesteckt, die Hühner saßen bereits auf ihrem Schlafbaum. Feierabend auf dem Lande. Stille.

Zur Vorsicht drückte ich nochmal auf die Türklingel. Als sich drinnen nichts rührte, packte ich mein Besteck aus, und fünf Minuten später stand ich im Flur. Geradeaus ging es ins Wohnzimmer. Fernseher, zwei Sessel, in der Mitte des Raums stand ein Schreibtisch mit einem Computer. Ich unterdrückte den Impuls, mich sofort an den Rechner zu setzen, und machte zunächst einen Rundgang durch das Haus.

Das Schlafzimmer kannte ich schon aus dem Video und von dem kurzen Blick durch die halb offene Tür bei meinem ersten Besuch.

Es gab eine Küche und nebenan einen Raum, der allem Anschein nach das Arbeitszimmer ihres verunglückten Mannes gewesen war. An der Wand hing einer dieser grellbunten Radlerhelme, zerborsten und verschmutzt, wie er wohl am Unfallort gelegen hatte. Daneben die Wimpel eines Radsportklubs, Fotos von der Hochzeit und von Urlaubsreisen, Andenken einer trauernden Ehefrau. Auch die Aufnahme mit Irene in Witwenkleidung vor einem offenen Grab, die Kelian mir bei seinem ersten Besuch gezeigt hatte, fand ich.

Vom Flur zweigte eine weitere Tür ab, die verschlossen war, und eine offene Tür, die in den Keller führte. Ich knipste das Licht an, sah hinter einem Bretterverschlag allerlei Gerümpel und löschte das Licht wieder.

Dann rief ich Cetin an, sagte ihm, wo ich war, und schaltete den Computer ein. Er lief mit dem gleichen Betriebssystem wie meiner und das war schon mal ein guter Anfang.

Outlook Express angeklickt, der Posteingang war leer, der Postausgang *Gesendete Objekte* ebenfalls, bei den *Gelöschten Objekten* wurde ich fündig. Es waren ein Dutzend E-Mails aufgeführt, darunter Geburtstagsgrüße, knappe Antworten auf Anfragen sowie die Danksagung für das Übermitteln einer Adresse.

Keine Drohungen, keine Hinweise auf irgendetwas, was mich hätte interessieren können. Enttäuschend fand ich auch, dass es sich um einen normalen, aus Vornamen und Nachnamen bestehenden Absender handelte. Andererseits, eine Überraschung war es nicht, denn ich wusste, dass man mehrere Adressen einrichten und diese leicht wechseln konnte.

Nachdem ich die CD eingelegt hatte, sprach ich in mein Handy: »Hallo, bin bereit!«

Cetin gab mir die Anweisungen, knapp und präzise: »Gehen Sie auf CD-ROM-Laufwerk – rechte Maustaste: Menü öffnen – installieren.«

»Ist gemacht. Es zeigt sich eine Art Laufband.«

»So muss es sein. Die CD installiert sich allein, und zwar unsichtbar für den späteren Benutzer. Nur noch *Schließen* anklicken, und das wär's mit unserem kleinen Programm. Jetzt kommt unsere Datenfahndung: Alles klar?«

»Ja.«

»Also: Festplatte – rechte Maustaste – im Menü die Suchfunktion anklicken – es erscheint ein Dialogfeld, dort im Eingabefeld *Enthaltener Text* die Suchbegriffe eingeben. Hm, ja, was suchen Sie denn, Chefe?«

Ich tippte das Wort *Schnüffler* ein – und hatte Erfolg. In der Rubrik Suchergebnisse erschienen mehrere Dateien, vermutlich handelte es sich um die an mich gerichteten Mails. Nun tippte ich noch die Wörter Isolde und Tristan ein. Wieder mit Erfolg. Diesmal erschien sogar eine ganze Liste mit Dateien, der elektronische Briefwechsel mit meinem Klienten, da war ich mir sicher. Dank Cetins Datenrettung war ich auf eine Goldgrube an Informationen gestoßen. Die galt es auszubeuten.

»Cetin, ich habe die gesuchten Dateien. Wie geht's weiter?«

»Kopieren! Die Dateien markieren – rechte Maustaste: Senden an – Diskette.«

Ich schob eine Leerdiskette ins Laufwerk, drückte die Eingabetaste und beobachtete, wie die Dateien, symbolisiert als Flugblatt, von der Festplatte auf die Diskette flatterten.

Es machte Spaß, ging schneller, als ich gedacht hatte, und bereitete mir keinesfalls ein schlechtes Gewissen. Der Diebstahl einer Flasche Milch erforderte mehr kriminelle Energie als dieser Datenklau. Während ich mit der Maus hantierte und meine Finger über die Tastatur glitten, meldete sich eine Stimme in mir: Mach dir nichts vor, Elmar, ähnlich spielerisch wie du jetzt hier in der Privatsphäre einer fremden Person herumspionierst, verzocken die Finanzhaie das Geld ihrer Kunden.

Moment mal! Kein Vergleich, hier geht es um die Sicherheit meines Klienten und um meine eigene! Ja, ja schon, aber …

Das Geräusch, das meine Gedanken unterbrach und mir einen regelrechten Stich versetzte, war real und kam von draußen.

Scheinwerferlicht drang ins Zimmer. Ein Auto hielt.

Es war bereits dunkel, der Park sowieso geschlossen, ich hoffte, dass es ein Pärchen auf der Suche nach einem ruhigen Plätzchen war. Wenn nicht, dann würde es knapp werden. Ich schätzte, dass mir vielleicht noch drei, vier, höchstens fünf Minuten blieben.

Der Motor wurde abgestellt. Das konnte nur …

»Cetin!«

»Was ist los, Chefe?«

»Es kommt jemand. Was soll ich machen? Schnell! Auf keinen Fall darf …«

»Ist klar. Besteht eine Internetverbindung?«

»Ich weiß nicht …«

»Klicken Sie auf *Outlook Express* und dort auf *Senden und Empfangen.* In dem Dialogfeld müsste vor *Kennwort speichern* ein Häkchen sein – das macht eigentlich jeder normale …«

»Ja, ist. Beeilung!«

»Auf *Verbinden* klicken.«

»Gemacht.« Das Modem fiepte, ich schwitze. »Wie geht's weiter?«

»Jetzt schicken Sie mir eine E-Mail mit dem Dateninhalt der Diskette, also: Neue Mail – Einfügen – Anhang: Arbeitsplatz – Diskette. Und ab das Ding. Senden!«

Mit zittrigen Fingern führte ich Cetins Anweisungen aus.

Wieder beobachtete ich, wie die Daten wanderten, fein anzusehen, doch dieses Mal ging es mir nicht schnell genug. Mach schon, los!, murmelte ich in Gedanken, laut sprach ich: »Was jetzt, Cetin?«

Geräusche. Schritte.

Cetin blieb ruhig: »Diese Mail löschen, und zwar im Postausgang und unter *Gelöschte Objekte.* Anschließend die

Diskette formatieren und meine CD kaputtmachen. Damit sind die verräterischen Daten gelöscht. Viel Glück!«

Schon führte ich die Befehle aus. Diskette, rechte Maustaste, dann im Kontextmenü auf *Format* klicken. Eingabetaste drücken. Nun noch die CD.

Es war schwieriger, als ich gedacht hatte, und als die Silberscheibe endlich in mehrere Stücke zerbrach, hörte ich, wie der Schlüssel in der Tür bewegt wurde. Knapp? Zu knapp! Mir blieb nicht einmal mehr die Zeit, den Computer auszuschalten.

Die Tür ging auf.

## 32.

Mit drei, vier Schritten hatte ich den Weg vom Computer zum Flur zurückgelegt. An die Wand gepresst, griff ich zum Stiefelschaft, wo ich das Messer mit einem Klettverschluss befestigt hatte. Als ich aus der gebeugten Haltung wieder hochkam, spürte ich einen stechenden Schmerz, der mir den Kopf zu sprengen drohte. Ich riss die Hände vor die Augen, dann kam ein neuer Schmerz, den ich nicht mehr zuordnen konnte, und dann fiel ich ins Bodenlose.

Ich lag auf einer Bahre, Sanitäter schoben mich durch Pendeltüren, klack, klack, Karbolgeruch – ich war auf dem Weg in einen Operationssaal. Es konnte aber auch eine Klapsmühle sein, denn mein Oberkörper steckte in einer Zwangsjacke. Jedenfalls glaubte ich das, bis ich spürte, dass meine Arme gar nicht eng am Brustkorb anlagen, sondern weit ausgestreckt an eine Eisenstange gefesselt waren.

Meine Zunge fühlte sich pelzig an, meine Augen brannten. Ich öffnete sie einen winzigen Spalt, ein Schmerz durchzuckte mich und durch den Tränenschleier vor meinen Augen sah ich eine Gestalt, die ich erst beim zweiten Blinzeln als Irene Gorgas identifizierte, weil sie so verändert aussah. Das biedere Hausmütterchen hatte sich in eine Domina verwandelt. Sie trug eine Aufmachung aus Leder sowie jene Augenmaske, die ich schon von dem Video kannte, ihre Füße steckten in bizarrem Schuhwerk. Mit Stiefeletten von derartiger Größe und ähnlichem Aussehen hatte ich Transsexuelle durch Ibizas Altstadtgassen stöckeln sehen.

Mein zweiter Blick fiel in einen Wandspiegel, auf dem Boden davor lagen Hanteln, es gab Kraftmaschinen und von der Decke baumelte ein Sandsack. Es handelte sich also nicht um ein Krankenzimmer, sondern um einen Fitnessraum mit allem Drum und Dran und auf dem neuesten Stand der Technik. Eine private Muckibude, die Irene sich in einem fensterlosen Raum eingerichtet hatte. Es roch nach abgestandener Luft und altem Schweiß.

Breitbeinig stand Irene Gorgas neben mir.

Ich selbst lag lang ausgestreckt auf einer Liege, die mit Plastik bezogen war und an deren Kopfende eine Gewichtstange schwersten Kalibers ruhte. Die Handschellen, die mich an die Eisenstange fesselten, waren aus Kunststoff und konnten aus Polizeibeständen oder von einem Versandhändler für spezielle Sexpraktiken stammen. Wie auch die Klamotten, die Irene trug. Strapse aus schwarzem Leder, ein Höschen aus demselben Material, das, passend zu dem breiten Hundehalsband und den Manschetten an ihren Handgelenken, mit glänzenden Nieten verziert war.

Ich weiß nicht, ob die Dominakluft anregend oder erschreckend wirken sollte. Ich fand sie nur grotesk. Ähnlich absurd erschien mir meine eigene Lage, die an einen Gekreuzigten erinnerte: lächerlich, aber nicht zum Lachen.

Als sie jetzt die Arme anwinkelte und sich zur Seite drehte, bemerkte ich die langen schwarzen Achselhaare und die tätowierte Spinne auf ihrer Hüfte. Was ich bei Irene Gorgas bislang für weibliche Rundungen gehalten hatte, waren Muskeln, wie man sie nur durch strammes Eisenpumpen bekommt.

»Dann wollen wir mal«, sagte sie wie ein Bauarbeiter, der nach der Mittagspause die Schippe wieder in die Hand nimmt.

Mit der Rechten umfasste sie ein Gerät, das im Internet als Elektroschocker angeboten und in einigen Waffengeschäften verkauft wird, dort allerdings, weil seit neuestem verboten, nur noch unter der Ladentheke. In der Linken hielt sie die formatierte Diskette und die zerstörte CD, die ich beide nicht mehr hatte verstecken können.

»Dafür werden Sie bezahlen.«

»Nennen Sie einen Preis.« Meine Stimme war nicht viel mehr als ein Krächzen.

Wortlos öffnete Irene einen Hängeschrank. Als sie sich wieder umdrehte, hielt sie ein Fläschchen und eine Spritze in den Händen. Beides zeigte sie mir in der Art, wie ein Zauberer seinem Publikum die Requisiten präsentiert.

»Die Party beginnt«, sagte sie, indem sie die Flüssigkeit aufzog. »Noch einen Wunsch?«

»Ich möchte gern duschen. Und Sie?«

»Humor haben Sie, aber der wird Ihnen gleich vergehen.«

Ruhig und sorgfältig wie eine Krankenschwester heftete sie den Blick auf die Nadelspitze und schob den Kolben so weit hoch, bis ein dünner Strahl hervorschoss.

Nachdem sie die Spritze auf einem Wandbrett neben einem Heimtrainer abgelegt hatte, zog sie sich, ohne Umschweife wie beim Arztbesuch, ihren Lederslip aus. Dann drehte sie sich um. Nichts gegen Schambehaarung, aber das, was ich zu sehen bekam, war viel, sehr viel. Ich riss die Augen auf.

»Schon lange keine Frau mehr gehabt«, sagte sie und lächelte hämisch.

»Stimmt.«

»Das wird sich ändern.«

»Manches kann man nicht erzwingen.«

»O doch!« Sie langte zur Spritze. »Pervitin, schon mal von gehört?«

Das hatte ich. Es handelte sich um ein stark belebendes, psychisch anregendes Kreislaufmittel. An empfindlicher Stelle verabreicht, bewirkte es verblüffende Reaktionen. Das Zeug war in gewissen Kreisen als Betonspritze bekannt. Bekannt und gefürchtet waren aber auch die Nebenwirkungen, unter anderem eine quälende Dauererektion, über Stunden und ohne Entspannung. Ganz anders jetzt der Zustand bei mir. Ohne hinsehen zu müssen, wusste ich, dass mein Penis in diesem Augenblick so klein wie schon lange nicht mehr war.

Sie öffnete meinen Gürtel, dann die Hose. Von Erotik konnte keine Rede sein, nicht einmal von Sex. Mit einem Griff holte sie hervor, was sich zu verkrümeln suchte, mit einer zweiten Handbewegung stieß sie die Nadel hinein. Ich machte meinen Rücken steif, drückte gegen die Fesseln, die meine Beine mit den Rollen der Liege verbanden, und zerrte an den Handschellen – sie gaben nicht nach.

Wirkung jedoch zeigte die Betonspritze. Im Reitersitz setzte sich Irene Gorgas auf meinen Schoß. Und was dann folgte, war einfach nur Gewalt. Es tat weh, im Unterleib und im Kopf. Nie zuvor hatte ich mich so gedemütigt gefühlt. Es schien endlos zu dauern, aber irgendwann kündigte sich der Orgasmus an. Nicht mit Lust, sondern mit Schmerzen. Der Raum wurde enger, die Wände des Zimmers schienen zusammenzurücken, die Decke stürzte auf mich herab. Ich stöhnte, ich schrie …

## 33.

Als ich diesmal die Augen aufschlug, stand Irene mit einem Messer in der Hand vor mir. Es war mein eigenes.

»Was jetzt noch?«, stöhnte ich.

»Ein groß gewachsener Mann wie Sie und dann solche Angst! Im Museumscafé haben Sie den tollen Macker gegeben«, sie machte meine Stimme nach, »lassen Sie den Mann in Ruhe, falls nicht, kriegen Sie Ärger.« Sie stieß ein freudloses Lachen aus. »Und jetzt? Jetzt den Schwanz auf halbmast.«

Sie blickte auf meine Körpermitte, prüfte die Klinge mit ihrem Daumen. Ein einzelner Blutstropfen quoll hervor. Sie fügte sich weitere Schnitte an ihrem Handrücken zu, dann beugte sie sich zu mir.

Ich war nahe daran, wieder wegzukippen.

»Nein, keine Panik, Ihr Messer habe ich mir nur ausgeliehen. Irgendwann werden Sie es wiederbekommen.«

Im Nebenraum ging ein Telefon, am Klingelton erkannte ich, dass es mein Handy war. »Wenn ich nicht abhebe, kommt mein Partner rein, er sitzt draußen in meinem Wagen.«

»Tatsächlich? Das Risiko gehe ich ein. Schauen Sie mal, was ich hier habe.« Sie machte einen Schritt zur Seite, griff in ihren Morgenmantel, der an der Zimmertür hing, und zeigte mir eine Selbstladepistole der Marke *Schmeisser,* die gute, alte Wehrmachtsknarre. Den Umrissen nach konnte es die Waffe sein, die ich bei meinem ersten Besuch hinter der Schlafzimmertür gesehen hatte. »Soll er kommen, Ihr Partner, dann habe ich eben in Notwehr den Komplizen eines Einbrechers erschossen.«

Sie richtete die Waffe auf meinen Bauch. »Sie könnte ich auch erschießen, immerhin sind Sie in mein Haus eingedrungen und haben mich mit dem Messer bedroht. Der Einbrecher wären Sie, ich wäre die Geschädigte, das Opfer. Doch Sie haben Glück, ich will nicht das Opfer sein. Nie mehr, das habe ich mir vorgenommen.«

»Guter Entschluss, hat Ihnen dabei die Erbauungslektüre geholfen, die CD von Gregor Kelian, dieser Schmus von wegen ›Du kannst alles, wenn du nur willst‹?«

»Sie quatschen zu viel. Ein Mann in Ihrer Lage sollte schön still sein und zuhören. Und den Herrn Kelian sollten Sie lieber ganz aus dem Spiel lassen, er ist der einzige Mensch, der mir geholfen hat, mit seiner Sendung. Wissen Sie, wie oft ich nach dem Tod meines Mannes aufgeben wollte? Nein, das können Sie nicht wissen. Haben Sie mal in die Augen eines Menschen geschaut, der gerade seinen letzten Tropfen Blut verliert? Nein, auch das nicht! Ich war bei ihm, als er seinen Blick zum Himmel richtete, wir sehen uns da oben, habe ich gewimmert und seine Hand gedrückt. Gehen Sie da weg, hat der Notarzt gerufen, der Verletzte liegt im Sterben, aber ich bin seine Frau, habe ich geschrien und wäre vor Schmerzen fast selbst gestorben. Wissen Sie, was das für ein Gefühl ist, wenn man weiß, dass ein geliebter Mensch nur deshalb stirbt, weil der Täter, so ein Dreckschwein, ihn dort hat liegen lassen, um womöglich bei der Versicherung seinen Schadenfreiheitsrabatt nicht zu verlieren?«

»Und deshalb haben Sie …!«

»Seien Sie still!« Ihre dunklen Augen funkelten mich an.

»Schopinski.« Ich nickte zu der Pistole. »Von ihm haben Sie doch die Knarre. Abgekauft, geklaut, was weiß ich. Bei dem ersten Versuch, ihn umzubringen, bin ich Ihnen dazwischengekommen – denn dazu hatten Sie ihn damals in Ihr Haus gelockt. Beim zweiten Versuch …«

»Kein Wort, Sie hören jetzt zu! Wissen Sie, was die Polizei gesagt hat, als ich sie darum bat, in eine bestimmte Richtung zu ermitteln? Sie sagten, da können wir nichts machen, Frau Gorgas, der Mann hat ein Alibi. Schönes Alibi, es war gekauft, erpresst oder aus Gefälligkeit gegeben, es war die Aussage eines anderen Verbrechers. Tja, Frau Gorgas, wir können Ihnen nur raten, sich an die Organisation der Opferhilfe zu wenden. Opferhilfe! Ich wollte Gerechtigkeit, keine Almosen. Vielleicht ahnen Sie jetzt, warum ich nicht mehr Opfer sein will.«

»Sondern Täter!«

»Ja, Täter! Und wissen Sie, was ich jetzt mit Ihnen mache? Ich werde Sie Ihren früheren Kollegen übergeben, Sie waren doch mal Polizist, jedenfalls haben Sie das behauptet.«

Sie holte mein Telefon aus dem Nebenraum und begann zu wählen. Ich konnte die Stimme des wachhabenden Beamten hören, der nach Namen und Adresse fragte und sich wiederholen ließ, was Irene Gorgas in den Hörer gehaucht hatte: »Bitte, kommen Sie, bitte schnell, ein Mann ist in mein Haus eingedrungen und hat mich bedroht. – Nein, mit meinem eigenen Küchenmesser. – Was? – Nun, es ist mir gelungen, ihn im Badezimmer einzuschließen.«

Zehn Minuten später waren sie da. Den Stimmen nach eine gemischte Streife. Irene Gorgas zog sogleich eine Mitleidsnummer ab. Ich hörte nur Wortfetzen »... allein ... seit mein Mann tot ... Angst ...« Die Polizistin redete beruhigend auf sie ein: »Keine Sorge ... alles wird gut.«

Ihr Kollege postierte sich an der Tür, er rief: »Kommen Sie mit erhobenen Händen heraus!«

Eine Viertelstunde zuvor, als meine Hände noch an der Gewichtstange in Irenes privater Muckibude gefesselt gewesen waren, hätte ich mich über einen derartigen Zuruf noch gefreut. Inzwischen hatte meine Gastgeberin mich in das Badezimmer verfrachtet, die Fesseln gelöst und die Tür von außen abgeschlossen. Wenn die Streife auf Draht war, würde sie fragen, warum der Schlüssel des Badezimmers, was ja nicht üblich ist, außen gesteckt hatte. Wenn ...

Ich jedenfalls würde nichts von meiner wenig heldenhaften Rolle erzählen.

Ich zog die Tür auf.

Als Irene Gorgas mich erblickte, presste sie die Hände wie im Gebet zusammen. Deutlich waren die Schnitte an Unterarm und Handrücken zu sehen. Ihre Augen waren gerötet, obwohl ich es ja war, der das Reizgas abbekommen hatte. Die Lederklamotten hatte sie gegen ein wallendes Blümchenkleid getauscht, die Stiefeletten mit den extrem hohen Stahlpinnen gegen Sandalen von Birkenstock; ihre Hände zitterten, ihr ganzer Körper bebte. Wie sie so dastand und mit schauspielerischer Perfektion das Opfer eines brutalen Einbrechers gab, wurde mir klar, dass ich mit einer Vergewaltigungsgeschichte nie durchkommen würde.

Trotzdem sagte ich: »Danke, dass Sie gekommen sind!«

»Finden Sie das etwa komisch?«, giftete die Polizistin.

»Nein.«

»Dann seien Sie mal nicht voreilig.« Der Polizist blieb mit seiner Waffe vorschriftsmäßig auf Abstand. »Legen Sie Ihren Ausweis hier auf den Tisch. Schön langsam!«

Seine Kollegin streifte mich mit einem harten Blick und nahm die Papiere zum Überprüfen mit nach draußen zum Einsatzwagen.

Als sie zurückkam, hatte sich ihre Miene entspannt. »Liegt nichts vor.«

»Wollen Sie Anzeige erstatten?«, erkundigte sich der Polizist bei Irene.

Meine Peinigerin, wieder ganz Opferlamm, schüttelte den Kopf. Was wie Milde gegenüber einem vermeintlichen Einbrecher aussah, war in Wirklichkeit Berechnung. Eine genauere Überprüfung der Tatumstände lag sicher nicht in Irenes Interesse.

»Die Verletzungen?«

»Nicht so schlimm. Ich bin gelernte Krankenschwester.«

»Gehen wir!«, forderte der Polizist mich auf. Gemeinsam verließen wir den Raum.

Aus dem Streifenwagen quäkte eine Stimme. Die Polizistin beugte sich in den Wagen, hörte eine Weile zu, dann rief sie über die Schulter. »Herr Mogge, Sie sollen sich morgen im Duisburger Polizeipräsidium melden, bei Kriminalhauptkommissar Tepass.«

## 34.

Mein Messer lag noch bei Irene Gorgas im Haus, mein Handy hatte ich eingesteckt. Auf dem Weg nach Duisburg rief ich Kurt Heisterkamp an, sagte aber nur, dass ich vorbeikommen wolle. An seiner Stimme hörte ich, dass er schon einen Schluck getrunken hatte. Im Hintergrund erkannte ich den Sprecher der *Tagesthemen.* Recht spät für einen normalen Besuch, aber mein Tag war ja auch alles andere als normal verlaufen.

Homberg war einer der wenigen Duisburger Stadtteile, wo es noch markant nach Industrie roch. Und wenn der Wind von Osten wehte, zog dieser Duft der Arbeitswelt auch nach Hochheide, das schon auf der Grenze zu Moers lag. Kurt Heisterkamp gefiel es in dieser Gegend, genauso wie seiner Frau Gisela und den beiden Kindern. Sie wohnten in einem Einfamilienhaus mit einem Stück Rasen vor der Tür und einer Hollywoodschaukel im handtuchgroßen Garten.

Wir gingen gleich in Kurts Arbeitszimmer.

Mit seiner abgetragenen Strickjacke und dem karierten Hemd, das sich über seinem Bauch spannte, konnte man ihn sich gut beim Plausch am Gartentor vorstellen. Bis man dann in dem kahlen Schädel mit dem Dreitagebart die kühlen grauen Polizistenaugen registrierte, die signalisierten, dass dieser Mann plötzlichen Herausforderungen durchaus gewachsen war.

»Du bist unglücklich verliebt oder hast Ärger«, sagte er mir auf den Kopf zu.

»Letzteres.« Das hörte er nicht so gern. Ich schilderte ihm den Verlauf der letzten Stunden, ließ die Fesselnummer aber aus und sprach von meinem Verdacht.

»Elmar, Elmar, du und deine blühende Fantasie! Soviel ich gehört habe, steht der Fall Schopinski kurz vor der Aufklärung.«

»Tatsächlich? Gibt es schon einen Namen?«

Kurt setzte ein Gesicht auf, als riskierte er mit jedem weiteren Wort seine Beamtenbezüge. »Nur so viel: Die Spur weist nach Soest. Der Schopinski war ein Betrüger und Schläger übelster Sorte, der hatte mehr Feinde als ein Straßenköter Flöhe. Da ist eine alte Rechnung unter Ganoven beglichen worden. Eine Frau? Nee, Elmar, die müsste Bärenkräfte haben, außerdem haben Augenzeugen am Tatort eindeutig einen Mann in Motorradkleidung gesehen, der sich in die Büsche schlug. Fußabdrücke von großen Männerschuhen gab es auch. Komm, vergiss es, lass uns einen trinken. Ein Glas Roten für mich, Milch für dich. Oder heute zur Abwechslung mal die harte Droge?« Nicht zum ersten Mal machte er sich über meine Abstinenz lustig. »Im Kühlschrank müsste noch der Kakao von meinen Kindern stehen.«

Eigentlich sprach Kurt gern über seine Arbeit, allerdings nicht über schwebende Fälle, Anekdoten waren ihm lieber.

Er öffnete die Weinflasche, füllte sein Glas und begann: »Hab ich dir eigentlich schon mal das Ding von dem Exhibitionisten erzählt?«

Hatte er. Aber um ihn bei Laune zu halten, sagte ich: »Erzähl!«

»Also, dieser Typ, dieser Exhibi, zeigte sich Frauen in Parks und war dabei von Spaziergängern auch schon mal erwischt und verprügelt worden. Mit dem Ergebnis, dass die Prügel ihn nicht einsichtiger, sondern nur erfinderischer machten. Als ihn die Kollegen von der Sitte schnappten, trug der Kerl unter dem Regenmantel Jeans, und zwar – jetzt halt dich fest – nur die Hosenbeine, die an Hosenträgern hingen, den Rest hatte er abgeschnitten. So konnte er einerseits seine Blöße zeigen, andererseits aber, ungehindert durch eine auf den Knien hängende Hose, bei Gefahr schnell weglaufen. Irre, was?«

»Ja, doll!«

»Es geht noch weiter. Bei der Vernehmung sagt der Mann, der verheiratet war, dass er im Laufe seiner zwanzigjährigen Ehe genau achtzehn Mal Geschlechtsverkehr hatte, die ersten fünfzehn Mal davon während der Flitterwochen. Achtzehn mal in zwanzig Jahren!«, wiederholte Kurt. »An und für sich eine arme Socke, auf der Wache aber hat dieser GVZ natürlich für brüllende Heiterkeit gesorgt.«

In Erinnerung daran schlug Kurt sich auf die Schenkel, mein Lachen hingegen war eher gequält, mir kam das wenig schmeichelhafte Bild in den Sinn, das ich selbst vor nur wenigen Stunden in Irenes Haus abgegeben hatte.

»Apropos GVZ«, ganz bewusst wählte ich dieses Polizeikürzel für Gliedvorzeiger, »hast du schon mal was von einem weiblichen Exhibitionisten gehört?«

»Würde doch niemanden stören.«

»Und Vergewaltigungen, ich meine, ein Mann von einer Frau?«

»Junge, wie bist du denn heute drauf? Die Adresse von so einer, ha, Vergewohltätigungstante könntest du meistbietend im Internet versteigern.«

»Na, ich weiß nicht.«

»Ich aber! Und jetzt hol ich uns noch was zu knabbern.«

Kurt erhob sich aus dem Sessel, ich hielt ihn zurück. »Lass mal! Eine Frage nur noch zu deiner Andeutung am Telefon: Wer bearbeitet denn nun den Fall Schopinski?«

»Rat mal!«

»Tepass?«

An seinem Grinsen sah ich, dass ich mit meiner Vermutung richtig gelegen hatte.

»Und es gibt in dem Fall schon einen Verdächtigen?« Nach meiner Frage war sein Grinsen wie weggewischt. »Nein, nein, verstehe, keinen Namen, brauchst nur zu nicken. Jemand aus Soest?«

## 35.

Zu Hause stellte ich mich eine halbe Stunde unter die Dusche, aß den Rest der Tortilla und legte mich ins Bett; Kräfte sammeln für den kommenden Tag.

Am anderen Morgen machte ich mich auf den Weg zum Polizeipräsidium, einem wuchtigen Backsteinbau an der Düsseldorfer Straße.

Tepass' Büro lag am Ende eines langen Flurs, der vom Licht der Neonröhren an der Decke kühl erhellt wurde. Die Zimmertüren auf beiden Seiten waren geschlossen, doch ich wusste, wie es in den Räumen aussah. Männer, vereinzelt auch Frauen, die vor Computern saßen oder auf die Wände mit Fahndungsplakaten blickten. Auch wenn sie die Aktenschränke mit Urlaubslandschaften und die Arbeitstische mit Familienfotos geschmückt hatten, egal, es war eine triste Atmosphäre.

Türen auf, Türen zu. Beamte mit Kaffeebechern in der Hand, die unbedingt eine Pause brauchten, weil der Dealer, den sie seit einer Stunde verhörten, seine Ladung geschluckt hatte und beharrlich schwieg; weil sie wussten, dass der Mann, den sie schon ein Dutzend Mal festgenommen hatten, in einer Stunde wieder draußen sein würde, auf dem Weg zu seinem Matratzenlager in einem Abbruchhaus oder auf der Pirsch zu einem Schulhof in der Innenstadt.

Türen auf, Türen zu. Besucher, deren Gesichter verängstigt oder trotzig, eingeschüchtert oder aufsässig, herausfordernd oder devot wirkten – nur lachen sah ich niemanden. Warum auch? Zwei Uniformierte hatten einen Jugendlichen mit Baseballkappe in ihre Mitte genommen. »Pfoten weg, kann allein laufen!« Als er noch »Scheißbullen!« anhängte, trat ihm einer der Beamten auf die Turnschuhe, aus Versehen natürlich. Ein Mütterchen irrte über den Gang. Ganz fest hielt die alte Dame ihre Handtasche aus Krokoleder an die Brust gepresst, als sei die Gefahr, dass jemand ihr das gute Stück entreißen könnte, hier am größten.

Drinnen summten die Telefone, draußen heulte die Sirene eines Einsatzwagens. Nichts hatte sich in den Jahren seit meinem Abgang geändert, ein neuer Anstrich der Zimmer, na ja, und dass ich jetzt auf der anderen Seite des Schreibtisches stand.

Hauptkommissar Tepass blickte von seinen Unterlagen hoch. »Setzen Sie sich!«

Er hatte blondes Haar mit einem Stich ins Rötliche, sein rostbrauner Schnauzbart wies schon graue Stellen auf; seine Zeit lief. Ich schätzte, dass Tepass für sein Selbstbewusstsein und für seine Karriere dringend ein paar spektakuläre, schnell gelöste Fälle benötigte, sonst würde er vor seiner erhofften Beförderung zum Dienststellenleiter ein alter Mann sein.

In einem Fall war er vor einiger Zeit seinem Ziel schon recht nahe gewesen, der Verdächtige saß bereits in Untersuchungshaft, doch dann hatte ich einen Entlastungszeugen aufgetrieben – der Beginn einer andauernden Feindschaft.

»Sie sind in das Haus dieser Frau …«, sein Blick auf die Aktennotiz war reine Schau, denn sicher hatte er sich gut vorbereitet, »also in die Wohnung von Frau Irene Gorgas eingedrungen. Man könnte von Hausfriedensbruch sprechen.«

»Oder auch von Gefahr im Verzug.«

»Was aber«, er hob den Zeigefinger, »nur für Polizisten und nicht für Zivilpersonen gilt, Herr Privatdetektiv.«

»Dann war's eben Nothilfe.«

»Was Sie nicht sagen.«

Ich erzählte ihm, dass ich im Auftrag eines Klienten das Haus von Irene Gorgas beobachtet hätte.

»Ja, und?«

»Plötzlich hörte ich von drinnen Schreie. Es klang, als ob jemand bestialisch abgestochen würde. Ich hatte noch diesen Bericht von dem ermordeten Motorradfahrer im Kopf; von einer Sekunde zur anderen musste ich mich entscheiden. Also bin ich rein.«

»Und dann? Leiche gefunden?«

»Es war der Fernsehapparat, der auf vollen Touren lief, Frau Gorgas muss ihn wohl angelassen haben.«

»Wollen Sie mich auf den Arm nehmen?«

»In manchen Ratgebersendungen wird das empfohlen, um vorzutäuschen, dass jemand im Haus ist. Das ist genauso ein Tipp wie der, das Licht brennen zu lassen, wenn man in Urlaub fährt, oder ein zweites Klingelschild an der Haustür anzubringen – für Leute, die allein wohnen.«

»Die Geschichte ist erfunden. Damit kommen Sie nicht durch.« Tepass verzog den Mund, sollte wohl ein überlegenes Lächeln sein.

»Erfunden? Die Sache mit den Schreien aus dem Fernsehapparat? Schön wär's! Ihr Kollege, Hauptkommissar Kurt Heisterkamp, hat mir von einem solchen Fall erzählt. Mit dem einzigen Unterschied, dass es die Polizei war, die in die Wohnung eines schwerhörigen alten Mannes eingedrungen ist, der vor der laufenden Flimmerkiste saß und schlief, bis er von dem Spezialkommando umringt wurde. Infrarotgewehre, Schutzwesten, Blendgranaten, die ganze Palette.« Jetzt gestattete ich mir ein Lächeln. »Wer den Einsatz damals angeordnet hatte, weiß ich nicht, müsste aber aktenkundig sein.«

Bei meinen letzten Worten war Hauptkommissar Tepass bis

zum Haaransatz rot angelaufen. Seine Wangenknochen mahlten. »Sie können von Glück reden, dass Frau Gorgas keine Anzeige erstattet hat.«

»Kann ich jetzt gehen?«

Als ich wenig später auf den immer noch kühl erhellten Gang hinaustrat, wusste ich, dass sich das Verhältnis zwischen Tepass und mir nicht verbessert hatte.

## 36.

Als ich zu Hause den Computer eingeschaltete, fand ich eine neue E-Mail:

*Hallo Schnüffler, Sie leben gefährlich. Der Kreis wird enger, die Schatten werden länger.*

Jetzt fing der Mensch, der mich per E-Mails verfolgte, auch noch an zu reimen. Diese Sucht, die in Volkshochschulen verbreitet wurde und auch nicht vor Werkbänken Halt gemacht hatte – Kumpel, greif zur Feder! –, diese Sucht hatte nun auch die kriminellen Schichten erreicht.

Wieder dieser seltsame Absender. Vielleicht konnte Cetin inzwischen meinen Verdacht bestätigen, dass sich Irene Gorgas dahinter verbarg. Ich machte mich auf den Weg zu ihm.

Über die Achse fuhr ich nach Marxloh. In Cetins Viertel gab es Straßen, die nach Kleist, Lessing, Novalis und anderen deutschen Dichtern benannt waren. Es gab eine Moschee, die in einem Haus aus der Gründerzeit eingerichtet worden war, und Schrebergärten und Taubenschläge im Schatten von Kühltürmen.

Ich drückte die Klingel. Cetins Mutter führte mich zu dem Krankenzimmer, sie nickte mir zu und verscheuchte eine Gruppe kleiner Jungen, die uns bis zur Tür gefolgt war.

Ihr Sohn saß vor dem Computer-Bildschirm, auf dem ein Kampfspiel lief. Hinter ihm stand ein junges Mädchen, dunkles

Haar, rundes Gesicht, Schmuckstecker in den Ohren, und massierte ihm den Nacken.

Cetin schüttelte ihre Hand ab. »Aisha, geh mal gucken, ob's schneit.« Aisha blies die Backen auf und ging nach draußen.

»Was läuft, Chefe?«

Ich erzählte ihm, dass die Polizei einen Mann aus Soest für Schoppers Mörder hielt.

»Und was glauben Sie?«

»Tatsächlich hat sich Stunden zuvor ein Mann aus Soest mit Schopper im Gasometer getroffen.« Ich erzählte die Sache mit dem angeblichen Themse-Boot und dem Brandanschlag, bei dem ein Obdachloser zu Tode gekommen war.

»Wenn die Bullen einen Verdächtigen am Haken haben, dann ist doch alles bestens.«

Ich schüttelte den Kopf. »Leider nicht. Da war wieder so eine seltsame Mail in meinem Postfach.« Ich gab den Wortlaut wieder.

Während ich sprach, klickte Cetin auf seiner Maus herum. Das Postfach mit der Liste der ungelesenen Mails erschien. Der an mich gerichtete Drohbrief war auch darunter. Klick, er öffnete sich. Ich riss die Augen auf.

»Schon mal was von Spionage-Tools gehört? *IntraSpy* ist beispielsweise solch ein Werkzeug, kann man im Internet finden, genauso wie die Bausätze für Viren, Würmer und Trojanische Pferde. *IntraSpy* ist wirklich nicht schlecht, es überträgt alles, was der Benutzer an seinem Computer schreibt, jede einzelne Tastatureingabe, in eine Log-Datei. Ein ähnliches Programm, nur noch besser, haben Sie mit meiner Spezial-CD im Rechner Ihrer Freundin installiert und damit könnten Sie dort alles Wort für Wort nachlesen, was die Frau geschrieben hat. Nicht schlecht, wie gesagt, dazu müssten Sie aber wieder an den PC Ihrer Freundin ran – wollen Sie das?«

Ich dachte an mein Erlebnis mit Irene und an meine Aussage bei Tepass. »Nicht unbedingt ...«

»Dachte ich's mir doch. Und deshalb haben meine Kumpel vom Datenrettungsdienst das kleine Programm auch verfeinert.

Nun funktioniert es so: Wenn die Stelztante eine Mail schreibt und verschickt, dann bekommen wir die auch, und zwar zeitgleich. Die Zeile *Bcc*, also Blind carbon copy, kennen Sie ja aus dem Outlook-Programm.«

»Hm.«

»Hier setzt das von Ihnen installierte Programm an. Es ist doch so: Wenn der Benutzer in die Zeile *Bcc* einen Empfänger einträgt, dann erhält dieser eine Kopie der Mail, und zwar, das ist ja so gewollt, ohne dass der Originalempfänger davon etwas mitkriegt. Und genau das macht unser kleiner Helfer auch – nur eben heimlich. Der verhält sich wie E. T. von Steven Spielberg, will dauernd telefonieren: nach Hause, nach Hause …« Cetin machte die Synchronstimme nach. »Und das ist, na, was?«

»Und das ist auch gut so«, zitierte ich einen Politiker.

»Nein, das ist voll krass, Chefe. Und das hier«, er las die Mail vor: »… Kreise enger, Schatten länger … das klingt für mich wie: He, Mann, wir kriegen dich. Also ein strammer Spruch.« Er schob die Unterlippe vor. »Könnte aber auch sein, dass die Tante wirklich eine Schweinerei vorhat.«

»Und genau das macht mir Sorgen. Was ist mit den Daten, die ich kopiert habe?«

»Hier sind sie.« Mit zwei, drei Mausklicks öffnete Cetin den Anhang der Mail, die ich in letzter Minute, bevor Irene zur Tür hereinkam, noch hatte abschicken können. Der Bildschirm füllte sich mit Textsalat. Mal waren ganze Wörter zu sehen, mal nur Bruchstücke, Buchstaben oder Satzzeichen.

»Was ist das?«

»Textleichen, Reste von gelöschten Dateien. Und was gute Kriminologen machen, dass sie nämlich aus Leichenteilen einen Körper herstellen, um diesen zu identifizieren, das können wir auch. Ist allerdings Handarbeit, dauert entsprechend.«

»Und das heißt?«

»Warten, Chefe. Warten.«

Da erhielt ich eine Nachricht, dass die Kreise enger, die Schatten länger würden, und Cetin sprach vom Warten; er saß da wie ein kleiner König inmitten von Blumen, Süßigkeiten, Computerspielen und all den anderen Geschenken, die ihm seine Verwandten und Freunde ans Krankenlager gebracht hatten.

Warten. Mein Gefühl sagte mir, dass die Zeit knapp werden könnte. Die Frage war nur, knapp für wen? Für meinen Klienten Kelian, für jemand anders? Oder für mich selbst? Hatte ich nicht schon genug am Hals? Mit Reizgas und Elektroschocker überwältigt, von einer Frau vergewaltigt, von der Polizei verfolgt, Cetin verletzt, dazu zwei unerledigte Fälle – so langsam wurde die Sache mehr als persönlich.

»Cetin, bitte melden Sie sich, wenn Sie die Textleichen zusammengeflickt haben.«

Er hob seine Hand mit dem Gipsverband. »Isse klar, Herr Kommissar.«

»Cetin!«

»Ja?«

»Ich besorge Ihnen einen Job beim Radio, als Komiker.«

## 37.

Von Marxloh fuhr ich zunächst nach Hause, um meine Siesta nachzuholen. Schlafen konnte ich nicht, aber allein das Ruhen tat schon gut. Danach fuhr ich dann tatsächlich zu *Radio Vital*, wenngleich nicht, um Cetin einen Job zu besorgen. Es war halb sieben. In einer halben Stunde würde Kelian, wenn alles normal war, Feierabend machen.

Um Viertel vor sieben stellte ich meinen Wagen auf dem Parkplatz einer Spedition gegenüber dem Sender ab. Aus dem Autoradio tönte Kelians sonore Stimme. Er sprach schon wieder von Motivation und ich dachte an Cetin und fragte mich, warum der junge Deutschtürke mit diesem Elan bei der Sache war. Weil er bei den Recherchen verletzt worden war? Weil er es spannend fand? Weil er ein Honorar von mir erwartete? Sie arbeiten doch auch für Geld, Chefe, hatte er mal erwähnt. Klar, aber nicht nur deswegen, hatte ich geantwortet. Und das stimmte sogar. Spaß musste eine Arbeit ja auch machen, hin und wieder, ein bisschen zumindest; in letzter Zeit allerdings war davon, vom Spaß, nichts zu merken gewesen.

»Manchmal muss man das Scheitern auch als Chance betrachten«, erklärte Kelian. Wahrscheinlich fühlte sich jetzt jeder zweite Zuhörer angesprochen, Scheitern war Volkssport. »Gerade im Unglück offenbart sich …«

Psychokram! Unverbindliches Geschwätz. Seine Sprüche mussten bei Rat Suchenden die gleiche Wirkung erzielen wie die Tageshoroskope bei Sterngläubigen. Oder die Juxmeldungen im Internet bei Neulingen wie mir. Man suchte sich genau das heraus, was zu einem passte.

Scheitern als Chance – noch war es nicht so weit. Ich drehte ja gerade erst voll auf.

Die Sendung war zu Ende, die Tonfolge des Abspanns lief, es folgte die Werbung. Feierabend für Kelian. Ich hielt den Eingang des Senders im Auge. Ein Musikstück und noch eins, dann wurde die schwere Türe aufgestoßen. Zwei Männer kamen die Steintreppe herunter. Einer davon war van Eicken, den anderen kannte ich nicht; auf der Straße trennten sich die Männer. Was ging es mich an, ich stand hier, um auf meinen Klienten zu warten; doch dann bemerkte ich den Wagen, der sich von der Hafenbrücke näherte, bei der Straßenbahnhaltestelle langsamer als nötig fuhr und schließlich van Eicken folgte, der inzwischen in einen großen silbergrauen Volvo gestiegen war.

Mein Gefühl sagte mir, Mogge, häng dich dran. Und das tat ich dann auch.

## 38.

Sie stellte sich ganz geschickt an, die alte Stelztante. Denn dass es Irene Gorgas war, die hinter dem Chef von *Radio Vital* herfuhr, war mir schnell klar. Unklar war mir jedoch, mit welcher

Absicht sie van Eicken folgte, der den Weg in Richtung Mülheim eingeschlagen hatte. Es sollte ja Leute geben, die dergleichen ohne einen bestimmten Grund taten. Ich bekam immerhin Geld dafür. Eine Zwischenrechnung für Kelian war demnächst auch wieder fällig; in Gedanken machte ich mir eine Notiz.

Inzwischen war der Vorgesetzte meines Klienten von Ruhrort nach Duisburg Stadtmitte gefahren und von dort auf der Mülheimer Straße in Richtung Zoo, Kaiserberg. Alles soweit vorhersehbar, denn dem Nummernschild nach wohnte van Eicken in Mülheim an der Ruhr. Allerdings fragte ich mich, warum er nicht den schnelleren Weg über die Autobahn genommen hatte, und bekam die Erklärung prompt geliefert. Van Eicken setzte den Blinker und steuerte den Parkplatz hinter dem Tierpark an. Tagsüber stellten dort Familienväter ihre Wagen zwischen den Bäumen ab, nach Einbruch der Dunkelheit jedoch war dies der Strich der Nutten vom Zoo. Nicht auszuschließen, dass dann dieselben Familienväter, die sonntags ihren Sprösslingen die Bären zeigten, hier auf eine schnelle Nummer vorbeischauten.

Van Eicken war in der ersten Reihe der Parkbuchten verschwunden, Irene auf der Straße langsam weitergefahren. Vielleicht wusste sie, dass Frauen am Steuer auf dem Zoostrich Ärger bekommen konnten, schnell wurde da mal mit dem Stöckelschuh gegen die Fahrertür der vermeintlichen Konkurrentin getreten oder mit dem falschen Brillantring auf der Beifahrerseite über den Lack gekratzt.

Auf der Straße befand sich Irene auf der sicheren Seite, in zweierlei Hinsicht: Sie war dort außer Reichweite der bedrohlichen Stöckelschuhe – und entwischen konnte ihr van Eicken dennoch nicht. Irgendwann musste er am Parkplatzausgang, der einen knappen halben Kilometer weiter in Richtung Mülheim-Speldorf lag, wieder herauskommen. In der Zwischenzeit konnte er, mit Standlicht und im Schritttempo, seine Runden drehen. Genau wie die anderen Freier, die wie Glühwürmchen ihre Kreise zogen und bei heruntergelassenem Seitenfenster auf die angebotene Ware stierten. Na, wie wär's mit Strapsen unterm Lackmantel? Oder doch lieber Minirock und Netzstrümpfe? Denn trotz des Sauwetters trugen die Mädels selbstverständlich ihre Arbeitskleidung.

Langsam weiterrollen. Preisvergleich. Erlosch eines der Glühwürmchen, war der Kauf perfekt – Paarungszeit.

Die Minuten vergingen. Irene wartete vor der Abbiegung zur Prinzenhöhe, ich hundert Meter hinter ihr. Falls die Polizei mich beschattete, musste sie uns für Komplizen halten. Blick in den Rückspiegel. Nichts Verdächtiges.

Ich hatte mich schon darauf eingestellt, dass van Eicken eine schnelle Feierabendnummer einlegen würde, doch dann sah ich seinen Wagen wieder auf die Mülheimer Straße auffahren. Der Chef von *Radio Vital* hatte sich wohl nur kurz Appetit geholt, gegessen wurde, wie man so sagt, zu Hause. Was van Eickens Ruf anging, brauchte er sich wegen des Abstechers nicht zu sorgen, Redakteure und Journalisten waren ja grundsätzlich, egal welche Puffecken sie nach Feierabend aufsuchten, immer auf Recherche.

Während ich van Eicken und Irene folgte, legte ich einen lichtempfindlichen Film in meine Kamera. Als die Gelegenheit günstig war, kein anderes Auto zwischen den beiden, drückte ich auf den Auslöser. Einmal. Noch einmal.

Weiter ging es auf der Mülheimer, die hinter der Zoobrücke zur Duisburger wird, an der Monning rechts ab und zu dem südlich gelegenen Ort Saarn, einem Stadtteil von Mülheim. Doch die Saarner betonten gern ihre Eigenständigkeit und waren stolz auf ihren alten Dorfkern, der mit schönen Fachwerkhäusern und ein paar ganz guten Speiselokalen aufwarten konnte.

Van Eicken hielt seinen Wagen vor einem schmucken Flachbau mit großer Fensterfront, öffnete per Fernbedienung ein Tor und fuhr in die Garage. Der Mann war hier zu Hause. Wenn es das war, was Irene mit ihrer Verfolgung herausfinden wollte, dann hätte sie das einfacher haben können.

Irene fuhr langsam an van Eickens Haus vorbei, drehte an der nächsten Straßenecke und machte sich allem Anschein nach auf den Rückweg. Das war's dann wohl.

Um nicht das Gefühl zu bekommen, meine Zeit verschwendet zu haben, lenkte ich meinen Wagen zur Kölner Straße. Auf halbem Weg zum Kreuz Breitscheid gab es ein kleines Fischlokal, versteckt zwischen den Ausstellungsplätzen der vielen Wohnwagenhändler, die sich zwischen Saarn und Selbeck auf den Wiesen ehemaliger Bauernhöfe breit gemacht hatten.

Ich parkte meinen Wagen neben einem aufgebockten Wohnanhänger und überquerte die Straße. *Eigene Räucherei* hatte ich vor einiger Zeit mal im Vorbeifahren gelesen. Das Schild gab es immer noch, doch geräuchert wurde in dem Lokal, wie ich beim Eintritt bemerkte, schon lange nicht mehr. Rauch ja, der Qualm billiger Stumpen mischte sich mit dem Geruch nach abgestandenem Bier.

Der Muff musste in den dunklen Gardinen hängen. Und in der Pferdedecke, die an der Eingangstür den kalten Wind abhalten sollte. Außer der Wirtin, einer verblühten Blondine mit schwarzem Haaransatz, waren nur ganze drei Gäste in dem Schankraum, einer davon mochte seinem saloppen Anzug nach ein Caravanverkäufer sein, die beiden anderen verkörperten den Typ des hartnäckigen Süffels.

Als ich nach der Speisekarte fragte, verzog die Blondine den roten Mund und rollte die mit viel Kajal umrandeten Augen, als hätte ich Unmögliches verlangt. Der Caravanverkäufer stimmte ihr mit einem Augenzwinkern zu.

»Irgendwas zu essen?«, beharrte ich.

Als Antwort hob sie den Deckel von einem Teller, drei Frikadellen wurden sichtbar, grau und schon leicht ins Grünliche changierend. Ich schüttelte den Kopf und bestellte ein Mineralwasser. Wie ein Automat, weil sie das sicher den ganzen Sommer so gemacht hatte, schmiss die Blondine eine Hand voll Eiswürfel in das Glas, oben drauf klatschte sie eine Zitronenscheibe, die sich bedenklich wellte. Ich fragte mich, ob es noch

Getränke oder Speisen gab, die ohne Dekorationsmaterial serviert wurden.

»Bitte ohne Eis und nach Möglichkeit nicht aus dem Kühlschrank.«

»Angewärmt?« Ihre nachgezogene Augenbraue rutschte nach oben, klar, war ironisch gemeint. Tatsächlich aber trank ich gern warmes Sprudelwasser, was ich von meiner Exfrau übernommen hatte, als sie zur Abwechslung mal ihr Heil in ayurvedischen Reinigungskuren suchte.

»Nicht nötig, nur eben nicht eiskalt.«

Die beiden Süffel grinsten sich eins. »Mach mir noch 'n kühles Pils, Trude«, sagte der eine. »Mir auch«, sagte der andere, dann stierten sie mich wieder an. Dass in dem Pferdedeckenstübchen ein Gast etwas anderes als Bier bestellte, war Grund genug, mal den Blick vom Pilsglas zu heben.

Vom Eingang kam ein klägliches Miauen. Eine Katze schob sich durch den Vorhangspalt. Sie war hochträchtig, hatte dreifarbiges, zerzaustes Fell und begann sich auf dem Boden zu wälzen. Gebannt schaute ich zu. Denn aus ihrem Hinterteil wand sich etwas, das blauschwarz und glitschig feucht aussah. Die Katze war dabei, in der Kneipe ihre Jungen auf die Welt zu bringen.

»He, was 'n dat für 'ne Sauerei, Trude?«

Viel schneller, als sie mich bedient hatte, war die Wirtin nach dem Ausruf des Süffels um den Tresen herum und schob die Katzenmutter mit dem halb geborenen Jungen hinter den Vorhang zurück. Als die Katze nach kurzer Zeit wieder auftauchte, um unter eine Eckbank zu kriechen, stieß die Wirtin die Tür auf. Ein beißender Wind fegte herein. Die Tür schlug von allein wieder zu, bevor die Frau das Tier erwischen konnte.

»Ist ganz schön kalt draußen«, sagte ich, »vielleicht kann sie ja hier drinnen in Ruhe ihre Jungen kriegen. Mich würde das nicht stören.«

»Mich aber«, keifte der Süffel neben mir. »Hau se inne Biotonne, Trude!«

Ich wusste nicht viel von Katzen, nur dass sie auf keinen Fall in eine Biotonne gehörten. »Hören Sie, Frau Wirtin …«

»Ist das etwa Ihre Katze?«

»Nein.«

»Also!« Trude griff zum Besen, angelte unter der Eckbank nach der Katze, erwischte sie auch und schob sie mit dem Jungen, das sich mithilfe der leckenden Mutter gerade aus der bläulichen Fruchtblase befreit hatte, hinter den Vorhang.

Als sie wieder die Tür aufstieß, rief ich: »Warten Sie, ist doch meine!«

»Ach, auf einmal?«

»Ja. Haben Sie mal einen Karton und ein Handtuch?« Ich legte einen Zehneuroschein auf die Theke.

Wenige Minuten später preschte ich über die A 3, hinter mir auf der Rückbank mischte sich in das Schnurren der Mutterkatze ein winziges Miauen. Bei der Ausfahrt Wedau waren es schon zwei dünne Stimmchen, und als ich den Wagen in meinem Viertel parkte, drei. Ich schnappte mir den Karton vom Rücksitz und betete zu dem Katzengott, die Familie möge nun doch bitte komplett sein.

## 39.

Ich nahm die Milchflasche aus dem Kühlschrank, setzte mich auf die Bettkante und sah dem Fellknäuel zu. Doch dann fiel mir ein, dass Milch für erwachsene Katzen gar nicht gut ist; wenn nicht Milch, was sonst? Dosenfutter hatte ich nicht. Und auch sonst fehlte mir einiges.

Ich schnappte meinen Mantel vom Haken.

Auf dem Weg nach draußen schaute ich in den Briefkasten. Eine Ansichtskarte lag darin, sie zeigte die Wiesenkirche mit einer geschwungenen Banderole über der unteren rechten Ecke und der Inschrift *Willkommen in Soest.* Ich drehte die Karte um.

*Leben Sie noch? Gruß Anne Mehringer.*

Gute Frage! Ich musste mich unbedingt bei meiner Soester Klientin melden. Später. Jetzt erst einmal die Katzenfamilie versorgen. Ich zog den Mantel über und ging hinaus in die Kälte.

Weil die Tankstelle, wo ich das Katzenfutter kaufen wollte, geschlossen hatte, fuhr ich zu Cetin. Wie erwartet saß er vor dem Computer, über die ungewöhnliche Besuchszeit verlor er kein Wort. Natürlich fiel ich nicht gleich mit der Tür ins Haus, erkundigte mich zunächst, wie es ihm so gehe, was der gebrochene Finger mache, und rückte erst dann mit meiner Frage heraus, ob er sich nicht schon immer eine Katze gewünscht habe.

Er begriff sofort: »Gewünscht schon, Chefe, aber ich kann sie Ihnen nicht abnehmen, die würde hier keinen Tag überleben; so schnell käme die auf keinen Baum rauf, wie die Pitbulls aus dem Viertel sie aufgestöbert hätten. Aber was anderes: Es gibt erste Ergebnisse von unserer Datenrettung.«

Seine Hand wischte über die Mausunterlage, Wörter erschienen auf dem Bildschirm.

Vor Jahren hatte ich mal auf Formentera am Strand gesessen und während eines Gesprächs mit einer hübschen Frau den Sand durch meine Hand rieseln lassen. Plötzlich hatte ich eine Münze zwischen den Fingern gehabt, ich grub weiter im Sand und es kamen immer mehr Münzen zum Vorschein, große, kleine, alle voller Patina; offenbar hatte vor längerer Zeit ein Badegast hier sein Geld verloren. Am Ende war es eine Hand voll Münzen, die gerade mal für zwei Getränke an der Strandbar langte, doch wir freuten uns, als hätten wir einen Schatz gefunden. So ähnlich fühlte ich mich jetzt vor dem Bildschirm. Aus den Datenleichen war ein Wortschatz geworden.

Cetin betätigte das Scrollrad an der Maus und immer mehr Namen und Begriffe tauchten auf, die zwar noch keine vollständigen Sätze bildeten, mir jedoch schon eine Menge verrieten.

Ich pfiff durch die Zähne.

»Ich kann Ihnen das ausdrucken.« Zu Recht war Cetin stolz auf seine Arbeit.

»Ich würde gern mal telefonieren.«

Cetin hielt mir die Schachtel mit den Mobiltelefonen hin.

Während der Drucker summte, sprach ich mit Kurt Heisterkamp. Ich hatte ihn wieder einmal bei den Spätnachrichten gestört. Da es aber nicht um dienstliche Fragen ging, beruhigte er sich schnell wieder und wurde sogar ausgesprochen launig. »Katzen, zweibeinige, immer, aber nicht diese Viecher mit vier Beinen, die überall Haare hinterlassen, denen man nichts beibringen kann – oder hast du schon mal was von Polizeikatzen gehört? Meinst du etwa eine von diesen besagten Rumstreunerinnen, die Vogelnester ausrauben und über kurz oder lang mit einem Wurf Junge ankommen …«

»Die sind schon da, Kurt!«

»Wie? Was?«

»Drei niedliche Katzenbabys! Ich dachte, das wäre was für deine Kinder, ein schönes Geschenk.«

»Ja, spielen würde die gern damit, aber die Arbeit bliebe bei mir hängen. Nee, nee, Elmar, tut mit Leid. Da ist es mir ja fast schon lieber, wenn du einen dienstlichen Gefallen von mir verlangst.«

»Ich werde drauf zurückkommen.«

»Warum behältst du sie denn nicht? Hättest endlich mal was Weibliches im Haus.« Er lachte.

»Danke für den Hinweis. Bin aber zu viel unterwegs, demnächst muss ich wieder nach Soest und da …«

»Du hast es gut, Elmar!«, unterbrach er mich. »Ich pendele tagtäglich zwischen Büro und Wohnung und du –« Er sprach in einem Ton, als hätte ich nicht von Soest, sondern von einem Wochenende in New York gesprochen.

Als Kurt dann mit den Worten »Und was Gisela betrifft« auf Eheprobleme umschwenken wollte, brach ich das Gespräch ab.

Cetin gab mir den Ausdruck und brachte mich zur Tür. Der Himmel über den Dächern war so klar wie selten, zwischen den

Hochkaminen ging eine Sternschnuppe runter, und weil ich das ewig nicht erlebt hatte, war ich dermaßen überrascht, dass mir nicht einmal ein Wunsch einfiel.

Auf dem Rückweg fand ich eine Tankstelle, die noch geöffnet hatte. Ich kaufte Dosenfutter und jene super total geruchsbindende Streu, die Katzen angeblich selbst kaufen würden.

Futter, Katzenstreu und dazu die Textseiten, die Cetin mir ausgedruckt hatte – für den Rest des Abends hatte ich genug zu tun.

## 40.

Die Fenster im Erdgeschoss waren noch erleuchtet. Als ich die Haustür aufstieß, ging die Lampe im Flur an und ich stand meiner Nachbarin vom Tanzstudio *La Movida* gegenüber, die ich bisher erst einmal gesehen hatte, und das war an dem Tag gewesen, als sie einzog und mit ausgebeulten Jogginghosen bekleidet war. Jetzt trug sie über schwarzen Wollstrümpfen einen grob gestrickten knielangen Pullover. Das Deckenlicht fiel auf rotbraune Haare, die mit einem schwarzen Samtband hochgebunden waren; sie hielt einen Briefumschlag und zwei Mülltüten in der Hand.

Wir nickten uns zu. »Guten Abend, Herr Mogge, ich wollte Ihnen gerade eine Mitteilung in den Briefkasten stecken. In den nächsten Tagen möchte ich eine kleine Einweihungsfeier geben und, tja, dazu wollte ich Sie einladen.« Sie gab mir den Umschlag.

Ich schnupperte, der Duft von Badeöl.

»Danke, wenn ich Zeit habe, komme ich gerne.«

»Schön! Und – ach ...« Sie deutete auf meine Tüte mit der Katzenstreu. »Ich möchte mich auch nach einer umsehen, bin eine regelrechte Katzennärrin.«

Jetzt nur nichts überstürzen. Gerade hatte ich ja die Erfahrung gemacht, dass die Leute das, was sie umsonst bekommen können, meist nicht sonderlich schätzten.

»Umsehen, wo?«

»Im Tierheim.«

»Fragen Sie doch einfach mich.«

Wir gingen die Treppe hoch, ich schloss die Tür auf und führte sie gleich zu meinem Bett. Normalerweise eine heikle Angelegenheit, jetzt war das ganz was anderes. Ich zeigte ihr die Katzenmutter, die mit den nuckelnden Jungen auf meiner Bettdecke thronte.

»Oh, wie süß!«

Nun gut, etwas anderes konnte sie in dem Moment kaum sagen.

Dann streichelte sie die Katze, ein Barbar wäre ich gewesen, wenn ich es nicht auch getan hätte; dass sich dabei unsere Finger berührten, war kaum zu vermeiden.

Sie fragte, ob ich die Katzen wirklich abgeben wolle, ich sagte mit einer gewissen Betonung, die ihr den Rückzug offen ließ, doch, ja schon, wenn die Bezahlung geregelt sei; wir guckten uns lange an, und als wir uns sicher waren, dass wir dasselbe meinten, küssten wir uns. Was für ein Kuss! Ich spürte die erste Erektion seit meinem Besuch in Irenes Haus. Während ich diese Wirkung noch zu verbergen suchte und zögerte, schüttelte meine Nachbarin schon ihre Ballerinaschuhe, die mit glitzernden Sternen geschmückt waren, von den Füßen. Und wäre sie nicht so entschlossen gewesen, ich hätte ganz bestimmt den Zeitpunkt verpasst, wieder einmal. Frauen! Ewiges Rätsel. Mal musst du sie in teure Restaurants einladen, dann wieder genügt eine Currywurst, mal klappt es nicht trotz Brillantring, dann wieder bringt es eine Straßenkatze. Frauen ... Elmar, du wirst sie nie verstehen. Frag jetzt nach ihrem Namen!

»Wie heißt du? Ich kenne nur den Namen der Tanzschule auf dem Türschild.«

»Paula. Wie hast du mich denn in Gedanken genannt, nachdem ich hier eingezogen bin?«

»Willst du es wirklich wissen?«

»Ja.«

Bei der Sternschnuppe vorhin war mir kein Wunsch eingefallen und jetzt fiel mir, verlegen, wie ich war, keine Lüge ein.

»In Gedanken sagte ich immer: die, ehm, die Tanzmaus da unten.«

Paula schnalzte mit der Zunge und klimperte dazu mit den Augendeckeln wie die Maus in der Sendung.

Ich versuchte wie der kleine blaue Elefant zu trompeten; es ging daneben. Wir lachten.

Paula, Paula Werth. Wenigstens kannte ich nun ihren Namen. Sie war in meinem Alter oder ein paar Jahre jünger, sie hatte große, fast veilchenblaue Augen und sie roch jetzt, nachdem das Badeöl von ihrem eigenen Geruch überdeckt wurde, noch verführerischer als zuvor. Sie fragte nichts, wir sprachen kaum, wir machten unsere Geräusche des Wohlbefindens und das genügte auch.

Zuletzt, mit dem Katzenkarton im Arm, fragte sie dann doch noch etwas: »Wirst du von der Polizei gesucht?«

Ich sah sie erstaunt an.

»Da waren heute zwei Männer, die nach dir gefragt haben.«

Immer waren es zwei, ob sie von der einen oder von der anderen Seite kamen, nur ich war allein, meistens. »Was wollten die beiden?«

»Sie haben versucht mich auszufragen. Ich habe gesagt, dass wir uns bis auf eine flüchtige Begegnung im Hausflur überhaupt nicht kennen. Stimmte ja auch.« Sie hob die Hand, lächelte. »Danke für diese Süßen hier im Karton.«

»Danke auch!«

## 41.

Was für eine Nacht, was für ein Morgen! Ich fühlte mich wie ein Altertumsforscher, der nicht nur auf eine Papyrusrolle gestoßen ist, sondern zudem den Code für die Entschlüsselung geknackt hat.

*... einsam seit dem Tod meines Mannes ... Trost Sendung ... Antwort ... würde mich freuen, Sie auch weiterhin ... gestern ... Kauf eines Videogeräts ... mein verstorbener Mann ein kleines Sümmchen hinterlassen ... Bitte nehmen Sie mir meine Zurückweisung nicht übel und bleiben Sie auch in Zukunft unserer Sendung treu ... ein sehr gefühlvolles Werk, deshalb ... Ich habe schon verstanden ... demnächst an Ihre private Adresse ...*

Es waren nur Bruchstücke, aber sie gaben wieder, was Kelian mir von Irenes schwärmerischen Briefen und seinen eher kühlen Antworten erzählt hatte. Verschwiegen hatte er jedoch, dass er Irene, so interpretierte ich den E-Mail-Fetzen, aufgefordert hatte, seine Privatadresse zu benutzen. Warum hatte der Radiomann der Hörerin seine Adresse mitgeteilt – und nichts davon gesagt?

Mit einem Filzschreiber markierte ich die Stellen, die ich nach Stil und Wortlaut Kelian zuordnete, und brachte sie in einen chronologischen Zusammenhang mit den sehr viel ausführlicheren Briefen seiner Verehrerin. Auch ein paar fehlende Buchstaben sowie die Wörter, die meiner Meinung nach sinnvoll den Text ergänzten, fügte ich ein.

*Es stimmt, dass ich oft an Rache gedacht habe, weil Typen wie er meist ungestraft davonkommen ... andererseits eine schwache Frau ... Lieber Gregor, wem, wenn nicht Ihnen, sollte ich mein Herz ausschütten ... demnächst gucken Sie direkt auf mein Bett ...*

Sie meinte das Video. Gespannt war ich jetzt auf die Antwort – und ich fand sie:

Kelian: *... mein Interesse geweckt, das rein wissenschaftlicher Natur ist ... schwache, gefühlvolle Frau ... dennoch, Ihr Aussehen lässt auf Mut, Großzügigkeit, Entschlossenheit und Stärke schließen. Treiben Sie viel Sport?*

Irene: … *hätte Ihnen gerne persönlich erzählt, was geschehen ist, aber ich glaube, Sie wussten es schon? … Es war so stark und intensiv, wie ich es vorher niemals gespürt hatte … Die Kraft, den Mut dazu habe ich Ihnen zu verdanken …*

Kelian: … *auch ich an ein Treffen gedacht … leider nicht möglich, zumindest nicht in absehbarer Zeit, denn dazu hätte ich einfach nicht den Kopf frei …*

Irene: *Mir ist aufgefallen, dass Sie in Ihrer Sendung unsicher wirkten. Haben Sie Sorgen?*

Kelian: … *Veränderungen im Sender … vielleicht bald weit weg von hier … irgendwo …*

Irene: *Welcher Art sind die Schwierigkeiten … ausräumen … vertrauen Sie mir!*

Kelian: … *persönlich verkraften, aber der Gedanke, dass dadurch vielen Menschen der Trost genommen würde, den sie aus meiner Arbeit ziehen, macht mich ganz krank … will ich schließen, bevor ich Dinge ausspreche, die nur einem schwärmerischen Jüngling anstehen … Ihr Tristan, so nennen mich Freunde, die wissen, dass ich ein Wagner-Verehrer bin.*

Irene: … *gekauft und auch gleich abgespielt … Unsere Gemeinsamkeiten wachsen, lieber Tristan … Es klang wie ein Hilferuf. Wer sind die Widersacher, was steht uns im Weg? Vertrauen Sie auf meine Kraft, Ihre Isolde*

Kelian: *Isolde, Isolde, in dem Namen schwingt viel von Erlösung und Erfüllung … zögere, Sie so zu nennen, denn Namen können auf ihre Träger verpflichtend wirken … Noch ist die Zeit nicht gekommen …*

Plötzlich wurde mir heiß, dann kalt, ausgelöst durch das Gefühl, ganz dicht vor einem Erfolg zu stehen. Jagdfieber. Aber es gab auch noch einen anderen, rein körperlichen Grund für meinen Kälteschauder: Ich hatte letzte Nacht nur wenig geschlafen und saß jetzt bereits seit über einer Stunde am Schreibtisch, ohne etwas gefrühstückt zu haben. Also schob ich den

Ausdruck von Cetins Datenrettung zur Seite, zog den Gürtel meines Bademantels zu und setzte Wasser für einen starken Tee auf.

Mir schmeckt die türkische Art der Zubereitung. Ich nahm einen kräftigen Assam, überbrühte ihn mit einem Schuss sprudelndem Wasser, das ich sofort abgoss, füllte die Kanne und ließ den Tee gut acht Minuten ziehen.

Während der Tee seine Bitterstoffe entfaltete, schaute ich in meinen elektronischen Postkasten. Der Katzenhandel mit meiner Nachbarin, die knappe Nachtruhe und das Wortpuzzle am Morgen hatten meine Nerven sowieso schon zum Vibrieren gebracht, nun kam in Form einer E-Mail weitere Aufregung hinzu.

*Hallo Schnüffler, und wieder ruft das Opferlamm – denken Sie mal an den Jahrestag.*

Frühstücken sei wichtig, sagen Ernährungsberater, mir ist es heilig: frische Brötchen, Wurst, Käse, Honig, dazu zwei, drei Tassen Tee. Normalerweise ließ ich mir dabei reichlich Zeit. Normalerweise. Heute war es anders. Während ich an der Teetasse nippte, verglich ich meine Aufzeichnungen. Der Mord an Schopper war auf den Tag ein Jahr nach dem Unfall von Yannick Gorgas geschehen. Eindeutig Irenes Racheakt, wenn die Polizei auch anderer Meinung war. Wenn ich die Bruchstücke der alten elektronischen Korrespondenz ernst nahm, konnte ich die neue Mail nicht als leere Drohung abtun. Wer sollte das Opferlamm sein? Ich? Und was jährte sich in nächster Zeit?

Ich rief Kurt Heisterkamp an.

Ein Mitarbeiter meldete sich, ich legte auf, versuchte es nach einiger Zeit wieder, da machte er Mittagspause, und noch einmal und endlich, inzwischen waren Stunden vergangen, bekam ich ihn an den Apparat.

Ich stellte meine Fragen. Er telefonierte auf einer anderen Leitung und das Ergebnis unterschied sich nur in wenigen Details von dem, was ich bereits wusste: Ja, die Kollegen von der Polizei-Inspektion Süd, die hätten damals gegen einen gewissen Arno Schopinski wegen Fahrerflucht ermittelt, die Sache dann aber fallen gelassen, weil zwei seiner Angestellten sein Alibi bestätigt hatten. Nun, dass ein Alibi in Schoppers Kreisen lediglich eine Geldfrage war, hatte mir Irene schon unter die Nase gerieben. Ich hielt mich zurück, fragte Kurt stattdessen, ob es in den Unterlagen ein Datum gab, das sich in den nächsten Tagen jährte.

Das Knurren, das Kurt ausstieß, konnte Zustimmung oder Ablehnung bedeuten. Nach zehn Minuten rief er zurück.

»Also?«, mehr sagte er nicht, aber ich war mir sicher, dass er die Unterlagen vor sich liegen hatte. Ich fragte, ob es der Geburtstag von Yannick Gorgas sei, der sich näherte.

»Der ist im Sommer. Negativ.«

»Der Geburtstag seiner Frau?«

»Negativ! Aber der Unfalltag, der war vor ziemlich genau einem Jahr.«

Das wusste ich schon. »Kurt, gibt es irgendein anderes Datum, das sich in den nächsten Tagen jährt.«

»Nee, oder doch, Moment mal.« Er schmauchte an seiner Pfeife, ich hörte, wie er den Sabber in den Papierkorb blies und anschließend den Pfeifenkopf ausschabte. Ich hätte ihn umbringen können. »So, Elmar!«

»Was, bitte, Kurt, was?«

»Ja, also, der Hochzeitstag.«

»Wann? Nun rede schon!«

»Morgen. Nee, Quatsch, heute. Ja, der ist heute. Willst du der Witwe Blumen bringen?«

Ich legte auf, während er noch lachte; Kurt hatte seinen Spaß gehabt, seine kleine Biestigkeit, weil er glaubte, dass ich gemütlich beim späten Frühstück saß, während er schon Stunden in seinem Büro hockte.

Heute war der Hochzeitstag, hatte er gesagt. Die Zeit wurde äußerst knapp.

Mit einem Glockenton meldete mein Computer den Eingang einer neuen Mail. Sie kam von Cetin:

*Chefe, gelobt sei unser Spionageprogramm. Im Anhang finden Sie eine interessante Nachricht. Lesen und sofort löschen, für alle Fälle.*

Nachdem ich auf das Symbol geklickt hatte, öffnete sich die angehängte Mail:

*Lieber Gregor, Tristan!*
*Die Wunde? Wo?*
*Lass sie mich heilen!*
*Dass wonnig und hehr*
*die Nacht wir teilen …*
*Isolde*

Die Nacht teilen – stand das für den Tod teilen? Wir? Sie und er? Für gefährlich hatte ich Irene Gorgas schon die ganze Zeit gehalten. Doch wenn mich nicht alles täuschte, war sie jetzt völlig durchgeknallt.

## 42.

Wenn es stimmte, was ich mir vorstellte, dann war nicht ich, sondern mein Klient in höchster Gefahr.

Ich schaute auf die Zeitangabe in der rechten Bildschirmecke: *15:06 Uhr.* Um fünf ging die Sonne unter. Blieben, wenn ich die Ankündigung ernst nahm und die Tat nicht schon am helllichten Tage passieren sollte, nur noch wenige Stunden.

Höchste Zeit zum Handeln. Ich schaltete den Rechner aus und griff zum Telefonhörer.

»Können wir uns treffen? Ich wollte etwas mit Ihnen bereden.«

»Heute ist schlecht. Ich bin zugeschüttet mit Terminen.«

»Ich dachte, nach Feierabend, Herr Kelian?«

»Feierabend?«, wiederholte er, als hätte ich ein obszönes Wort ausgesprochen. »In etwa einer Stunde verlasse ich den Sender, ich muss zu einer Besprechung in die Zentrale nach Oberhausen. Wo brennt's denn?«

»Erkläre ich Ihnen später. Ich mache mich jetzt auf den Weg. Bleiben Sie im Haus, bis ich eintreffe, für den Fall, dass ich mich verspäte. Ich werde auf dem Parkplatz gegenüber auf Sie warten.«

»Soll ich zu Ihnen an den Wagen kommen?«

»Nein, ich fahre hinter Ihnen her.«

Das Wichtigste war gesagt, auf ein längeres Gespräch ließ ich mich nicht ein. Die Zeit rannte.

Fotoapparat mit Teleobjektiv, das Handy war aufgeladen, noch ein Griff zum Stiefelschaft, wo ich das Ersatzmesser befestigt hatte, dann fuhr ich los. Eine halbe Stunde später traf ich vor dem Sender ein.

Es dämmerte bereits, ohne dass es vorher überhaupt hell gewesen wäre.

Irenes Opel hatte ich im Vorüberfahren gesehen. Diesmal stand ihr Wagen auf dem Vorplatz einer Tankstelle, sie selbst entdeckte ich im Verkaufsraum vor dem Regal mit den Zeitschriften. Durch mein Großwildteleobjektiv konnte ich erkennen, dass sie sich nicht für Frauenzeitschriften interessierte, sondern in einem Magazin für Bodybuilding blätterte. Mit dem Heft in der Hand ging sie zur Kasse, zahlte, verließ den Verkaufsraum, setzte sich in ihren Wagen und begann zu lesen.

Genau wie ich blickte sie hin und wieder zum Eingang des Senders.

Nach zwanzig Minuten kam Kelian die Treppe herunter. Auf dem Gehweg drehte er sich um und hob den Arm; es sah aus, als verabschiede er sich von jemandem hinter der Tür, doch ich war mir sicher, dass dieses Zeichen mir galt.

Ich startete den Motor.

Kelian stieg in seinen Wagen, einen Audi. Betont langsam, wohl um mir Zeit zu geben, fuhr er vom Parkplatz zur Straße. Ich legte den Gang ein, rollte auch schon an, als mir auffiel, dass Irene keinerlei Anstalten machte, dem Moderator von *Radio Vital* zu folgen.

»Ich habe diese menschliche Klette heute vor dem Haus gesehen«, hatte Kelian mir vorhin noch am Telefon gesagt.

»Na ja, ist nicht das erste Mal«, hatte ich entgegnet.

»Aber sie hat mir gestern so eine seltsame Mail geschickt, etwas mit Wunde und gemeinsam, hört sich kraus an, ist aber eine Stelle aus *Tristan und Isolde.*« Trotz seines souveränen Tons war mir die Angst in seiner Stimme nicht entgangen.

»Aha, eine neue Mail?«, hatte ich geheuchelt.

Jetzt fuhr mein Klient die Ruhrorter Straße hoch. Auch ich trat auf das Gaspedal. Doch dann kamen mir Bedenken. Schließlich war ich ja hier, um ihn vor der Radioklette zu beschützen, die aber bewegte sich mit ihrem Opel keinen Meter.

Ja? Nein? Und dann hatte ich mich entschieden. Ich zuckte zurück in meine Parklücke, während die Rücklichter von Kelians Wagen in Richtung Autobahnzufahrt A 40 verschwanden.

Wenn mir Zweifel kamen, ob ich mich richtig entschieden hatte, schaute ich hinüber zu Irene. Solange ich sie im Auge behielt, konnte nichts Schlimmes passieren.

Die Straßenbahn Linie 901 rumpelte vorbei, nach zehn Minuten eine weitere. Die Scheiben in meinem Wagen beschlugen, eine wohltuende Müdigkeit überkam mich. Jetzt eine Zigarette rauchen! Es war einer dieser Momente, in denen ich bedauerte, dass ich neben dem Alkohol auch das Rauchen aufgegeben hatte. Wenn man gar nichts tat, dann half das Stäbchen, doch etwas zu tun, man rauchte. Ideal war es, um Unsicherheit zu kaschieren und ruhig zu werden, gut aber auch um, so wie jetzt, gegen die aufkommende Müdigkeit anzukämpfen.

Mit einem Schlag war ich wieder hellwach.

An Irenes Wagen waren die Scheinwerfer aufgeflammt und dann sah ich auch den Grund. Van Eicken, Kelians Chef, stand im Eingang des Senders. Das Licht des Portals spiegelte sich in einem schwarzen Koffer, den er sich über den Kopf hielt, weil es zu regnen begonnen hatte. Im Laufschritt überquerte er die Straße. Er stieg in seinen Volvo und verließ den Parkplatz.

Irene fuhr hinter ihm her.

## 43.

Der Volvo vorne, der Opel Astra in geringem Abstand dahinter. Einmal riss mein Kontakt zu den beiden Wagen ab. Doch am Kaiserberg hatte ich sie dann wieder eingeholt. Ich war kein schlechter Fahrer, aber mehr noch half mir heute, dass ich van Eickens Wegstrecke bereits von der letzten Verfolgungsfahrt kannte. Und seine Vorliebe für die Mädels vom Parkplatz Zoo.

Wieder fuhr er seine Runden zwischen den Bäumen. Nur dauerte es diesmal etwas länger, bis er vom Strich zurück auf die Straße kam. Und dann hatte er es auf einmal sehr eilig. Während ich hinter ihm herfuhr, überlegte ich, wo Irene geblieben war. Mein Passat Kombi war nicht das neueste Modell, graue Lackierung, nicht besonders gepflegt, aber auch nicht allzu schmutzig; ein weiterer Vorteil, neben seiner Unauffälligkeit, waren ein paar Extra-Pferdestärken, die Cetins Freunde aus dem Motor herausgekitzelt hatten. Dennoch konnte ich van Eickens Volvo nur mit Mühe folgen.

Und in Speldorf verlor ich ihn dann ganz aus den Augen. Dass ich Irenes Opel noch immer nicht hatte entdecken können, van Eicken also auch diese Klette losgeworden war, war kein Trost. Im Gegenteil, ich fühlte mich ziemlich ratlos. War er zu den Stricherinnen zurückgekehrt, weil ihm die ursprüngliche Absicht, sich nur Appetit zu holen, heute nicht genügt hatte?

Ich fuhr zurück zum Parkplatz Zoo. Eine der Nutten sprang aus dem Schlagschatten der Bäume direkt auf mich zu, eine andere trommelte, als ich nicht anhalten wollte, auf mein Wagendach, eine dritte zeigte mir ihr Hinterteil. Huschende Gestalten wie auf einem Wildwechsel. Grell geschminkte Augen, rüde Handbewegungen und der eine oder andere Rat, von denen die Aufforderung, mich selbst ins Knie zu ficken, noch die harmloseste war. Ich linste durch die Baumreihen, versuchte zu erkennen, welche Autos noch so ihre Runden drehten. Es war zwecklos. Gegen den Laternenschein von der Straße waren lediglich die Umrisse der Fahrer zu erkennen und nicht einmal die Fahrzeugtypen. Schließlich fuhr ich noch einmal an der Stelle vorbei, wo Irene bei ihrer ersten Verfolgungsfahrt gewartet hatte.

Der Platz war leer. Ich schaute in die Seitenstraßen. Nichts. Genau wie van Eicken blieb auch sie verschwunden.

Irgendetwas war schief gelaufen.

Ich überlegte, ob Irene, nachdem sie ihren Verfolgungstrieb ausgelebt hatte, einfach nach Hause gefahren war.

Und dann kam mir noch ein anderer Gedanke.

Plötzlich hatte ich es nicht nur eilig, ich hatte auch ein Ziel vor Augen.

Ich hatte die Auffahrt am Uhlenhorst genommen, jetzt jagte ich über die A 3, wechselte auf die A 524 und dann war ich auch schon in Froschenteich. Meinen Wagen stellte ich zwischen den Büschen ab, die letzten Meter bis zu Irenes Haus ging, nein, rannte ich. Jede Minute konnte zählen.

Aus dem Haus drang kein Licht. Ich schlich um den verwitterten Backsteinbau, lauschte an den Fenstern, an der Eingangstür sowie an einer weiteren Tür, die sich hinten am Haus befand. Keine Stimmen, kein Geräusch. Ich war geneigt, noch einmal in das Haus einzudringen, ließ es dann aber.

Warum sollte ich etwas riskieren? Jetzt, da mein Jagdfieber nachließ, meldete sich auch die Vernunft wieder. Kelian hatte mich engagiert, na schön, Berufsehre, ihn galt es zu beschützen – was aber hatte ich mit van Eicken zu tun?

Ich beschloss, nach Hause zu fahren. Und weil ich jetzt Zeit hatte, ließ ich die Autobahn rechts liegen.

Der Wald im Duisburger Süden war im Sommer ein beliebter Ausflugsort für Familien, aber auch für Liebespaare, die es im Freien treiben wollten. Es gab Rundwege für Wanderer, einen kleinen See, den Entenfang, wo man Ruderboote mieten und anschließend eine Currywurst essen konnte. Wer sich auskannte, fand zwischen den Bäumen eine kirchliche Tagungsstätte und nicht weit von dieser, als benötigten die Huren Gottes Segen, eine Art ambulantes Bordell, wo Prostituierte aus Osteuropa in Wohnwagen und Baufahrzeugen anschafften.

Im Sommer traf man Spaziergänger, die diese oder eben jene Freizeitbeschäftigung suchten. Im Winter hingegen lagen die vielen Nebenwege nahezu verlassen und die asphaltierte Durchgangsstraße wurde eigentlich nur von Menschen befahren, die, wie ich jetzt, diese Strecke als Abkürzung von der B 1 zu den Stadtteilen im Duisburger Süden nutzten.

Schon von weitem sah ich das zuckende Blaulicht zwischen den Bäumen.

## 44.

Als ich näher kam, erfassten die Scheinwerfer meines Wagens die rot-weißen Plastikbänder, die einen Parkplatz absperrten. Hinter der Absperrung bemerkte ich Polizisten in Uniform und Leute in Zivil, die ich ebenfalls für Polizeibeamte hielt. Männer der Spurensicherung stellten Schildchen mit Nummern auf, Blitzlichter erhellten die Szene, ein Auto mit Martinshorn nahte.

Vor der Polizeiabsperrung standen ein paar Männer, einer von ihnen in Gummistiefeln und Bundeswehrparka, wahrscheinlich die ersten Gaffer.

Ich stoppte den Motor, stieg aus und trat an den Typen mit dem Parka heran.

»Hat's einen erwischt?«, fragte ich aus dem Mundwinkel.

»Kann man wohl sagen«, er fuhr sich mit dem Daumennagel über die Kehle. »Blut, überall Blut.«

»Tatsache? Ich sehe aber gar nichts, nur einen Wagen?«

»Der Freier liegt auf der Rückbank von dem fetten Volvo da, mit seinem abgeschnittenen Schwanz im Maul wie 'ne verdammte Zigarre.«

Mir wurde ganz flau im Magen. »Woher wissen Sie das eigentlich so genau?«

»War doch dran am Auto, bevor hier alles abgesperrt wurde, mit meinem Kumpel, der wird gerade von den Polypen ausgequetscht. Wir arbeiten da hinten im Wald.« Er griff sich ans Geschlecht. »Ist 'ne Sauerei, war bestimmt die Mafia.«

»Welche?«

»Na, die russische.«

»Ach ja! Aber benutzt die nicht Kalaschnikows?«

»Auch! Kennt man doch …«

Es gab Leute, die angesichts eines solchen Vorfalls verstummten, und andere, die redeten wie ein Wasserfall.

»Sonst noch was gesehen?« Das war mir so rausgerutscht, ein Rückfall in alte Polizeimanieren.

Der Mann reagierte sofort: »He, Sportsfreund, was soll das?« Er blickte mich von der Seite an. »Wir haben einen Waldlauf gemacht, mein Kumpel und ich.«

Waldlauf um diese Uhrzeit, bei Dunkelheit, mit solchem Schuhwerk – seine Gummistiefel waren voller Matsch – und mit einer Bierfahne, die ihm meilenweit vorausflatterte. Ich tippte, dass ich einen dieser Feierabendspanner vor mir hatte: Pornos in der Baubude, Dosenbier und dann kommt einer auf die Idee, mal schauen, ob es da im Wald nicht was zu linsen gibt.

Ein Rettungswagen raste heran, gefolgt von einem zivilen Polizeiwagen. Die Sanitäter rissen die Hecktür vom Transporter auf und holten eine Trage heraus. Als die Türen des Polizeiwagens aufgestoßen wurden, fiel die Innenbeleuchtung auf zwei Gestalten in Wintermänteln, einen der Männer kannte ich. Es war Hauptkommissar Tepass. Meinem Lieblingsfeind wollte ich keinesfalls begegnen. Die Antworten zu meinem Alibi im ersten Mordfall waren noch offen. Und ein paar alte Rechnungen sowieso. Zeit, dass ich von der Bildfläche verschwand. In Kürze würde es von Leuten, die dem Klang des Martinshorns gefolgt waren, nur so wimmeln, die üblichen Schaulustigen, Fernsehheinis vom Regionalsender mit ihren Kameras, Reporter mit Blitzlicht, Block und Bleistift. Von Tom Becker wusste ich, dass er einen guten Draht zur lokalen Polizeistelle hatte, ihn konnte ich morgen nach Einzelheiten fragen, auch nach solchen, die womöglich nicht in seinem Bericht auftauchten.

Als Gegenleistung würde ich ihm auf einem Stadtplan drei Stellen markieren: Hier an Punkt eins, Herr Becker, wurde Yannick Gorgas vor einem Jahr bei einem Unfall getötet. An Punkt zwei wurde vor wenigen Tagen dem zwielichtigen Händler Arno Schopinski der Kopf nahezu abgetrennt und hier, an Punkt drei, hat es gestern Nacht den Chef von *Radio Vital* erwischt.

Denn dass er die Leiche auf der Rückbank des Volvo war, daran zweifelte ich nicht.

»Und wer hat ihn umgebracht?«, würde Tom Becker fragen.

»Irene Gorgas, sie hat auch diesen Schopper auf dem Gewissen, weil der ihren Mann verbluten ließ oder ihn sogar wegen irgendeiner alten Sache zunächst absichtlich gerammt und ihm anschließend mit der Glasscherbe, die in Ihrem Bericht erwähnt wurde, die Halsschlagader durchtrennt hat.«

»Also Rache. Und das Motiv bei van Eicken?«

»Zugegeben, da liegt ein Problem. Halt, halt! Nur im Moment liegt es da noch, denn bald werde ich es herausfinden.«

Tom Beckers Lachen klang mir jetzt schon in den Ohren.

Es hatte wieder zu nieseln angefangen und die Scheibenwischer gaben den Takt vor: Das Motiv, warum? Das Motiv, warum?

So erreichte ich mein Viertel. Aus den Fenstern der Tanzschule drang warmes gelbes Licht. Es gab mir das gute Gefühl, nicht allein im Haus zu sein. Wie üblich war die Haustür nicht abgeschlossen, im Flur hörte ich gedämpfte Stimmen und das rhythmische Stampfen von Füßen. Auch schön!

Voller Elan nahm ich die Treppe zu meiner Etage – und stutzte. Vor meiner Wohnungstür lag ein Paket. Einfaches Packpapier, Kordel, keine Briefmarken.

Und auch kein Absender. Ich legte das Paket auf den Tisch und schaltete den Computer ein. Wie erwartet hatte ich eine Nachricht in meinem Postfach:

*Hallo Schnüffler, das Päckchen schon geöffnet? Gefällt es Ihnen? Natürlich ist das nicht Ihr Messer, es ist nur ein ähnliches, das Original steckt noch in der Leiche. Viel Spaß in den nächsten Tagen!*

Handelte es sich hier, wie bei dem Witwenfoto vor dem frisch ausgehobenen Grab, um einen geschmacklosen Scherz? Oder gar um eine Briefbombe? Ich war auf alles gefasst. Sollte ich das Paket zur Polizei bringen mit der Bitte, es von Spezialisten untersuchen zu lassen?

Meine Hände zitterten, als ich die Kordel und das Umschlagpapier löste. Holzwolle, Knackfolie – und dann, durch die Klarsichthülle hindurch, sah ich es. Das Messer.

Und die Klinge war voll mit dunkelrotem Blut.

Ich wusste, wem ich das Geschenk zu verdanken hatte. Und ich ahnte, dass sehr bald unangenehme Fragen auf mich zukommen würden.

## 45.

Der Schnitt ging knapp unter dem Kinn von einem Ohr zum anderen. Das Bild erinnerte mich an Cetins Schilderung von dem kopflosen Motorradfahrer. Mit dem Unterschied, dass bis auf eine rotschwarze Kruste von dem Blut nichts zu sehen war. Den Kopf der Leiche mussten die Mediziner wohl wieder in einen würdigeren Zustand gerückt haben, auch hatten sie van Eickens Gesicht gewaschen und ihm die Augen zugedrückt.

Blieb die Frage nach dem abgeschnittenen Penis, den der Waldarbeiter im Mund der Leiche gesehen hatte.

Ein Mann in einem weißen Kittel stand neben der Bahre; sein Blick schweifte von den gekachelten Wänden zu den Seziertischen mit der Waage und den Schüsseln aus blinkendem Stahl zurück zu dem Toten. Er schien auf eine Anweisung des Kriminalbeamten zu warten, das Tuch, das den Leichnam bis zu den Schultern bedeckte, weiter zurückzuschlagen. Doch dieser Wink blieb aus.

Im Gegenteil, Hauptkommissar Tepass, der sehr genau meine Reaktionen beobachtet hatte, machte sogar eine winzige ablehnende Bewegung: »Herr Mogge, ich habe gehört, dass Sie ein Experte für Schnittwunden sind. Auf was für eine Tatwaffe tippen Sie?«

»Sense, Sichel, Rasiermesser, womöglich ein ostasiatischer Kris ...«

»Nicht ganz so exotisch, Herr Privatdetektiv. Ein normales Fleischmesser, wahrscheinlich aus Solingen.« Sein Finger schnellte vor: »Wo ist Ihres?«

»Zu Hause in der Küchenschublade.«

»Na schön. Was zu überprüfen wäre. Die Untersuchung an der Tatwaffe ist noch nicht abgeschlossen. Doch schon bald können wir mit dem Abgleichen der DNA-Muster verdächtiger Personen beginnen. Macht Ihnen das keine Sorge?«

»Wieso sollte es?«

»Es könnte Übereinstimmungen geben.«

»Kaum.« Ich lächelte seine Krawatte mit dem Bärchenmuster an, das wohl Vertrauen erwecken sollte, und meine Sorglosigkeit war nicht einmal gespielt. Denn Vorrausetzung für einen solchen Test, sofern man nicht freiwillig daran teilnahm, waren erhebliche Vorstrafen und ein Richterbeschluss. »Soviel ich weiß, liegt von mir keine DNA-Probe vor.«

»Noch nicht«, drohte er. »Andere Frage: Kennen Sie den Mann?«

»Ja.«

»Woher?«

»Ich habe ihn mal im Sender *Radio Vital* gesehen.«

»Wann?«

Ich zuckte die Schultern.

»Schwaches Gedächtnis?«

»Nicht unbedingt.« Langsam wurde mir der Ton, den Tepass anschlug, zu dumm. Und wenn ich nicht bald den Raubeinigen rauskehrte, würde ich hier ganz schnell als Verdächtiger dastehen. »Fragen Sie mich doch mal, Herr Hauptkommissar, was ich am 11. September 2001 gemacht habe.«

»Hä, warum denn das?«

»Weil ich Ihnen genau sagen kann, wo ich mich damals aufgehalten habe und was ich getan habe, an diesem bewussten Tag, als das World Trade Center zusammenstürzte. So viel zu meinem Gedächtnis. Ich kann Ihnen auch sagen, was ich am 9. November 1989 gemacht habe, als die Berliner Mauer geöffnet wurde ...«

»Es reicht, Mogge.«

»Herr Mogge, immer noch.«

Er kam ganz dicht an mich heran, sodass ich seinen Atem riechen konnte, und flüsterte so leise, dass der Angestellte im Sektionssaal der Duisburger Kripo es nicht hören konnte: »Mal sehen, was von dem ›Herrn‹ noch übrig bleibt, wenn ich ihn erst mal in einer unserer Säuferzellen eingelocht habe.« Laut sagte er: »An jenen Tag, den Sie im Augenblick nicht benennen können, haben Sie van Eicken also zum ersten Mal gesehen. Und wann zum letzten Mal?«

»Danach nicht mehr.«

»Und wo waren Sie gestern?«

»In meinem Büro.«

»Den ganzen Tag?«

»Nein.«

»Zwischen siebzehn und zwanzig Uhr, wo waren Sie da?«

Um fünf hatte van Eicken den Sender verlassen, zwischen sieben und acht war er wohl gefunden worden. Ich konnte nicht glauben, dass Tepass mich ernsthaft verdächtigte, war mir andererseits aber nicht sicher, ob er mich nicht aus anderen Gründen gerne für ein paar Tage aus dem Verkehr gezogen hätte. Zum einen wollte er mich weich kochen, um zu erfahren, was ich über den Mord an van Eicken wusste. Dies war der dienstliche Anlass, ich sollte ihn auf die richtige Spur bringen. Und zum anderen gab es noch den persönlichen Grund unserer Feindschaft.

Tepass wurde langsam ungeduldig. Sollte ich zu meiner Entlastung die Bruchstücke der Mails anführen? Zwecklos! Die Fragen und Bedenken kannte ich im Voraus: Wo haben Sie die denn her? Schon mal was von Datenschutz gehört? Nicht einmal illegal auf Tonband aufgenommene Geständnisse waren vor Gericht zugelassen. Nein, so ging das nicht.

Wir verließen den Kühlraum. Als wir die Vorhalle erreichten, wiederholte er seine Frage: »Herr Mogge, wo waren Sie gestern zwischen siebzehn und zwanzig Uhr?«

Nicht zu hastig, nicht zu zögerlich antworten. Ich richtete meinen Blick auf die Eingangstür. Blasses Herbstlicht fiel auf immergrüne Bäume, welke Blumen, Grabsteine und Rabatten. Der Sektionssaal der Duisburger Kripo, volkstümlich auch Leichenschauhaus genannt, befand sich, gar nicht so unfreundlich, in einem efeuumrankten Backsteinbau neben dem Friedhof von Walsum-Aldenrade.

»Na?«

»Ich war in meinem Wagen.«

Klar, lachhaft. Um Tepass' Mundwinkel begann es schon zu zucken. Er glaubte mich in der Ecke zu haben, stehend k.o. Im Geiste schloss er schon die Säuferzelle auf. Aber hätte ich sagen sollen, ich habe zu Hause ferngesehen? Nein, besser war es, nahe bei der Wahrheit zu bleiben.

»In Ihrem Wagen. Allein?«

»Nein.«

»Verstehe, mit einer Frau, die verheiratet ist und deren Name Sie als Gentleman nicht nennen wollen, stimmt's?« Seine Stimme triefte vor Hohn, während er diesen Klassiker unter den unglaubwürdigen Alibis zitierte.

»Nein, mit einem Mann.«

Seine Augenbraue mit den rötlich blonden Borsten ging in die Höhe. »Und mit diesem Mann haben Sie im Auto, ähm …«

»Ja, Schach gespielt.«

»Die ganze Zeit?«

»Nein, spazieren gefahren, und dann haben wir eine Partie Schach gespielt.«

»Aber den Namen Ihres Schachpartners, den haben Sie vergessen, logisch, weil's ja nicht der 11. September war.«

»Nein, den Namen weiß ich noch.«

»Ich höre.« Er hielt sich tatsächlich die Hand ans Ohr.

»Kurt Heisterkamp, Hauptkommissar Kurt Heisterkamp vom Duisburger KK 11.«

Er sah mich an, als hätte ich ihn in den Bauch getreten, dann griff er zum Telefon in seiner Manteltasche und machte, derweil er wählte, drei Schritte zur Seite. »Hm, ja, gut, wir sprechen noch darüber«, hörte ich ihn murmeln, mehr nicht.

Das Gespräch, das ich vor einigen Stunden mit meinem Freund geführt hatte, war ähnlich knapp verlaufen.

»Frag jetzt nicht, warum, Kurt«, hatte ich am Telefon gesagt, »ich will nur wissen, ob du dich an die Uhrzeit erinnerst, wann wir gestern zusammen spazieren gefahren sind und zwischendurch Schach gespielt haben, war es nicht so zwischen siebzehn und zwanzig Uhr? Ja oder nein?«

»Ist es ernst?«

»Sehr!«

»Doch ja, wo du es jetzt sagst, erinnere ich mich genau. Weil ich auf die Uhr geschaut habe, gut zwei Stunden waren wir zusammen.«

Und genau das musste mein Freund jetzt, wie ich den Gesichtsausdruck von Kommissar Tepass deutete, auch behauptet haben.

Danke, Kurt!, sprach ich in Gedanken.

Tepass' Mund war ganz schmal geworden, es war kaum mehr als ein Zischen, als er sagte: »Sie können gehen, aber halten Sie sich zur Verfügung.«

## 46.

Harry Keller stand vor einem Gemälde von Georg Baselitz, er hatte die Hände mit dem Ausstellungskatalog auf dem Rücken gekreuzt und hielt den Kopf schräg; was ihm aber bei der Bildbetrachtung nicht viel half, denn wie üblich hatte der Künstler die abgebildete Figur, die einen Fisch als Mund hatte, auf den Kopf gestellt. Ob Keller wusste, dass die Mafia toten Verrätern einen Fisch in den Mund steckte? Ob Baselitz das beim Malen im Sinn gehabt hatte?

Als ich auf Keller zutrat, drehte er sich um und schwenkte den Katalog, wie Reiseleiter es tun, um ihre Schäfchen auf sich aufmerksam zu machen.

»Gerhard Richter, Anselm Kiefer, alle Achtung, mit dieser Sammlung zeitgenössischer Kunst hat Duisburg einen großen Fang gemacht. Und auch der Umbau der Küppersmühle ist gelungen. Als es damals um die Umwandlung des Innenhafens ging, dachte ich, die machen das hier genauso platt wie das ehemalige Industriegelände beim Centro in Oberhausen. Aber schau an, die alten Speicher, die Verladekräne, alles noch da, auch wenn sie keine Funktion mehr haben. Nein, keine Ironie, wirklich, Schlömm, in diesem Punkt kannst du stolz sein auf deine Heimatstadt. Natürlich kenne ich das Lehmbruck-Museum bereits von vielen Besuchen, aber das hier« – er drehte sich einmal um die eigene Achse – »das wollte ich mir immer mal ansehen.«

»Und jetzt bist du hier.«

»So ist es. Aber nicht nur wegen der Bilder von Penck, Baselitz und Co.«

»Was du nicht sagst.« Vor zwei Stunden hatte er mich angerufen, er müsse mich unbedingt sprechen. Ich dachte schon, es würde mal wieder, geheimnisvoll wie er tat, ein Besuch im angeblich abhörsicheren Gasometer anstehen, doch dann hatte er als Treffpunkt das Museum Küppersmühle vorgeschlagen. »Komm, Harry, rück raus mit der Sprache!«

Er klemmte seinen Zeigefinger zwischen die Katalogseiten, auf denen Baselitz' Bild *Der Fisch* beschrieben wurde, als wollte er im nächsten Augenblick zu der Lektüre zurückkehren. »Elmar, Elmar, hast ganz schön was angerichtet mit deinem Wühlen in alten Sachen.«

»Meine Spezialität.«

»Ja, ja, die Polizei war in meiner Galerie und bei mir zu Hause, sie hat mich schon zwei Mal vernommen.«

»So was passiert, wenn man sich mit miesen Typen wie Schopper Schopinski einlässt.«

Er schüttelte den Kopf. »Deine Schuld, Elmar! Du hast Soest in Aufregung versetzt, jeder misstraut im Moment jedem.«

»Dann war es ja goldrichtig, was ich gemacht habe.«

»Eben nicht, du bist auf der falschen Fährte. Der Tod von Peter Rugen hat nichts mit dem Brand auf meinem Galerieboot zu tun. Peter war ein Windhund, ein Weiberheld und Angeber, aber er wurde nicht umgebracht, weil er etwas ausplaudern wollte oder gar andere erpresst hat.«

»Sondern?« Zwar hatte Keller genau das bei unserem Gespräch im Gasometer suggeriert, aber nun spielte es keine Rolle mehr.

»Inzwischen weiß ich, wer dich beauftragt hat, den Tod von Peter zu untersuchen.« Ein anzügliches Lächeln huschte über sein Gesicht. »Schnüffel lieber mal, natürlich nur im übertragenen Sinne, bei deiner Auftraggeberin. Dann wirst du sehr bald auf einige Ungereimtheiten stoßen.«

»Zum Beispiel?«

»Na, das Kind, die kleine Laura.«

»Was ist mit ihr?«

»Kennst du eigentlich Carlos Mehringer, den Ehemann unserer ehemaligen Lehrerin Anne Mehringer, damals hieß sie Anne Wührmann?«

Ich machte eine vage Geste. »Wie sieht er denn aus?«

»Na ja, was soll ich sagen, dunkelhaarig, braune Augen, lange gebogene Wimpern, die Gesichtsfarbe bräunlich, fast ins Oliv gehend wie auf dem Bild da vorne, dazu das klassische römische Profil – sozusagen das mediterrane Gegenstück zu unserem Blondgermanen Peter Rugen.«

»O je, bekomme ich jetzt einen Kurzabriss der Rassenlehre? Oder eine Einführung in die Mendel'schen Gesetze?«

»Nein, nur einen Hinweis. Schau dir die kleine Laura an! Und wenn du dann noch bedenkst, dass ihr Papa«, Keller bewegte Zeigefinger und Mittelfinger seiner linken Hand wie eine Schere, »schnipp, schnapp. Ja, ja, der konnte doch gar kein Kind mehr zeugen.«

»Stand das im *Soester Anzeiger?*«

»Ach Elmar, da sieht man mal wieder, dass du vom Kleinstadtleben keinen Schimmer hast. Bei uns muss man sich mit den Neuigkeiten nicht auf den Markt stellen, es muss nicht mal ein einziges Wort fallen. Da macht der Doktor Urologe, wenn er mit Freunden beim Bier sitzt und ein bestimmter Gast zur Tür hereinkommt, nur so eine kleine Handbewegung, schnippedieschnapp, und alle am Tisch wissen Bescheid. Und noch was, Elmar: Soest, das ist der alte Stadtkern innerhalb der Wälle, das ist der Apotheker, das Ratsmitglied, der Hausarzt, der Mann vom Blumenladen, das sind die Alteingesessenen, nicht die Hinzugezogenen im Weichbild der Stadt. Soest ist eine Insel im platten Land, deren Bewohner sich untereinander belauern und streiten, wie es nur enge Nachbarn können, aber wehe jemand von auswärts mischt sich da ein …«

»Soll das eine Warnung sein?« Harry war, als unser Gespräch sozusagen offiziell wurde, von meinem alten Spitznamen Schlömm zu Elmar gewechselt.

»Wieso Warnung? Nur ein Tipp!«

»Und warum gibst du jemandem von auswärts diesen Tipp?«

»Weil ich nicht dauernd von der Polizei belästigt werden will, ich nicht – und die anderen Kumpel auch nicht. Wir wollen unsere Ruhe haben.«

»Zuerst schickt ihr zwei Typen, die mich vom Stadtwall prügeln sollen, und als das nicht klappt, hetzt ihr mir die Schutzpolizei auf den Hals.«

Keller verzog das Gesicht. »Die Jungs sind nicht besonders helle. Da ist einer, der hat einen Bekannten bei der Polizei, und der dachte, wenn dieser Bekannte und ein Kollege dem Elmar das Leben ein bisschen schwer machen, dann wird er den Schwanz einziehen. Ein anderer hat Freunde bei einem Sportklub … na ja, wie gesagt, die Jungs sind nicht besonders helle, versuchen es halt mit der Brechstange.«

Oder mit dem Hockeyschläger.

Ich sagte: »Aber Harry Keller, der ist helle, der geht subtiler vor. Zuerst lieferst du mir Schopper als möglichen Mörder von Peter Rugen, und jetzt, nachdem der Mann selbst tot und aus dem Geschehen heraus ist, präsentierst du mir Carlos Mehringer.«

»Warum sollte ich? Ist doch verjährt, die Sache.«

»Mord verjährt nicht.«

»Menschenskind, du begreifst es einfach nicht.« Er legte seine Hand auf meine Schulter. »Komm, wo ich schon mal hier bin, lass uns die anderen Bilder anschauen. Der Immendorff, da hinten an der Wand, starkes Bild!«

Ich schüttelte seine Hand ab und wandte mich zum Ausgang. Ein unappetitlicher Typ, aalglatt, aber gerade von unangenehmen Zeitgenossen konnte man etwas lernen.

Nieselregen empfing mich draußen. Er störte mich nicht, was ich brauchte, war ein Spaziergang. Also stiefelte ich an den renovierten Backsteinbauten entlang, blickte auf das Wasser der erst kürzlich angelegten Grachten und ließ mir Harrys Worte durch den Kopf gehen.

# 47.

»Sie haben Recht, Herr Mogge«, sagte Kelian. »Wir sollten die Sache abblasen. Die schrecklichen Ereignisse, wie wir sie derzeit erleben, könnten Menschen zu Nachahmungen verleiten. Das Phänomen des Trittbrettfahrens ist ja hinlänglich bekannt; selbst an und für sich harmlose Naturen, zu denen ich Irene Gorgas immer noch zähle, sind nicht vor der Versuchung gefeit, sich einer solchen Tat als Vorlage zu bedienen. Mit anderen Worten, die doch bislang eher einfältigen Belästigungen meiner Verehrerin könnten, bei weiterem Druck, zu Frustrationen und infolgedessen zu Gewaltausbrüchen führen. Ähnliches haben Sie selbst ja schon vor einiger Zeit erklärt. Ich weiß, ich weiß, wir Psychologen sehen ja manchmal den Wald vor lauter Bäumen nicht und Sie, ein einfacher ... Pardon! – Nein, nein, das nicht, aber eben doch eher ein Mann des Zupackens, der praktischen Hilfe, also, Sie hatten diesen Knackpunkt ja sehr schnell erkannt.«

Von wegen Trittbrettfahrer, mein lieber Gregor Kelian, oder sollte ich besser Tristan sagen, hier ging es um das Phänomen des Schwafelns, der Karrieregeilheit und des Abkassierens. Und womöglich ging es hier auch bald um das Phänomen des langen Einsitzens in einer Justizvollzugsanstalt. Wenn die Polizei nicht allzu blöd, sein Verteidiger nicht allzu gerissen und der Richter nicht auf einem Auge blind war. Drei Mal wenn, denn sicher war ich mir da nicht; doch rechnen musste ich damit, dass mein Klient demnächst im Kittchen würde moderieren müssen, mittels Klopfzeichen an den Sanitärrohren und durch das Schwingen mit Papierkügelchen von einem vergitterten Fenster zum anderen. Und wenn das tatsächlich eintraf, dann wollte ich auf keinen Fall mit einer offenen Rechnung dastehen.

Zwei Morde, nichts geklärt, aber Auftrag erledigt.

Na schön, dachte ich, ging in den Nebenraum, setzte mich

dort an einen Tisch gegenüber einer Volontärin, die über Kopfhörer Bänder abhörte, und schrieb meine Rechnung. Und weil ich solch einen Groll verspürte, wurde es eine Kostenaufstellung mit allem Pipapo, mit Nachtzuschlag, Gefahrenzulage und allem, was mir sonst noch einfiel; selbst die Pralinen von *Heinemann* und das Schmerzensgeld für Cetin knallte ich mit auf die Endabrechnung. Zuletzt fügte ich noch die Rubrik *Erfolgshonorar, wie vereinbart* hinzu, was den Betrag verdoppelte.

Mit der Rechnung in der Hand kehrte ich zurück in Kelians Zimmer. Er warf einen Blick auf die Endsumme, zuckte zusammen, um dann, als er meinen entschlossenen Gesichtsausdruck bemerkte, ergeben zu nicken und einen Scheck auszustellen.

»Sie haben mir sehr geholfen, Herr Mogge, ich werde Sie weiterempfehlen.«

»Anruf genügt.«

Ende einer Geschäftsbeziehung.

## 48.

Als ich den Sender verließ, stand eine prächtige Herbstsonne am Himmel; sie schien auf gute und böse Menschen und auf all diejenigen, die von beidem etwas hatten; ihre Strahlen fielen auf die Kohleninsel und die Schrottinsel im Ruhrorter Hafenbecken, auf die kleine Stahlinsel, die größere Ölinsel und auf die fast unnatürlich grünen Uferböschungen. Das Zifferblatt meiner Armbanduhr zeigte zehn nach zwei, wenn ich mich beeilte, konnte ich vor Schalterschluss den Scheck bei meiner Bank einlösen.

Die Sachbearbeiterin begrüßte mich geradezu überschwänglich und eigenhändig füllte sie, was heutzutage wirklich etwas hieß, den Vordruck *Einreichung von Schecks* aus.

In Duissern, wo der Wochenmarkt am Nachmittag abgehalten wurde, kaufte ich einen Strauß Blumen für Paula. Zum Glück war mir rechtzeitig eingefallen, dass am Abend im Tanzstudio *La Movida* die Einweihungsfeier stattfinden sollte. Bis dahin hatte ich noch ein paar Stunden Zeit.

Nichts Bestimmtes tun, weder Musik hören noch ein Buch lesen, einfach nur herumtrödeln, das gehörte zu meinen Lieblingsbeschäftigungen. Entspannt genießen konnte ich das heute jedoch nicht. Der Fall mit dem weiblichen Stelzvogel war abgeschlossen, das Honorar im Sack. Doch zufrieden war ich nicht.

Also saß ich da an meinem Schreibtisch, starrte auf das Telefon, aber keiner wollte mit mir sprechen.

Ich schaltete den Computer an. Nach mehreren Klicks schaufelte mir das Programm zwei Nachrichten in meinem elektronischen Briefkasten. Die erste Mail, allem Anschein nach Werbemüll, ließ ich ungeöffnet. Die zweite Mail, Absender Cetin, markierte ich mit einer gewissen Spannung, denn die Büroklammer verwies auf einen Anhang. Und der las sich so:

*Lieber Tristan,*
*»Seid aber Täter des Worts und nicht Hörer allein«, so hatten Sie in einer früheren Sendung mal einen Satz aus dem Brief des Jakobus zitiert. Aber ja doch, nicht nur Hörer, sondern auch Täter! Wie konnten Sie nur zweifeln, dass ich Ihnen helfen würde?! Oder haben Sie insgeheim trotzdem damit gerechnet? Nun wissen Sie es.*
*Ihre Stimme klang so männlich, so ernsthaft, so voller Tragik und Würde, als Sie den Tod Ihres Chefs in den Lokalnachrichten bekannt gegeben haben. Ihre Worte sind mir regelrecht ins Gedächtnis gebrannt: Axel van Eicken ist ermordet worden. Wir trauern um einen großartigen Kollegen …*

Die Mail gab den kompletten Schmus wieder, den ich genauso gut kannte wie die Schreiberin und all die anderen Hörer von *Radio Vital* auch. Einschließlich der Passage, die dem unvermeidlichen Hinweis auf den »großartigen Kollegen, glänzenden Journalisten und vorbildlichen Vorgesetzen« in Kelians Rede gefolgt war:

»... Betroffenheit, ja Entsetzen im Sender – und die Polizei tappt im Dunkeln. Einziger Anhaltspunkt ist die Aussage eines Waldarbeiters, der in der Tatnähe einen kräftig gebauten Mann mittleren Alters gesehen haben will und etwas von den Methoden der russischen Mafia erzählte. Spekulationen, denn ein Tatmotiv ist nach dem derzeitigen Ermittlungsstand der Kriminalpolizei nicht zu erkennen ...«

So weit Kelians Trauerrede. Irenes Brief an den angehimmelten Moderator hatte mein Gedächtnis wieder aufgefrischt.

Ich brachte den Mauszeiger auf die E-Mail und rollte den Text weiter bis zum Ende:

*Lieber Tristan, etwas anderes macht mir Sorgen: Warum melden Sie sich nicht mehr?*

Für mich war das keine besonders große Überraschung. Ich hatte damit gerechnet, dass Kelian sich zurückziehen würde. Der gesamte Brief ließ mich ziemlich kalt. Ich druckte ihn aus und fuhr den Computer herunter. Nachdem das etwas nervige Gebläse des Rechners sowie das Knistern des Monitors verstummt waren, wurde es wieder ganz still in meinem Büro.

Ich lehnte mich im meinem Drehstuhl zurück, legte die Hände in den Schoß, schloss die Augen. Ab und zu hörte ich es in der Etage unter mir rumoren, die ersten Gäste kamen.

Ich zog ein frisches Hemd an, klatschte mir etwas Rasierwasser unter die Achseln, überprüfte mein Aussehen im Spiegel und ging mit dem Blumenstrauß in der Hand hinunter.

Blumen sind neutral, sie riechen gut, sie welken schnell, die Gastgeberin muss das Geschenk nicht aufbewahren für den Fall, dass der Geschenkgeber mal vorbeikommt. Was also ist verkehrt an Blumen? Nichts! Trotzdem kam ich mir blöd vor.

Paula nahm mir den Strauß ab, sagte, ach, wie lieb, wies mir einen Stuhl zu und erklärte: »Hier in der ersten Reihe, die Kinder führen gleich ein Musical auf, wie du dir denken kannst, den Anfang nur.«

In den Reihen hinter mir saßen die Mütter der Kinder, ein paar junge mit verbiesterten Gesichtern, die sicher nur Vollwertkost und sozialpädagogisch wertvolles Spielzeug zuließen, ein paar ältere, die zunächst Karriere gemacht hatten, sich anschließend ein Kind geleistet hatten und nun mit aller Macht versuchten jung auszusehen. Und natürlich die kumpelhaften Mütter in Jeans und bedruckten T-Shirts.

Ich war der einzige Mann. Eine ganze Zeit lang. Dann stießen zwei Männer zu uns, die sich in diesem Kreis noch unpassender vorkommen mussten. Es waren Sedau und Voss, die beiden Beamten, die mich beim Treppewischen angetroffen hatten. Sie tuschelten mit Paula, die eine Handbewegung zur ersten Reihe machte, worauf die beiden die zwei Plätze einnahmen, die dem Ausgang am nächsten lagen.

Als die Kinder in ihren Kostümen, die Raumfahreranzügen nachempfunden waren, sich auf der improvisierten Bühne aufstellten, erschien noch ein Besucher. Es war Gregor Kelian, klein, zart, ein Männchen nur, doch als er die Gastgeberin begrüßte, füllte seine Stimme den Raum und er war so präsent, als wäre er zwei Meter groß.

Paula nahm Kelian an die Hand, er zierte sich, deutlich, aber nicht so übertrieben, dass es komisch gewirkt hätte. Zusammen schritten sie zur Bühne, wo Paula dem Publikum ihren Ehrengast vorstellte, sie lobte seine erfolgreiche Sendung und erzählte, dass der Moderator sich im Sender für das Kindermusical stark machen wolle. »Das heißt, wir bekommen erstklassige Werbung und können auf Sponsoren hoffen, um unsere Arbeit fortsetzen zu können.«

Riesenapplaus. Wenn unter den anwesenden Kindern auch eines von mir gewesen wäre, hätte auch ich geklatscht, gejohlt und mit den Füßen getrampelt; ohne Johlen und Pfeifen lief ja gar nichts mehr. Doch so saß ich etwas lahm dabei und war verärgert, weil ich mit ansehen musste, wie Paula, meine Katzenfrau Paula, diesem Schleimbeutel schöne Augen machte. Ekelhaft! Für Geld, Sponsorengeld!

Kelian hatte ein Aufnahmegerät mitgebracht, ein erstklassiges von Sony, wie ich feststellte. Die beiden Mikrofone legte er am Bühnenrand ab, nein, er zelebrierte es, als ginge es um den Live-Mitschnitt einer Bayreuther *Ring*-Aufführung. Nachdem er noch einen langen Blick mit Paula getauscht hatte – klar, dass so eine Aktion mehr Eindruck machte als ein Blumenstrauß –, setzte er sich auf den freien Stuhl neben mich.

»Für den Bericht morgen, ein paar O-Töne fischen.«

Fischen! Ein Kalauer drängte sich auf, ich schluckte ihn runter.

Sedau und Voss am Ende der Reihe sahen mich an und feixten.

Und dann legten die Kinder los.

Es sollte Tanz sein, *Starlight Express* ohne Rollschuhe, war aber eher ein Staksen, Springen und Verrenken mit Musik von Andrew Lloyd Webber aus den Lautsprechern. Da musste noch viel geübt werden, doch der Beifall war groß. Danach stand man in kleinen Grüppchen, Weinglas in der Hand, ich hielt mich an die Kindergetränke, zu knabbern gab es Selbstgebackenes, das nach dem neuen Biosiegel schmeckte. Paula wurde von den Müttern belagert, Kelian fischte noch ein paar O-Töne bei den Kindern, die nun, nachdem das Lampenfieber abgeklungen war, wie die Brummkreisel durcheinander wirbelten.

Danach war Paula, die heute einen halblangen, recht hoch geschlitzten Rock und Glitzerpulli trug, an der Reihe. Sie bat um Ruhe. Während des Interviews kroch Kelian fast in sie hinein. Und der Tanzmaus, wie ich Paula in Gedanken wieder nannte, schien es zu gefallen. Dass der Kontakt zu dem Radiomann wichtig war, keine Frage; ein vertrauter Blick zu mir oder ein Schulterzucken – versteh doch, Elmar, das muss einfach sein –, etwas in der Art hätte mir ja schon genügt. Aber nichts dergleichen.

Fast zwangsläufig befand ich mich plötzlich in der Nähe meiner ehemaligen Kollegen. »Immer noch kein Feierabend?«

Doch, doch, sie wären rein privat da, erwiderte Voss. Und dann fragte er mich, ob ich ihnen bei dem Fall des ermordeten van Eicken helfen könne, das war rein privat und in bester Columbo-Manier vorgetragen. Die Bullen lernten heutzutage mehr aus dem Fernsehen als in Polizeifortbildungsinstituten; womöglich weil die Drehbuchschreiber besser waren als die Polizeipädagogen.

»Helfen? Welche Ehre für einen Schnüffler!«

»Ist Kelian denn nicht Ihr Klient?«, wollte Sedau wissen.

Ich nickte. Obwohl es ja nicht ganz stimmte, weil unsere Geschäftsbeziehung beendet war. Mein Nicken bedeutete, dass ich mit gutem Grund schweigen konnte. Denn ich hatte keine Lust, mich mit den beiden, die sicher auf Anweisung von Hauptkommissar Tepass hier waren, zu unterhalten.

»Sie entschuldigen mich?« Demonstrativ wandte ich mich an Kelian, der für einen Moment von Paulas Seite gewichen war: »Mal 'ne Sekunde Zeit?«

»Aber sicher. Augenblick!« Er schwenkte das Mikro durch den Raum. »Das Kinderkreischen, perfekt für die Atmo«, bemerkte er. »Wir machen einen Zweidreißiger, den wir morgen in die Primetime zwischen sechs und neun einbauen, so erreichen wir die Hausfrauen und Mütter.«

Kurz darauf schaltete er sein Aufnahmegerät aus. »So, jetzt bin ich bei Ihnen. Wie kann ich Ihnen helfen? Sie gucken so frustriert.« Ganz Fachmann sprach er von blockierten Wünschen und Situationen, die man nur durch Sublimierung meistern könne.

Genau das hatte mir noch gefehlt, von diesem Großkotz psychologisiert zu werden. Hier, drei Meter unter meinem Büro, der Kerl reizte mein Echsenhirn, er wilderte in meinem Beritt; und hätte mich in dieser Situation jemand gefragt, dann wäre ich dafür gewesen, alle Psychologen in den Tagebau zu schicken.

Ich sagte: »Herr Kelian, da Sie nun ja nicht mehr mein Klient sind und folglich auch keine Vermengung der Interessen vorliegt, wollte ich auf Ihr Angebot mit dem Porträt auf der Couch zurückkommen.«

»Ah, *Die rote Couch*, darum geht es.« Er ließ die Worte auf der Zunge zergehen. »Für einen Augenblick dachte ich schon,

Sie wären verärgert, weil ich mich um Ihre charmante Nachbarin gekümmert habe. Ich hätte eine Volontärin schicken können. Aber dann dachte ich, nein, mach es selbst. Man muss solche Projekte unterstützen, diese Kinder hier sind unsere Hörer von morgen. Und da unser guter Herr van Eicken, der solchen Vorhaben eher abhold war, nun …«

»… nun solchen Ideen nicht mehr im Wege steht …«

»Schrecklich, schrecklich! Sie sagen das so kalt, Herr Mogge, aber das bringt wohl Ihr Beruf mit sich.« Er atmete tief durch. »Apropos Beruf: *Die rote Couch,* Schimanskis Erben, doch ja, selbstredend gilt mein Angebot noch. Können wir machen.« Gönnerhaft nickte er mir zu.

Wie viele kleine Männer drehte Kelian in Gegenwart von Frauen auf, brillierte mit seinem Wissen, war galant und witzig. Ich stand daneben und kam mir groß und tumb vor. Weil Paula in unserer Hörweite auftauchte, wiederholte er: »Machen wir, Herr Mogge. Eigentlich ist es ein bisschen knapp mit der Zeit, aber wir kennen uns ja gut. Da brauchen wir keine lange Vorbereitung, soll ja auch spontan klingen. Also gut, sagen wir übermorgen.«

»Wie wird die Sendung denn ablaufen?«

»Kurze Anmoderation einer Kollegin oder eines Kollegen, unser Jingle, und dann springen wir sofort ins kalte Wasser. Ich stelle eine provozierende Frage, natürlich nicht persönlich gemeint, nur damit wir in Schwung kommen. Zum Beispiel: Herr Mogge, heute schon einen Verbrecher gefasst? Gut, nicht wahr? Und dann zeigen wir unseren Hörern den Mann hinter dem Klischee, seine Arbeit fernab von wilden Schießereien und Verfolgungsjagden im Auto; schließlich sind wir ja in Deutschland und nicht in Chicago. Die Leute sollen erfahren, dass die Ermittlungen eines Privatdetektivs meist langwierige Kleinarbeit bedeuten, Kleinarbeit, die unsere Polizei oft nicht machen will oder kann. Streitigkeiten in der Ehe, Diebstähle in Firmen und so weiter und so fort, Dinge eben, mit denen Sie sich in der Mehrzahl beschäftigen – wird schon klappen.«

»Das wär's dann?«

»Fast. Zum Schluss stelle ich dann noch eine Frage, die in die Zukunft weist. Das Ganze wird sich bestimmt positiv für Sie auswirken.«

»Aber sicher.«

## 49.

Positives Denken, sechzig Sekunden in den Spiegel lächeln, gute Schwingungen, schlechte Schwingungen.

Nicht einen Tropfen Alkohol hatte ich getrunken und fühlte mich dennoch wie betrunken. Ich legte mich aufs Bett, starrte in die Dunkelheit und hörte, wie in Abständen die Haustür klackte und die ersten Autos wegfuhren. Einmal ging ich ans Fenster, nur so, um frische Luft zu schnappen – Kelians Audi stand noch unter der Laterne auf der anderen Straßenseite.

Endlich war es still im Haus. Hin und wieder glaubte ich, ein Huschen auf der Treppe zu vernehmen. Ich hatte meine Wohnungstür nicht abgeschlossen und hoffte insgeheim, dass Paula hereinkäme und sich lautlos nach Katzenart an mich schmiegen würde. Irgendwann glaubte ich sogar, sie zu spüren, aber dann war es doch nur eine Wunschvorstellung in der Phase zwischen Wachen und Träumen.

War's das schon gewesen? Wie bei den Dschungelvögeln, von denen Paula mir erzählt hatte? »Wenn die untergehende Sonne im Regenwald des peruanischen Tieflands von den Gefahren der Nacht kündet, stoßen diese Vögel sehnsuchtsvolle Schreie aus, bis sich ein Partner findet, mit dem sie das Nest teilen, weil das die Chance erhöht, den Tatzen des Jaguars zu entgehen. Doch sobald der Morgen graut, trennen sich diese Vögel wieder.«

»Und sie treffen sich nie wieder?«

»Wer weiß?«, hatte sie gelächelt.

## 50.

Die Couch war wirklich rot, blutrot, und aus Kunstleder. Wir saßen uns gegenüber, zwischen uns die Mikros, jeder mit einem Glas Wasser neben sich, Kelian hatte überdies noch einen Schreibblock mit Stichworten vor sich. Die Erkennungsmelodie der Sendung lief, der Techniker hinter der Glasscheibe zeigte mit den Fingern die verbleibenden Sekunden. Vier. Drei. Zwei. Noch eine – und ab.

Wir waren auf Sendung.

Nachdem die Hintergrundmusik – *Private Investigations*, gesungen von Mark Knopfler – ausgeblendet worden war, lief unser Gespräch genauso ab, wie Kelian es bei der Einweihungsfeier angekündigt hatte. Fragen nach meinem Alter, wo geboren, wie aufgewachsen, welche Tätigkeiten ich zuvor ausgeübt hatte. Ich beantwortete seine Fragen in knappen Sätzen, wie er es mir vor der Sendung geraten hatte.

»Und was machen Sie zurzeit?«, erkundigte sich Kelian, ließ mir aber für eine Entgegnung keine Gelegenheit. Er glaubte, es spannend machen zu müssen, kündigte eine Musikunterbrechung an und forderte die Hörer auf, meinen Beruf zu raten. Während das Stück lief, unterbreitete er mir: »Bei zu langen Wortbeiträgen schalten die Zuhörer innerlich ab. Deshalb gilt bei uns der Spruch: Wir können über alles sprechen, nur nicht über drei Minuten – ha!« Er fand den alten Scherz immer noch witzig.

Nach der Musik und der Werbung, kein Anrufer hatte sich gemeldet, kam Kelian noch einmal auf meinem Beruf zu sprechen, um schließlich zu sagen: »Nun, nachdem wir die Tatsache, dass Sie ein Privatdetektiv sind, gelüftet haben, plaudern Sie doch mal aus dem Nähkästchen, Herr Mogge, schildern Sie uns bitte einen interessanten Fall aus letzter Zeit. Oder gab es da nur Routine?«

»Ja, nein, da wäre schon was …?«

Er zwinkerte mir zu und seine Stimme war die des guten Rundfunkonkels, als er sozusagen hinter vorgehaltener Hand zu den Hörern sprach: »Sie müssten sein Gesicht mal sehen.« Und dann zu mir: »Herr Mogge, Sie sind wahrlich ein Meister der Spannung, aber bitte lassen Sie mich und unsere Hörer nicht zu lange zappeln. Worum ging es denn da?«

»Um Stalking.«

»Vielleicht etwas genauer …?«

»Gerne. Stalking kommt aus der englischen Jägersprache und ist der Fachausdruck für das Nachschleichen und Auflauern von Prominenten, aber auch von ganz normalen Personen. In diesem konkreten Fall war es so: Ein Radiomoderator wurde von einer besonders eifrigen Hörerin mit Geschenken und Aufmerksamkeiten verfolgt. Der Moderator fand das lästig, die Polizei konnte ihm nicht helfen, weil dieses Stalking genannte Buhlen um Aufmerksamkeit in Deutschland bislang nicht verboten ist. Na ja, eines Tages stand der genervte Moderator dann in meinem Büro …«

»Ich weiß nicht, ob das für unsere Zuhörer, die ja nicht vom Fach sind, so interessant ist.« Kelian artikulierte immer noch perfekt, jedoch mit zunehmend schmaleren Lippen. Seine Augen signalisierten, dass ich um Himmels willen aufhören sollte.

»Zu fachlich? Och, ich denke, nein. Es wurde ja auch eine wirklich spannende Sache, weil die besagte Frau, beeinflusst von dem Moderator, später einen Konkurrenten des Radiomannes aus dem Weg räumte.«

Bei meinem letzten Satz zuckte Kelians Hand in die Höhe, ein Signal durch die Glasscheibe in Richtung Senderaum. Sein Daumen fuhr über die Kehle, abdrehen, tot, gestorben. Doch der Techniker reagierte nicht, er blätterte weiter in seiner Zeitschrift – so, wie ich es mit ihm besprochen hatte. Guter Mann, ein Freund von Cetin. Als Kelian dann in seiner Verzweiflung nach meinem Mikro griff, hatte ich es längst in Sicherheit gebracht.

»Was wir hier gehört haben«, versuchte er die Situation zu

retten, »könnte man Anstiftung zu einem Verbrechen nennen. Ich bin Laie auf dem Gebiet, schätze aber, dass es der Polizei gelingen wird, der Frau den Mord nachzuweisen. Was nun den Moderator betrifft – tja, schwarze Schafe gibt es wohl in allen Berufen.« Kelian hatte sich gefangen. »Herr Mogge, Sie sind der Fachmann. Erzählen Sie unseren Hörerinnen und Hörern doch in wenigen Worten, wie Ihrer Meinung nach dieser ungewöhnliche, ja dramatische Fall ausgehen wird.«

»Ende offen, Herr Kelian.«

»Ein gutes Schlusswort, Herr Mogge. Vielen Dank für Ihren Besuch. Und Vorsicht! Denn ›Gefahr ist mein Geschäft‹ – unter diesem Motto stand unsere heutige Folge von *Die rote Couch* bei *Radio Vital.* Vielen Dank! Weiter geht es jetzt mit Musik, dann folgen die Nachrichten und anschließend die Sendung *CD-Karree.* Bleiben Sie dran!«

Obwohl ich nie eine Folge von *Die rote Couch* bis zum Ende verfolgt hatte, war ich überzeugt, dass die heutige Sendung kürzer als üblich ausgefallen war. Und ungewöhnlich sowieso.

Die Musik setzte ein, das Schild *Auf Sendung* erlosch, wir erhoben uns fast gleichzeitig.

Moderatoren sollten gemäßigt und verbindlich, maßvoll und ruhig sein, Kelians Augen sprühten Funken: »Kommen Sie, wir müssen reden.«

## 51.

Mit forschem Schritt ging er mir voran, an der Kaffeeküche vorbei, an mehreren offenen Türen. Ich blickte in leere Büros, die letzte Live-Sendung war gelaufen. Der Rest des Abends wurde mit Musik aus der Konserve von der Zentrale des Kommerzsenders gefahren. Nur der Nachtredakteur saß an seinem Pult im Selbstfahrerstudio, den Rücken gegen den Stuhl gepresst, und telefonierte; wortlos reckte er uns den Daumen entgegen: gut gemacht, unterhaltsame Sendung, mal was anderes.

Am Ende des Flurs gab es einen schlauchartigen Raum mit gepolsterter Tür, sparsam möbliert, wohl für Besprechungen gedacht. Aus einem Wandlautsprecher rieselte die Musik des Senders.

Kaum war die Tür zu, fuhr Kelian mich an: »Was ist bloß in Sie gefahren?« Er steckte sich eine Zigarette an, inhalierte wie ein Nikotinsüchtiger nach langer Zwangspause.

Ich lehnte mich mit der rechten Schulter gegen die Wand und kreuzte die Arme. Vorreden waren nicht nötig, ich kam auf den Punkt. »Wie Sie wissen, untersucht die Polizei die beiden Mordfälle im Stadtwald bislang ergebnislos. Ich glaube nicht, dass im Duisburger Präsidium nur Nieten arbeiten, bin mir andererseits aber nicht so sicher, ob sich die Jungs dort auch wirklich mit letztem Einsatz reinknien. Beim Mord an Schopinski wurde in die falsche Richtung ermittelt, na schön, kann passieren; beim Mordfall van Eicken tappen sie völlig im Dunkeln, vielleicht sogar mit Absicht, denn es gibt da so Querverbindungen, Abhängigkeiten, es könnte also sein, dass der Leiter der Mordkommission irgendwann die Akte schließt. Unerledigter Fall.«

»Was wäre so schlimm daran?«

»Irene Gorgas würde auf freiem Fuß bleiben und der wahre Verantwortliche für die beiden Morde bliebe ungeschoren.«

»Das müssen Sie mir erklären.«

»Das habe ich vor. Yannick Gorgas, der Ehemann Ihrer treuen Hörerin, wird bei einem Unfall getötet. Irene Gorgas fällt in Depressionen; was sie nach Monaten der dumpfen Trauer aufrichtet, sind Ihre Sendungen, Herr Kelian. Mut schöpfen, du kannst, wenn du willst, all dieser Erbauungsstuss, Sie kennen ihn besser als ich. Irene nimmt das Schicksal, das ihr bös mitgespielt hat, in die eigene Hand und spielt ihrerseits Schicksal. Sie bringt Schopinski um, weil der, davon ist sie fest überzeugt, den Tod ihres Mannes verschuldet hat. Sie bringt ihn aber nicht nur um, sie tötet ihn, indem sie ihn bestialisch absticht, und zwar genau ein Jahr nach dem Unfall. Blut für Blut. Sie, eine schwache Frau, hat es diesem Dreckskerl gezeigt, ihm im Besonderen und den Kerlen im Allgemeinen. Was für ein Triumph! Also, man kann sagen, Ihre Aufbauarbeit, Herr Kelian, hat ungeahnte Früchte getragen.«

Er hob die Hand.

»Moment, lassen Sie mich ausreden. Natürlich können Sie nichts dafür, wenn eine verwirrte Person Ihre Ratschläge – du kannst, wenn du willst, und so weiter – auf diese Weise auslegt. Nein, nein, in den seltensten Fällen sind die Gurus für die Taten ihrer Anhänger verantwortlich. Meist ahnen sie nicht einmal, welche Wirkung ihre Worte haben können. In diesem Fall jedoch war es anders.« Ich ließ die Behauptung so stehen.

Kelian hatte die Zigarette bis nahe an den Filter geraucht, ein letzter Zug, bevor er fragte: »Sind Sie sich sicher?« Er drückte die Kippe in einem Blumentopf aus.

»Und wie! Irene teilte Ihnen in leicht verschlüsselter Form mit, was sie getan hatte: ›Es ist vollbracht, ich kann wieder schlafen. Wem, wenn nicht Ihnen, soll ich mein Herz ausschütten?‹ und so weiter.«

»Pathetischer Quatsch.«

»Ich habe zitiert.«

»Woraus zitiert?«

»Aus einer E-Mail. Und die hatte noch eine Nachschrift, die Sie, glaube ich, besonders hellhörig gemacht hat: ›Ich bin nun mal eine leidenschaftliche Frau, die für den Mann, den sie liebt, alles tun würde. Alles!‹ – Das letzte Wort in Großbuchstaben, wie ein Aufschrei.«

»Und was habe ich mit diesem Unsinn zu tun?«

»Viel! Denn daraufhin berichteten Sie ebendieser leidenschaftlichen, zu allem bereiten Frau von Ihren Problemen, ohne Hintergedanken, versteht sich. Wollen Sie es wortgetreu wissen. Moment!« Ich zog den Ausdruck, den Cetin von seiner Datenrettung gemacht hatte, aus meiner Tasche. »Hier ist es: ›Meiner Meinung nach haben Sie ein ausgeprägtes Gerechtigkeitsempfinden ...‹ Was natürlich nur eine rein wissenschaftliche Feststellung war, um aber sogleich von den Ungerechtigkeiten zu berichten, die man Ihnen angetan hat. ›Ein neuer Chef im Haus macht mir das Leben schwer, man will mich, wie es so heißt, in die Wüste schicken, und wenn nicht ein Wunder geschieht, bin ich schon bald beruflich gesehen ein toter Mann und unsere Verbindung könnte zerbrechen …‹ Hört sich an wie ein Hilferuf. Und genauso wurde es von Irene Gorgas aufgenommen.«

Ich hatte die Bruchstücke aus der Datenrettung noch mit weiteren Wörtern, gefundenen und erfundenen, angereichert.

»Wollen Sie damit sagen, ich hätte die arme, kranke Frau auf meinen Vorgesetzten gehetzt?«

»Erfasst! Denn kurze Zeit nachdem Schopinski auf bestialische Weise abgeschlachtet wurde, passierte ein zweiter Mord. Und wiederum kurz darauf verschickt Irene Gorgas eine Mail.« Erneut zog ich meinen Ausdruck zu Rate, diesmal aber konnte ich wortwörtlich zitieren, denn diese Nachricht war ja als unsichtbare Kopie in Cetins Computer gelandet: »›Lieber Tristan, wie konnten Sie nur zweifeln, dass ich Ihnen helfen würde?! Oder haben Sie insgeheim trotzdem damit gerechnet? Nun wissen Sie es. Ihre Stimme klang so männlich, so ernsthaft, so voller Tragik und Würde, als Sie den Tod Ihres Chefs in den Lokalnachrichten bekannt gegeben haben. Ihre Worte …‹«

Ich ließ das Blatt sinken.

»Was Irene danach aus Ihrer Gedenkrede wiedergibt, kennen Sie selbst. Interessanter ist der Schluss der Mail: ›Lieber Tristan, etwas anderes macht mir Sorgen: Warum melden Sie sich nicht mehr?‹ Tja, warum, Herr Kelian? Keine Verwendung mehr für Ihren weiblichen Gefolgsmann?«

Kelian legte, wie er es gerne tat, die Fingerspitzen gegeneinander und setzte seine Unschuldsmiene auf. »Sie erwarten ernsthaft eine Antwort?«

»Nein. Was aber halten Sie, die Frage nach den Beweggründen gehört schließlich zu Ihrem Fachgebiet, von dem Tatmotiv?«

»Nun, die Täterin, wenn Ihre Vermutung denn stimmt, könnte an ihrem Tun Gefallen gefunden haben. So etwas kommt vor.«

Der Kerl glaubte sich aus der Lage herausquatschen zu können, ich musste deutlicher werden.

»Möglich. Warum dann aber van Eicken? Es hätte ja irgendjemanden treffen können, ein armes Schwein, das Irene auf den Rücksitz ihres Autos lockt, oder einen Freier, der sie, die vermeintliche Straßenhure, für eine schnelle Nummer in seinen eigenen Wagen lädt. War aber nicht so, die Mörderin ging ganz gezielt vor, und zwar weil sie mit ihrer Tat jenem Mann einen Dienst erweisen wollte, der ihr mal in seelischer Not geholfen hat, der nun selbst in Schwierigkeiten steckte, der dabei war, seinen Job zu verlieren, was zur Folge hätte, dass die Verbindung zwischen ihr und der verehrten Person abbrechen würde.«

»Worauf zielen Sie?«

»Auf das Motiv, auf die Beweggründe für den zweiten Mord. Van Eicken war Ihr Chef und Ihr Konkurrent. Und er war Ihren Ideen abhold, dieses schöne Wort haben Sie vorgestern benutzt. Abhold Ihrer Praxis, dass Sie Ihre CD in der Sendung anpreisen und Werbung für ein Wochenendseminar machen, weil er das unlauter fand; abhold der Idee, dass der Sender bundesweit auf Sendung geht, weil das hohe Investitionen voraussetzt; abhold vor allem anderen aber dem Vorhaben, dass Sie Ihren Hintern auf seinen Sessel hieven. Motiv genug?«

»Eine verwegene Theorie.«

»Nix da! Woher wusste Irene, dass Sie auf Betreiben van Eickens versetzt werden sollten? Von Ihnen! Woher wusste sie von den Querelen innerhalb des Senders? Von Ihnen! Und Sie haben der armen kranken Frau, wie Sie Irene nennen, nicht nur Infos geliefert, sondern auch noch die Argumente und die Anleitung zur Tat. Von einem Angeber, einem stahlharten Ellbogentyp ist in Ihren Mails die Rede, von einem Macho, der sein Eheweib mit käuflichen Frauen betrügt. Prima! Da war es vom Auflauern Ihres Chefs auf dem Parkplatz am Zoo bis zum Schwanzabschneiden nur noch ein kurzer Weg.«

»Herr Mogge«, Kelian setzte erneut sein überlegenes Lächeln auf, »ich habe in meiner beruflichen Praxis schon so manchen

Unsinn gehört, von der fixen Idee, eine Reinkarnation von Jesus Christus oder John Lennon zu sein, bis hin zur Vergewaltigung durch Außerirdische. Aber das, was Sie hier vortragen, übersteigt alles.«

»Ach ja, übersteigt es auch diesen Stuss: ›Isolde, Isolde, in dem Namen schwingt viel von Erlösung und Erfüllung. Ich zögere Sie so zu nennen, denn – Vorsicht! – Namen können auf ihre Träger verpflichtend wirken. Im Vertrauen auf Ihre Kraft, Ihr …‹ Na, was wohl? Ja, genau, Ihr Tristan. Das sind Ihre Worte, zitiert aus einer E-Mail an Irene Gorgas.«

»Und wenn schon, was besagen sie? Höchstens, dass ich der Frau einen Rat gegeben habe.«

»Schöner Ratschlag! Denn Irene Gorgas schickt Ihnen weiter Mails. Sie ist nicht nur ratlos, sie ist verzweifelt, weil ihr virtueller Liebespartner den Kontakt abgebrochen hat, obwohl doch zuvor von Zukunftsplänen die Rede gewesen war. Sie fragt, ob es noch weitere Feinde gibt, die den Gemeinsamkeiten im Wege stehen. Tja, Herr Kelian, wer könnte das wohl sein? Ihre Ehefrau, die von allem wohl nichts ahnt, aber ein Haus am Kaiserberg, eine Villa, mit in die Ehe gebracht hat? Der Programmdirektor? Irgendein Typ, dem Sie Geld schulden? Oder bin ich, der böse Ermittler, das nächste Opfer? Die Frau steht bereit, sie wetzt schon das Messer. Sie brauchen nur mit den Fingern zu schnippen.«

Ich hielt Kelian den Ausdruck hin. »Sie können es nachlesen.«

Er schaute nicht mal auf das Papier. Er lachte nur. »Sie vergessen wohl, lieber Herr Mogge, dass ich mich bei Ihnen gemeldet und Sie um Hilfe gebeten habe.«

»Ja, vielleicht war Irene Gorgas Ihnen zu dem Zeitpunkt wirklich lästig. Die Idee, diese Radioklette zu Ihrem Werkzeug zu machen, kam Ihnen womöglich erst später. Vielleicht aber war die Sache auch schon lange geplant. Diese Hinweise auf *Tristan und Isolde,* auf Erlösung, diese erotischen Anspielungen, all das deutet auf planmäßiges Handeln. So oder so, jedenfalls brauchten Sie mich, um Druck auf Irene auszuüben. Denn als geschulter Psychologe wissen Sie natürlich, wie labile Menschen auf Druck reagieren.«

»Nur mal angenommen, das würde stimmen, dann könnte ich ja auf die Idee kommen, Ihnen, lieber Herr Mogge …«

»Sagte ich bereits, und genau deswegen bin ich hier. Das Spielchen ist ja schon im Gange. Drohbriefe in meiner Mailbox, ein Paket mit einem Messer vor meiner Bürotür. Möglich, dass Irene Spaß am Töten gefunden hat, Blut stimuliert, möglich, dass ihr dieses Spiel einen Reiz verschafft, Psychopathen ticken wohl so; möglich aber auch, dass Sie hinter dieser Sache stecken. Vielleicht ist es für Sie ja so etwas wie Käfer beobachten. Oder Gott spielen. Ich jedenfalls will diesen Spuk beenden. Eine Begegnung mit Irene hat mir genügt.«

»Tatsächlich? Oh, hat sie Ihnen Böses angetan?«

An seinem schmierigen Lächeln erkannte ich, dass er Bescheid wusste.

»Das Grinsen wird Ihnen vergehen. Anstifter sind Teilnehmer und können nach deutschem Recht wie Täter bestraft werden. Ich werde dafür sorgen, dass Irene Gorgas, die bei der Polizei recht geschickt das Unschuldslamm mimt, ins Gefängnis wandert. Und Sie selbst, auch dafür werde ich sorgen, werden diese Irene Gorgas anzeigen.«

Ich betonte meine Drohung durch ein Nicken.

»Und wie wollen Sie das bewerkstelligen?« Kelian zündete sich eine neue Zigarette an, inhalierte tief und blies den Rauch zu mir herüber. »Diese Papierfetzen nimmt doch kein Staatsanwalt ernst, mein Rechtsbeistand würde Sie in der Luft zerreißen und Ihnen obendrein noch den Strafbestand des Datenmissbrauchs anhängen; das müssten Sie doch eigentlich wissen, Sie abgehalfterter Ordnungshüter.«

»Zu gewählt der Ausdruck! Bulle, ich war mal Bulle. Und als ich aus dem Polizeidienst schied, habe ich mir zwei Dinge geschworen: nie mehr eine Schusswaffe tragen, nie eine Frau schlagen.« Ich ging zu dem Wandlautsprecher und schob den Regler hoch, anfangs auf Zimmerlautstärke, dann ein gutes

Stück darüber; Schläger signalisierten auf diese Weise, dass es ernst wurde. Dann machte ich einen Schritt zur Tür, drehte den Schlüssel herum und lehnte mich gegen die gepolsterte Füllung. »Haben Sie gehört? Nie eine Frau schlagen – für einen Anstifter und Kotzbrocken wie Sie gilt das nicht.«

»Was denn jetzt, Sie Prolet! Erwacht jetzt der Neandertaler?«

Prolet, das passende Stichwort, um noch etwas Wut und Wildheit zu tanken. In dem Alter, als der studierte Psychologe Kelian mit seinem Diplom in der Tasche von der Uni abging, hatte ich schon zehn, fünfzehn Jahre malocht; während er im warmen Senderstudio saß, hatte ich mir im Wagen auf dem Parkplatz den Arsch abgefroren; während er die Jubelbriefe seiner weiblichen Fans las, war ich zur Schnecke gemacht worden, von einer Frau. Er hatte die betörende Stimme und konnte, wenn es darauf ankam, sicher besser argumentieren – doch dafür war ich stärker als er, rücksichtsloser und entschlossener. Und ich war sauer, stinksauer, auch weil er vor meinen Augen mit meiner Nachbarin Paula rumgemacht hatte, deswegen sogar besonders …

»Neandertaler? Gutes Stichwort!«, presste ich hervor, stieß mich von der Tür ab und machte zwei schnelle Schritte auf ihn zu.

Ich nahm ihm die Zigarette aus dem Mund und schlug ihm mit dem Handrücken ins Gesicht, einmal, zweimal.

»Schreiben Sie eine Abhandlung darüber, der Neandertaler in der modernen Gesellschaft! Zeigen Sie mich an, mir egal. Bevor ich hier rausgehe, will ich hören, dass Sie helfen werden, Irene Gorgas hinter Schloss und Riegel zu bringen.«

Mit der Linken fasste ich seinen Hals, mit der Rechten holte ich aus.

Seine Augen weiteten sich, ein Zittern ging durch seinen Körper. »Bitte, nicht … ich … einverstanden«, gurgelte er.

Ich ließ die Hand sinken.

Natürlich bestand die Gefahr, dass er es sich später anders überlegen würde. Das musste ich riskieren. Auch das Risiko, mich später als Schwein zu fühlen, hatte ich eingehen müssen. Die Backpfeifen hatte er verdient; gegenüber Cetins Verletzungen und der Behandlung, die mein empfindlichster Körperteil in Irenes Hobbyraum erlitten hatte, waren die Schläge nur Wangenstreiche gewesen.

Jemand klopfte an die Tür. Eine Stimme, gedämpft durch die Polsterung, rief: »Herr Kelian, alles in Ordnung da drinnen?«

Es war wohl der Nachtredakteur. Ich lockerte den Griff an Kelians Gurgel, sah ihm fest in die Augen.

»Alles klar«, rief er zurück.

## 52.

Beim Inder in der Hansastraße besorgte ich die Zutaten für ein Currygericht, die rote Vindaloo Gewürzpaste, eine Ingwerwurzel, Reis, Tomaten, Gemüsezwiebeln und Knoblauch; beim türkischen Metzger kaufte ich noch eine Lammkeule, dann fuhr ich nach Hause und machte mich an die Arbeit: Die fein gehackte Zwiebel und die zerkleinerte Knoblauchzehe in zwei Löffel Olivenöl glasig gelb schmoren, das gewürfelte Lammfleisch kurz anbraten, die daumengroße gehackte Ingwerwurzel, zwei bis drei Teelöffel Currypaste und zwei geviertelte Tomaten hinzufügen, mit einer halben Tasse Wasser ablöschen – das Ganze auf kleiner Flamme kochen lassen, bis das Fleisch gar ist. Anmerkung: Falls zu scharf, mit Joghurt oder Kokosmilch abschmecken.

Zu scharf? Nein, gerade richtig!

Als Cetin eintraf, machte ich das Feuer unter dem Reistopf aus.

»Was ist los?«, wollte ich wissen, weil er in übertriebener Manier seine Zähne bleckte. »Großen Hunger?« Und dann sah ich es: In seinem Mund blinkte es, als hätte die Fee aus einem Werbespot mit ihrem Zauberstab Cetins obere Zahnreihe berührt. »Oh, nein!«

»Oh, doch! Gold plus Brilli. Wenn schon, denn schon.«

Als Tom Becker zur Tür hereinkam, war der Tisch gedeckt. Wir aßen, wir tranken und dann stellten wir gemeinsam die Verdachtsmomente gegen Kelian zusammen. Es waren die Fakten, die Tom Becker über das so genannte Zwei-Säulen-System zusammengestellt hatte, sowie die restlichen Ergebnisse von Cetins Datenrettung.

Für mich war die Sache eindeutig: Irene zu überführen dürfte nicht allzu schwer sein. Lag Kelians Anzeige erst mal auf dem Tisch der Polizei, müsste der Anfangsverdacht ausreichen, um ein Ermittlungsverfahren gegen Irene einzuleiten und ihr mit richterlichem Beschluss eine Speichelprobe abzuverlangen. Die Beamten von der Spurensicherung würden sicher auch in van Eickens Volvo Beweise finden, ein Haar von ihr auf den Polstern, ein Hautpartikel auf der Kleidung des Opfers. Viel schwieriger würde es mit der Beweisführung gegen Kelian sein. Der Mensch verliert pro Minute immerhin tausende von Körperzellen, aber Worte, nicht mal die schmutzigsten, die hinterlassen nun mal keine DNA-Muster.

Also, Worte gegen Worte.

Ein guter Redakteur sollte im Stande sein, auch einen ziemlich verwickelten Sachverhalt knapp und anschaulich darzustellen. Tom Becker besaß dieses Talent, ich bat ihn um Formulierungshilfe. Mit zwei, drei Anläufen brachte er den Fall auf den Punkt.

»Also«, sagte er am Schluss, »so würde ich es in einem Bericht bringen – natürlich erst nach einer Festnahme und immer mit dem Zusatz: der an den Taten mutmaßlich Beteiligte Gregor K. vom Kommerzsender *Radio Vital* und so weiter und sofort. Festlegen kann ich mich jedoch schon, was das Essen betrifft: Spitze!«

»Super scharf und gut«, stimmte Cetin ihm zu.

Das war ja schon etwas.

Eine Kleinigkeit fehlte mir noch. Um die Rivalität zwischen Kelian und dem Chef von *Radio Vital* darlegen zu können, wollte ich wissen, wie der Sender aufgebaut war. Becker erklärte es mir, zunächst etwas ausschweifend, dann nahezu druckreif: »Die Struktur des Senders müssen Sie sich vorstellen wie ein Haus mit Dach, das auf zwei Pfeilern ruht. Da gibt es einmal, Säule eins, die Betriebsgesellschaft, die das Budgetrecht hat, mit anderen Worten über Investitionen entscheidet; in dieser Betriebsgesellschaft sind neben anderen Interessengruppen vor allem örtliche Zeitungsverlage vertreten, die wiederum im Verhältnis zu ihrer Auflage im Sendegebiet Anteile am Radio besitzen. Das ist, wie gesagt, Säule eins. Auf der anderen Seite, Säule zwei, steht die so genannte Veranstaltergemeinschaft, das ist ein eingetragener, nicht kommerzieller Verein, in dem alle maßgeblichen gesellschaftlichen Gruppierungen vertreten sind: Parteigenossen, Kirchenleute, Sportfunktionäre, Tierschützer und so weiter. Ein Personenkreis also, der zwar vom Mediengeschäft sehr wenig versteht, ungeachtet dieser Tatsache aber über die Programmhoheit des Senders verfügt und Arbeitgeber der Redakteure und Mitarbeiter ist.« Becker sah mich erwartungsvoll an. »Alles klar?«

Ich krauste die Nase. »Mir ist nur eines klar: Die einen wollen Auflage, sprich Quote, also Geld machen, die anderen ihren Einfluss mehren.«

»Erfasst. Proporz und Kontrolle sind alles, Grabenkämpfe programmiert. Oder anders ausgedrückt: Der Chef einer parteinahen Gesellschaft ist Vorsitzender der Veranstaltergemeinschaft und drückt als Chefredakteur einen alten Kumpel durch, irgendeine Arschgeige, die stramm auf Parteilinie ist, beim Schützenfest kleine Kinder herzt, nur seine Olle vögelt, auf Paragrafen achtet und auch sonst stinklangweilig, also korrekt ist, aber von Tuten und Blasen keine Ahnung hat. Dieser trüben Tasse steht als zweitwichtigste Person im Sender womöglich ein Mann der Betriebsgesellschaft gegenüber, der Kellnerinnen vögelt und Hasch raucht, der aber genau weiß, wie man einen knackigen Beitrag baut, den passenden Jingle auswählt und den Trailer zur Prime Time einsetzt, ein Typ, der zudem gut reden kann, die Hörer begeistert und so die Werbekasse füllt. Klar, dass sich die beiden über kurz oder lang in die Wolle kriegen; der eine wird sagen, he, du Möchtegernkünstler, entweder ziehst du mit unseren Parteifreunden an einem Strang oder du kannst die Kinderstunde moderieren; und der andere wird giften, wenn dir mein Anspruch zu hoch ist, du Schlaftablette, dann kümmre dich doch um die telefonische Seelsorge abgeschmierter Bezirksleiter.«

»Hoppla, Sie sind zur Hochform aufgelaufen. Warum lese ich solche Berichte nicht in Ihrem Blatt?«

»Weil wir eine ausgewogene Zeitung sind.«

»Und weil dieses ausgewogene, überparteiliche, unabhängige Blatt stark beim privaten Rundfunk engagiert ist.«

»Das haben Sie gesagt.«

Becker stand auf, Cetin folgte ihm. Beide hatten einen recht beschwingten Gang, das Bier zum Curry hatte seine Wirkung getan. Durch die offene Wohnungstür vernahm ich noch: »He, Mann, sag mal, wer vögelt wen?«

»Jeder jeden. Aber das ist nicht die Frage.«

»Sondern?«

»Wer den Spaß dabei hat.«

Manche Fragen wurden bereits auf der Treppe geklärt. Sie lachten; ich glaube, es war keine schlechte Idee gewesen, die beiden zu einem gemeinsamen Essen einzuladen.

Nachdem die Haustür ins Schloss gefallen war, begann ich mit dem Aufräumen und spülte die Teller.

Danach rief ich Kurt Heisterkamp an.

## 53.

»Ich denke, als Begründung für einen Anfangsverdacht müsste es reichen. Du kannst das Material ja als Ergebnis eigener Überlegungen und Recherchen ausgeben.«

Ich reichte Kurt die Tüte mit den Texten und einigen Fotos,

die ich in den letzten Tagen geschossen hatte. Wir saßen im Museumscafé an demselben Tisch, an dem ich mich zum ersten Mal mit Irene Gorgas getroffen hatte.

Kurt schob die Fotos, aufgefächert wie ein Kartenspiel, neben das Schachbrett mit den Steckfiguren; ganz oben lag eine Aufnahme, die van Eickens Volvo und Irenes Opel zeigte. Auf dem Foto darunter war Irene vor van Eickens Haus zu sehen.

»Wer ist das?«, wollte Kurt wissen und deutete auf ein drittes Foto. Sein Gesicht sagte, dass er mehr aus Höflichkeit als aus Interesse fragte.

»Das ist Arno Schopinski. Auf diesem Bild mit Harry Keller im Gasometer, auf dem anderen in seinem Laden, wohl das letzte Foto, das ihn lebend zeigt. Hier auf der Rückseite steht die Uhrzeit der Aufnahme. Kurz danach erhielt er einen Anruf und fuhr los in Richtung Duisburg. Überprüf seine Gespräche zu dem Zeitpunkt und du wirst feststellen, dass der Anruf von Irene Gorgas kam – von seiner Mörderin.«

»Mutmaßlichen!«

»Von seiner mutmaßlichen Mörderin.«

»Und was soll ich sagen, von wem die geklauten Daten stammen?«

»Du meinst, die mutmaßlich geklauten Daten? Die hat dir ein Informant zugespielt. Auch wenn sie als Beweismittel nicht anerkannt werden, damit kannst du Kelian in die Mangel nehmen. Ich möchte wetten, dass er bei dem geringsten Druck gegen Irene Gorgas aussagen wird.« Ich hob die Hand. »Kurt, frag mich nicht, wieso ich mir da so sicher bin. Also, mach was draus oder steck das Zeug in den Papierkorb. Ich bin damit durch.«

Kurt packte die Fotos und die Computer-Ausdrucke zurück in die Tüte. »Mal sehen. Jedenfalls danke, Elmar! Mit meiner Aussage, dass wir zum Zeitpunkt, als van Eicken ermordet wurde, spazieren gefahren sind und eine Partie Schach gespielt haben, hat deine Freundschaftsgabe sicher nichts zu tun.«

»Nö, wieso sollte es?«

Dass Tepass bei der Aussage eines Kollegen nicht nachhaken würde, damit hatte ich gerechnet. Nun aber stellte ich die Frage, die mir immer wieder durch den Kopf gegangen war: »Sag mal, Kurt, wo warst du denn nun wirklich zu dem Zeitpunkt, als der Mord passiert ist?«

»Auf dem Weg von der Dienststelle nach Hause. Und wie das so ist, geriet ich auf der Rheinbrücke in einen Stau. Passiert ja hin und wieder, meist mittwochs.« Er zog sein Augenlid herunter. »Tu doch nicht so, Elmar! Das hattest du doch genau einkalkuliert, wahrscheinlich wusstest du es sogar.«

»Und Gisela?«

»Die kennt das auch, dieses Problem mit dem, ähm, Feierabendverkehr.« Der korrekte Beamte und vorbildliche Ehemann Kurt Heisterkamp grinste wie ein ertappter Schuljunge. Sieh mal einer an, mittwochs, wenn die sportliche Polizistin aus dem KK 11 ihren Trainingsabend hatte.

Um seine Verlegenheit zu kaschieren, beugte er sich über das Schachbrett. Wir hatten, bevor ich das Beweismaterial auf den Tisch legte, italienisch eröffnet und die ersten Züge fast mechanisch ausgeführt.

Jetzt zog ich den Springer und bedrohte seine Dame.

»Mein Freund, du bist zu voreilig.« Mit seinem Turm schlug Kurt meinen Springer und bot mir Schach. »Und die Sache in Soest, was ist damit?«

»Morgen früh geht es los.«

»Morgen ist Feiertag.«

»Für Polizeibeamte. Selbstständige müssen Geld verdienen.«

Ich schaute auf die Datumsanzeige meiner Uhr. Freitag, 1. November. Allerheiligen. Wenn ich mich recht erinnerte, musste am kommenden Mittwoch in Soest die berühmte Kirmes beginnen. Schöne Aussichten!

## 54.

Ich rief bei der Soester Touristeninformation an. Die Frau, die sich meldete, war sehr freundlich oder, genauer gesagt, doch eher nachsichtig, so wie man zu kleinen Kindern nachsichtig ist.

»Ein Zimmer? Jetzt, kurz vor der Allerheiligenkirmes?«

»Ja.«

»Sie wissen, dass es sich bei dieser Veranstaltung um Europas größte Innenstadtkirmes handelt?«

»Nein.«

»Doch, so ist es. Wir erwarten über eine Million Besucher.«

»Auf einen mehr oder weniger dürfte es da nicht ankommen. Und ganz sicher wollen nicht alle in Ihrer schönen Stadt übernachten.«

»Da haben Sie auch wieder Recht. Trotzdem.«

»Vielleicht ein ganz kleines Zimmer. Ich bin zwar eins neunzig groß, könnte mich aber bücken.«

Ich hörte ein unterdrücktes Lachen. Das klang doch schon mal viel versprechend. Doch der Erfolg stellte sich nicht ein.

Also rief ich Anne Mehringer an, um ihr zu sagen, dass ich meinen angekündigten Besuch verschieben musste. Nachdem ich mich wegen der Stelztante lange nicht um die Salzleiche hatte kümmern können, kam es jetzt auf ein paar Tage mehr nicht an.

Anne Mehringer war da anderer Ansicht. Sie würde sich um ein Hotelzimmer kümmern. »Herr Mogge, in einer Stunde rufe ich zurück.«

Es dauerte nur zwanzig Minuten. »Ich habe für Sie ein Zimmer im *Pilgrim-Haus* reserviert.«

Das Wetter war schön, die Landschaft links und rechts der B 1 übersichtlich. Windräder in der Ferne, Gehöfte, Krähen auf abgeernteten Feldern, Windräder in der Nähe. Ich ließ mir Zeit.

Die anderen Autos rauschten an mir vorbei, ich selbst überholte unterwegs nur einen Lastwagen, der Runkelrüben geladen hatte, und ein paar Zugmaschinen, die bunt bemalte Kirmeswagen hinter sich herzogen.

Jahrmarktsbuden, Karussells – ich habe eine Vorliebe für die Welt der Schausteller. Als Detektiv gehöre ich ja selbst zu einer Randgruppe. An meiner Seite befinden sich Schwindler, Gauner und Gangster, Halbverrückte und Ganzverrückte, Nutten und Moralisten, Arbeitsscheue und Besessene. Ohne die Ganoven wären wir arbeitslos, ohne die Ehebrecher hätten wir keine halbwegs gesicherten Einnahmen. Meine Kollegen hören das nicht gern, aber so sind wir nun mal, wir Spürnasen, und in den Halbschatten, da gehören wir hin.

Ob Zirkus oder Rummelplatz, ich mag den Geist der Jahrmärkte; Flitter, Schminke, gespiegeltes Licht, das offensichtliche Täuschen ist mir lieber als das verborgene. Mein Musikgeschmack wurde auf der Kirmes geprägt, wo wir als Halbwüchsige die Mädchen mit verwegenen Tanzschritten zu imponieren suchten. Wenn ich alte Platten von den Rolling Stones und Led Zeppelin, von David Bowie oder Lou Reed höre, dann fühle ich mich sofort in diese Zeit versetzt. Aufregend waren die Tage, berauschend die Nächte! Wir machten ein paar Spaziergänge auf der wilden Seite des Lebens, ja, es gab auch ein paar Ausrutscher, und manch einer von den alten Kumpels strauchelte, blieb liegen, geriet in den Sumpf; ich hatte mich rechtzeitig gefangen oder einfach nur Glück gehabt. Vielleicht muss das Leben ab und an wild und gefährlich sein, damit man es wieder genießt. Und damit man später seinen Erinnerungen nachhängen kann, irgendwo, sei es auf einer Landstraße zwischen Bombay und Goa, eingekeilt von unzähligen Ochsenkarren, oder auf dem alten Hellweg zwischen Werl und Soest mit einem Konvoi Kirmeswagen vor der Nase.

*Das Haus des Schreckens,* las ich für mich. Die Worte standen in meterhoher gespensterhafter Zitterschrift auf der Rückwand des Anhängers vor mir, dargestellt wurde die Bedrohung durch

Fratzen, Vampire und Burgruinen – obwohl die wahren Schrecken ja viel öfter nahe den gepflegten Vorgärten und hinter adretten Gardinen lauerten.

## 55.

Die Soester Innenstadt war für Autos gesperrt. Ich stellte meinen Wagen außerhalb der Wälle ab und ging die restlichen Meter zu Fuß.

Die Bedienung im *Pilgrim-Haus* erkannte mich, was einen ja immer erfreut. »Sicher kommen Sie wegen der Kirmes.«

»So ist es.«

Ich bekam sogar mein altes Zimmer, weiß der Himmel, wie Anne Mehringer das geschafft hatte. Mit den Aufzeichnungen, die ich während meines letzten Besuchs gemacht hatte, setzte ich mich an den kleinen wackligen Tisch. Ich verglich diese Zettel mit den Notizen, die ich nach dem Gespräch mit Harry Keller gemacht hatte, und kam zu der Überzeugung, dass sich weitere Recherchen erübrigten.

Nur wie ich den Fall abschließen sollte, das war mir noch nicht klar. Keine neue Situation für mich und dennoch war sie schwierig wie eh und je. Ein privater Ermittler sollte wie ein Polizist arbeiten, nach Möglichkeit sogar ein bisschen effizienter, aber kein Mensch musste ihm Auskunft geben und festnehmen durfte er auch niemanden, vom Waffengebrauch ganz zu schweigen. Was ihm blieb, war eine gewisse Kaltschnäuzigkeit, so er denn darüber verfügte …

Nun mach schon, Elmar, gab ich mir einen Ruck. Ein Spaziergang wird dir helfen.

Als Erstes schritt ich meinen alten Schulweg ab. Vom Marktplatz ging ich am Soestbach vorbei zur Petri-Thomä-Schule, jedenfalls hieß sie damals so, dann weiter zum Burghofmuseum, wo ein Hochzeitspaar sich vor historischen Mauern und inmitten einer riesigen Gästeschar fotografieren ließ. Auf dem Rückweg warf ich einen Blick in die Bildergalerie *Kellers Kahn,* ging am Atelier von Roy Appelt und an der Dienststelle von Martin Evers vorbei. Geschlossene Türen, Feiertag war sowieso, außerdem bereitete sich ganz Soest auf die Kirmes vor.

Hatte ich bei meinem letzten Besuch das Gefühl gehabt, von allen möglichen Leuten erkannt, beobachtet und verfolgt zu werden, so war es diesmal genau umgekehrt. Niemand schien Notiz von mir zu nehmen.

Mit einer Tüte gebrannter Mandeln in der Hand spazierte ich zurück zum *Pilgrim-Haus.*

Ich hatte mich gerade aufs Bett gelegt, als Anne Mehringer anrief und fragte, ob ich nicht zum Essen in ihre bescheidene Hütte kommen wolle. Es war wohl die elegantere Form, mich zum Rapport zu bitten. Sie hätte auch direkt fragen können, wie ich gedachte, den Auftrag zu Ende zu bringen.

Wenn ich's nur selbst gewusst hätte.

Das Haus war kein Palast, aber alles andere als eine Hütte. Grüner Sandsteinsockel, darüber Fachwerk, ich sah einen Wintergarten und, überdacht von Lindenbäumen, eine Doppelgarage, aus der eine große Limousine und ein Coupé hervorlugten, beide mit dem Stern auf der Kühlerhaube.

Der Mann, der mir die Tür öffnete, war groß und mochte zehn Jahre jünger als Anne sein. Er sah gut aus und entsprach genau Harry Kellers Beschreibung. Sein Blick war offen, sein Lachen breit und gewinnend.

»Sie sind also Elmar Mogge.«

Auch Anne Mehringer begrüßte mich und verschwand in der Küche. Dafür kam mir ein knapp zehnjähriges Mädchen mit blondem Pferdeschwanz entgegen. Ihre porzellanblauen Augen leuchteten, als sie mir die rechte Hand reichte, in der linken hielt sie ein Glas mit blauer Limonade. »Ein Zaubertrank«, sagte sie, »willst du auch etwas?«

»Sehr gerne!«

Anne kam zurück, ihre Bewegungen wirkten eckig, ihre

Stimme angespannt. »Ich muss zwischendurch mal nach dem Essen sehen. Geht doch schon mal rüber«, ermunterte sie uns mit Blick auf den angrenzenden Raum.

»Laura ist so zutraulich«, bemerkte Carlos, als das Mädchen an der Hand ihrer Mutter das Wohnzimmer verlassen hatte.

»Ihre Tochter und ich, Herr Mehringer, wir kennen uns ja schon vom Telefon.«

»Ja, meine Frau hat es erwähnt. Setzen Sie sich doch.« Er wies auf einen bequemen Sessel. Die Einrichtung war eine geschmackvolle Mischung aus Antiquitäten und einigen modernen Stücken. »Wein, Bier? Ich selbst nehme als Aperitif einen trockenen Manzanilla.«

»Danke, zuerst möchte ich den Zaubertrank Ihrer Tochter probieren.«

»Nun, Herr Mogge, wir haben ja auch schon mal ein paar Worte am Telefon gewechselt«, eröffnete Carlos das Gespräch, das er dann ohne große Umwege auf den Tod von Peter Rugen lenkte. Er hob sein Glas mit dem Manzanillawein. »Prost! Höchst ungewöhnliche Umstände. Ich meine, sein Verschwinden, aber auch sein Wiederauftauchen. Meine Frau, als seine ehemalige Lehrerin, hat natürlich ganz andere Empfindungen, ich finde den Fall einfach nur spannend.«

Unsere Unterhaltung plätscherte so dahin. Einmal wurde sie unterbrochen, weil die Klingel ging, worauf Laura den Kopf zur Tür hereinsteckte, den Arm hob und »Tschüss« rief. Wenig später betrat Anne den Raum. Das schwarze Wollkleid, das ich schon von unserer ersten Begegnung kannte, stand ihr ausgezeichnet. Sie bat uns ins Esszimmer.

Von da an veränderte sich der Ton, in dem wir, Carlos und ich, uns unterhielten, eine gewisse Spannung kam auf; was aber nichts bedeuten musste, weil Männer immer etwas anders miteinander sprechen, wenn Frauen in der Nähe sind.

Der Tisch war für drei Personen gedeckt. Anne glaubte das erklären zu müssen: »Laura, unser Töchterchen, darf heute bei einer Freundin übernachten.«

Carlos sah von seinem Teller mit der Kürbissuppe hoch. Nach einem kurzen Blickwechsel mit seiner Frau fragte er: »Wie weit sind Sie denn gekommen, Herr Mogge?«

»Schon ziemlich weit«, wich ich aus. Denn eigentlich bin ich der Meinung, dass sich die Unterhaltung bei einem gemeinsamen Mahl im Wesentlichen darauf beschränken sollte, das Essen und die Köchin zu loben. Das tat ich dann auch. Nach der Vorsuppe gab es, passend zur Jahreszeit, Gänseragout mit Äpfeln – und es schmeckte ausgezeichnet.

Aber beim Nachtisch, einer Süßspeise aus Pumpernickel, Himbeeren und Schlagsahne, lag das Thema sozusagen in der Luft. »Hm, wirklich gut!« Ich schob mein Schälchen zurück.

»Mein kleiner Beitrag«, sagte Carlos Mehringer. »Ist in Windeseile zubereitet. Meine Frau steht Stunden am Herd und ich bekomme den größten Beifall. *Verschleiertes Bauernmädchen* heißt das Dessert. Apropos: Wollen Sie, Herr Mogge, nun nicht doch den Schleier lüften, was Ihre Arbeit angeht?«

Ich sah Anne Mehringer fragend an, und nachdem sie mir aufmunternd zugenickt hatte, begann ich, von meinen Ermittlungen zu berichten.

»Die Geschichte fängt damit an, dass Peter Rugen eine Affäre mit einer älteren Frau hatte. Kein so seltener Fall, und dass so eine Geliebte verheiratet ist, nun, das liegt dann fast auf der Hand. Ungewöhnlicher ist schon, dass diese Frau seine ehemalige Lehrerin war, so etwas führt in einer Stadt, wo man den Nachbarn noch kennt, zu Gerüchten. Die beiden trafen sich regelmäßig, was dadurch erleichtert wurde, dass der Ehegatte, ein erfolgreicher Geschäftsmann, viel unterwegs war. Dennoch wäre es wohl nur eine der üblichen Affären geblieben, hätte Peter Rugen es sich nicht in den Kopf gesetzt, ein neues Leben beginnen zu wollen, mit ebendieser Frau. Obwohl die Bedingungen für einen Neubeginn alles andere als günstig waren, war seine Geliebte bereit, mit ihm zu gehen.«

»Ganz schön dumm von der Frau«, warf Carlos Mehringer ein.

»Oder auch nicht. Andere Ehefrauen fahren in die Toskana,

buchen eine Reise in die Karibik oder versuchen auf andere Weise der häuslichen Enge, dem eingefahrenen Eheleben für eine Weile zu entfliehen, Selbstverwirklichung, aber mit Sicherungsleine. Diese Frau hingegen war bereit, ins kalte Wasser zu springen. Also eher mutig und konsequent als dumm.«

»Aber warum wollte sie überhaupt weg von ihrem Mann?«

»Irgendetwas war da wohl schief gelaufen in der Ehe.«

Wie bei mir, dachte ich, drei Jahre war ich verheiratet gewesen, dann Scheidung, gegenseitige Beschuldigungen, Streit um Nichtigkeiten, Trauer, Trotz, das fast übliche Ende einer Liebe … Wie in einer Laufschrift ging das an meinem inneren Auge vorbei, laut sagte ich: »Nun, wie in vielen Ehen etwas schief läuft. In diesem Fall kam jedoch noch etwas hinzu. Peter Rugens Geliebte war, ich erwähnte es bereits, um die zehn Jahre älter als er, bei ihr tickte die biologische Uhr, sie wollte ein Kind.«

»Augenblick mal, wie Sie es schildern, war es eine Affäre, mehr nicht. Wir leben in toleranten Zeiten.« Sanft berührten Carlos' Fingerspitzen Annes Unterarm.

»Es war mehr als eine Affäre. Und außerdem …« Ich sprach den Satz nicht zu Ende.

»Ja, Herr Mogge, was? Spannen Sie uns nicht länger auf die Folter.«

Wieder suchte ich Annes Blick, fand ihre Zustimmung und fuhr fort: »Die Frau war schwanger. Von ihrem Liebhaber.«

»Und? Ich habe mal gelesen, dass zehn bis zwanzig Prozent aller Kinder, die in einer Ehe geboren werden, nicht von dem Ehemann stammen. Kuckuckskinder.« Carlos' Lachen klang aufgesetzt. »Nichts Ungewöhnliches.«

»In diesem Fall schon. Denn das Kind, das im Bauch der Geliebten von Peter Rugen heranwuchs, konnte nicht von dem betrogenen Ehemann stammen – weil dieser zeugungsunfähig war.«

Es wurde so still im Raum, dass ich hören konnte, wie Anne tief durchatmete und Carlos seinen Speichel hinunterschluckte.

»Soll ich weiter berichten von meinen Recherchen, Herr Mehringer?«

Er sah mich nicht an, sondern nur seine Frau. Noch immer lagen seine Fingerspitzen auf ihrem Unterarm. Als sie seine Hand ergriff und sie wie zur Bestätigung ihrer Verbundenheit drückte, sagte er: »Nur zu, Anne hat Sie ja engagiert. Deshalb sind Sie schließlich hier.«

Das Essen war gut, das Ambiente stilvoll und friedlich, meine Gastgeber waren sympathisch – es gab Momente, in denen ich meinen Beruf hasste. Dies war so einer. Nachdem ich die Leinenserviette etwas umständlich neben meinem Teller platziert hatte, kam ich der Aufforderung nach: »Der Ehemann wusste, dass er seine Frau, Reichtum hin, Bequemlichkeit her, nicht halten konnte. Angst vor dem Verlust, Angst vor der Schande, verlassen zu werden – der Mann sah nur einen Ausweg: Der Nebenbuhler musste weg.«

»Jetzt wird es bühnenreif.« Mehringer setzte sich wie bei einem Fernsehfilm im Sessel zurecht, verschränkte die Arme. »Er bringt ihn um.«

»Langsam! Zunächst versuchte er den Nebenbuhler zu kaufen, er bot Geld, wollte ihm eine lange Reise finanzieren, nach Indien oder sonst wo, Hauptsache weit weg und am besten für eine lange Zeit, vor allem aber: allein. Peter Rugen ging auf das Angebot ein, er nahm das Geld, kam dann allerdings, einen Teil hatte er bereits ausgegeben, auf die Idee, mehr zu verlangen. Er traf sich mit dem Geschäftsmann in einem verlassenen Salzlager, das Wort Erpressung fiel, es kam zu einem Handgemenge, Peter stürzte und schlug mit dem Kopf gegen die Schaufel eines Baggers. Er war tot. Ein Unfall, aber keiner würde dem betrogenen Ehemann glauben, am wenigsten wohl seine Frau. Wohin mit der Leiche? Er versteckte sie, es musste schnell gehen, in einem Salzberg, ging nach Hause und erzählte seiner Frau, dass ihr Liebhaber, von dem sie ein Kind erwartete, bereits auf dem Weg nach Indien sei, ohne sie. Ende.«

»Und die Frau glaubte ihm das?« Carlos' Gesicht bekam einen lauernden Ausdruck.

»Fragen Sie Ihre Frau, Herr Mehringer.«

Es gab keinen regelrechten Knall, aber es war, als hätte man seinem Körper sämtliche Luft entzogen. Obwohl mein Bericht ja seit geraumer Zeit auf diesen Punkt zugesteuert hatte, war Carlo Mehringers Reaktion überraschend heftig; vielleicht weil er bis zuletzt gehofft hatte, glimpflich aus der Angelegenheit herauszukommen. Reglos saß er im Sessel, das Gesicht versteinert, seine Hände umklammerten die Lehnen. Dann, aus der Erstarrung, kam sein Angriff.

»Ich soll diesen Rugen geschlagen oder gar erschlagen haben? Ist es das, was Sie meinen? Und was ist mit dem Brand auf dem Galerieboot? Haben Sie in die Richtung mal recherchiert?«

»Ja, lange, zu lange sogar. Ein Versicherungsbetrug, sonst nichts. Ein Obdachloser ist dabei umgekommen, aber mit Peter Rugens Tod hatte das nichts zu tun. Und doch waren die Recherchen nicht erfolglos, denn dadurch bin ich auf das wahre Motiv gestoßen. Sie wissen, dass ich Recht habe, Herr Mehringer, den Rest müssen Sie mit Ihrer Frau ausmachen.«

»Alles nur Vermutungen!«, brüllte er. »Sie hergelaufener Schnüffler wollen nur meine Ehe zerstören!«

Ich dachte schon, dass er sich gleich auf mich stürzt. Doch dann sackte er zurück in seinen Sessel.

Das mit der Vermutung stimmte sogar, zum Teil wenigstens. Und was die Ehe anging, ich glaube, da war nicht mehr viel zu zerstören. Blieb der Vorwurf, ein Schnüffler zu sein, klar, Piloten, Ärzte und Wissenschaftler genießen ein höheres Ansehen, doch an diese Tatsache hatte ich mich längst gewöhnt.

Ich erhob mich. Als ich mich an der Tür umblickte, sah ich eine schlappe, zusammengesunkene Gestalt, reif für das Seniorenheim, das demnächst am Ort der Tat, auf dem Boden des ehemaligen Salzabfüllwerks, gebaut werden sollte. Stadtrat Mehringer hatte das Vorhaben, das den Leichenfund bewirkte, nicht verhindern können.

Seine Frau begleitete mich bis zum Wagen. Wir verabredeten uns für den kommenden Vormittag.

## 56.

Soest hat sieben Kirchen, wie ich aus meiner Schulzeit wusste: der Dom St. Patrokli, die Wiesenkirche, St. Petri, der Schiefe Turm ..., alle kriegte ich nicht mehr zusammen. Eine der Kirchen schlug die volle Stunde, andere folgten. Ich blickte in die Höhe, schnüffelte, Schnee lag in der Luft und der Geruch nach frischem Gebäck zog mir in die Nase, ein unwiderstehlicher Duft.

Als ich mit der Bäckertüte in der Hand das Lokal *Im Wilden Mann* betrat, war es kurz nach zehn und Anne Mehringer wartete bereits auf mich. Sie wirkte gelöst, sah ausgesprochen gut aus.

»Nachdem Ihre Arbeit zunächst recht schleppend anlief, ging alles auf einmal schneller zu Ende, als ich dachte, Herr Mogge. Und dann diese Überraschung!«

»Ich glaube, wir können mit dem Versteckspiel aufhören, Frau Mehringer. Sie wussten es doch schon vorher. Seit langem glaubten Sie, dass Peter Rugen tot ist und dass Ihr Mann etwas mit dem Verschwinden Ihres Geliebten zu tun hatte.«

»Sagen wir, ich habe es geahnt. All die Jahre, nie kam ein Lebenszeichen von Peter, kein Brief, kein Anruf, er wusste doch von meiner Schwangerschaft, ich ging davon aus, dass ihm etwas zugestoßen war; und als dann seine Leiche gefunden wurde, hier in der Nähe gefunden wurde, da wollte ich Gewissheit.«

»Aber ...«

»Ich weiß, was Ihnen durch den Kopf geht: Warum hat sie nicht einfach ihren Mann gefragt? Nun, daran gedacht habe ich, aber immer wieder gezögert, bis es dann irgendwann zu spät war. Außerdem, warum sollte mein Mann mir plötzlich eine andere Erklärung bieten? Nein, nein, die wahren Umstände über Peters Verschwinden konnte ich nur auf diese Weise erfahren.«

»Und nun?«

»Mein Mann hat mir die Scheidung angeboten. Er will mir das Haus und das sonstige Vermögen überlassen. Aber ich bin mir nicht sicher, ach, alles ist so lange her, Carlos ist für Laura der beste Vater der Welt, und da ich jetzt weiß, was geschehen ist, ein Streit mit Todesfolge ...« Sie sah mir in die Augen. »Wird die Polizei es herausfinden?«

»Kommt darauf an, ob es jemanden gibt, der die Gesetzeshüter auf die richtige Spur bringt.«

»Sie, Herr Mogge?«

»Ich? Nö! Meine Aufgabe ist erledigt. Fünf Tage zu vierhundert macht zweitausend Mäuse plus Erfolgshonorar.« Ich sprach bewusst im Tonfall des abgebrühten Typen. »War Ihnen die Sache das Geld wert?«

Sie nickte heftig. »Wenn Besucher mich bei meinen Stadtführungen auf die Soester Salzleiche ansprechen, werde ich erzählen können, wie die Tat passiert ist.« Sie atmete tief durch, seufzte. »Das heißt, mit einer kleinen Änderung: Ich werde sagen, dass der Liebhaber das Angebot des Ehemannes abgelehnt hat – und dass es deshalb zum Streit gekommen ist.«

»Auch nicht schlecht, die romantische Version, passend zur Stadt.«

Sie strich sich das Haar hinters Ohr, lächelte. »Wann reisen Sie ab?«

»Na ja, die Kirmes.«

»Das heißt?«

»Noch einmal Riesenrad fahren, wie in meiner Kindheit, und Soest aus luftiger Höhe sehen, dann aber rasch zurück in den Ruhrpott. Diese Idylle – enge Gassen, stille Plätze –, einen Hauch von Mittelalter umgibt hier ja selbst die Leichen.«

## 57.

Auf dem Rückweg nahm ich wieder den alten Hellweg. Ich hatte Zeit, viel Zeit, und Geld hatte ich auch, auf dem Konto befand sich das Honorar von Kelian, in der Tasche steckte das Bargeld von Anne Mehringer. Der Motor meines Passat Kombis schnurrte wie ein Kätzchen und aus dem Autoradio tönte ein Song aus den Sechzigern. Tim Hardin sang *If I were a carpenter.*

Carpenter, Zimmermann, privater Ermittler – keine Berufe mit hohem Ansehen, aber zu verachten waren sie auch nicht. Die Sonne schien, es war ein Tag der großen schönen Träume, ohne besonderen Grund, nur so.

In Gedanken summte ich den Text mit: »... and you are a lady ...« Eine Gitarre ohne Verstärker, eine unaufgeregte Stimme, ein guter Song!

Es war ein Tag für Träume oder Tänze; mit Paula unter einer Diskokugel Rock 'n' Roll tanzen, verwegen und selbstvergessen wie früher, mit Elvis, Jim Morrison, Jimi Hendrix und all den anderen Helden meiner Kindheit im Himmel, im Beisein der dreifarbigen Katzenmutter und ihrer drei Jungen. Das Leben war schön, doch ja, nur hatte ich das in letzter Zeit so häufig vergessen.

Als ich mich dem Ruhrgebiet näherte, verschwand die Sonne hinter einem Grauschleier und ich spürte das bekannte Kratzen im Hals. Beschwingt fuhr ich durch die betonierte Landschaft, sah Autobahnen und Zubringer, Einkaufszentren, Großmärkte und Parkplätze größer als Fußballfelder. Nicht zu lieblich darf er sein, der Wohnort, hat mal ein großer Denker gesagt – oder meinte er den Wein? Oder das Weib? Wohl alles, was uns wirklich etwas wert sein soll.

Die Sendung mit den Songs aus den Sechziger- und Siebzigerjahren wurde vom Verkehrsfunk unterbrochen, der Sprecher warnte vor einem Bettgestell auf der A 40. Vor meinen Augen entstand ein kilometerlanger Stau von Bochum bis Duisburg. Tausende von Autos mit hunderttausenden von Pferdestärken warteten vor einem Bett.

Und dann, nach dem nächsten Musikstück, brachte der Sprecher die Nachrichten. Die Friedensgespräche im Nahen Osten seien ins Stocken geraten – wie seit Jahrzehnten; bei den Arbeitslosenzahlen im Revier sei keine Besserung in Sicht – wie seit vielen Jahren; im Mordfall van Eicken sei eine Irene G. aus Froschenteich festgenommen worden – das war neu. Ich horchte auf. Und zuletzt kam noch, wie der Sprecher es nannte, eine Meldung in eigener Sache:

»Gregor Kelian, unser Moderator der beliebten Sendung *Das andere Fenster* ist zum neuen Chef von *Radio Vital* ernannt worden, womit für den Sender eine neue Ära beginnt. Denn mit der Ernennung von Gregor Kelian wurde ein lang andauernder Richtungsstreit um das System *Digital Radio Mondiale,* kurz DRM genannt, zum Nutzen der Hörer beendet. In naher Zukunft wird *Radio Vital* nicht nur in verbesserter Qualität, sondern auch bundesweit ausgestrahlt werden. Zudem haben mehrere TV-Anstalten ihr Interesse an der populärwissenschaftlichen Sendung *Das andere Fenster* bekundet. Damit wäre der experimentierfreudige Rundfunk wieder einmal die Quelle für ein Erfolg versprechendes Fernsehformat. Wir wünschen Gregor Kelian viel Glück! Und ein bisschen stolz sind wir auch, denn schließlich stammt er ja aus unseren Reihen.«

Stolz war man, so, so.

Ich schaltete das Radio aus, um einer anderen, eher zweifelnden Stimme, die aus meinem Inneren kam, zu lauschen:

»Tja, Elmar Mogge, was sagst du dazu?«

»Nun, dann waren die Beweismittel gegen Gregor Kelian wohl doch nicht schlagkräftig genug. Immerhin, das Geld, mein Schnüffler-Honorar, das habe ich in der Tasche.«

»Und die Gerechtigkeit, Elmar Mogge, sag, was ist damit?«

»Man kann nicht alles haben!«

# Krimis von Niklaus Schmid

## Die Wettreise

ISBN 3-89425-030-5

»Niklaus Schmid erzählt aus dem Leben im Revier, schaut in Kneipen und in die Seele seiner Figuren, die im strapaziösen Wettrennen der Leistungsgesellschaft schließlich die ›Wettreise‹ starten ... Niklaus Schmid schreibt packend, gut verständlich und in einem schnellen Handlungs-Rhythmus ...« (WAZ)

»Eigentlich eine feine Sache: von zwei wohlbetuchten Herren mittleren Alters auf die Weltreise geschickt zu werden und aber auch gar nichts dafür zahlen zu müssen. Oder vielleicht doch? Daß der Preis für dieses Unternehmen Wettreise für die jungen Globetrotter und die bequemen Herren zu Hause dann aber doch noch unerwartet hoch ausfällt, sei hier schon mal verraten.«
(Condor, Fliegende Blätter)

## Der Hundeknochen

ISBN 3-89425-079-8

»Niklaus Schmid zeichnet in seinem zweiten Kriminalroman das Bild eines Detektivs, wie ihn Freunde von Phil Marlowe und Sam Spade schätzen: mit einem weichen Kern in harter Schale. Dem traurigen Helden durch das Intrigengestrüpp zwischen dem Ruhrgebiet und den Balearen zu folgen, ist äußerst spannend.«
(Ring nordbayerischer Tageszeitungen)

## Bienenfresser

ISBN 3-89425-255-3
Nominiert zum »Friedrich-Glauser-Preis«

Die Flugbegleiterin einer privaten Chartergesellschaft ist auf Ibiza verschollen. Privatdetektiv Mogge soll sie finden und macht sich dabei Feinde. Denn plötzlich geht es nicht mehr nur um eine verschwundene Stewardess, sondern um Korruption und die Karrieren hoher Politiker ...